感动心灵：最受欢迎的微型小说名家名作系列

U0722197

秘密情节

——滕刚情爱小说

滕刚 著

花山文艺出版社

图书在版编目(CIP)数据

秘密情节：滕刚情爱小说 / 滕刚著. -- 石家庄：
花山文艺出版社，2005(2021.8 重印)
（感动心灵：最受欢迎的微型小说名家名作）
ISBN 978-7-80673-709-5

Ⅰ.①秘… Ⅱ.①滕… Ⅲ.①小小说－作品集－中国
－当代 Ⅳ.①I247.8

中国版本图书馆 CIP 数据核字(2005)第 082369 号

丛 书 名：感动心灵：最受欢迎的微型小说名家名作系列
书　　　名：**秘 密 情 节**
　　　　　　——滕刚情爱小说
著　　　者：滕　刚

策　　　划：张采鑫　滕　刚
责任编辑：于怀新
特约编辑：高长梅
美术编辑：齐　慧
责任校对：童　舟
装帧设计：大象设计工作室
出版发行：花山文艺出版社(邮政编码：050061)
　　　　　　（河北省石家庄市友谊北大街 330 号）
销售热线：0311-88643221
传　　　真：0311-88643234
印　　　刷：永清县晔盛亚胶印有限公司
经　　　销：新华书店
开　　　本：787×960　1/16
字　　　数：220 千字
印　　　张：15.5
版　　　次：2005 年 9 月第 1 版
　　　　　　2021 年 8 月第 2 次印刷
书　　　号：ISBN 978-7-80673-709-5
定　　　价：39.90 元

（版权所有　翻印必究·印装有误　负责调换）

目 录 CONTENTS

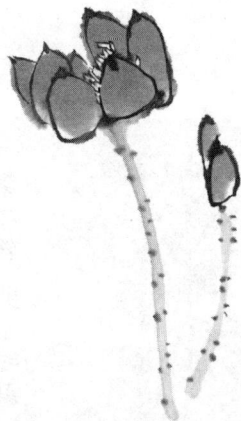

QINGAIXIAOSHUO

第五辑 秘密情节

3

目

录

第 一 辑

婚 姻 状 况

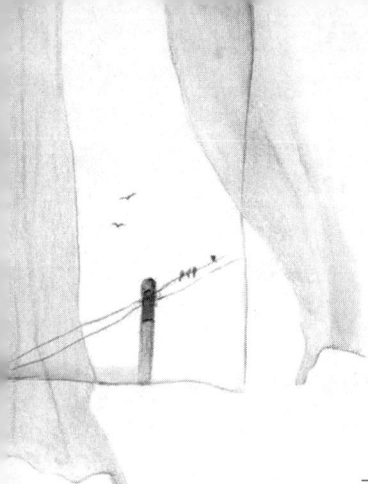

家　务

这种好事还能等到明天,你真行啊。她说。

滕刚情爱小说

她正在客厅拖地,他回来了。

我拖,我来拖。他说。他把公文包放在鞋架上,脱去皮鞋,换上拖鞋,走到她身边,左手握住拖把手柄,右手放在她肩上。

干什么?她说。她用手挡开他的手。

我拖,我来拖。他说。他用双手掰她的手。

烧尿喝多了,你拖不干净的。她松开手。

保证干净,保证干净。他一边拖地一边说。

她站在他身后看他拖地。

你睡吧,不早了。他说。

她转身走进厨房。

他把客厅拖完,把阳台拖了,把拖把搁在阳台的水池上。

他来到厨房,她正往碗池里放水。

我洗,我来洗。他说。他卷起袖子,把双手伸进碗池。

拖把洗了吗?她说。

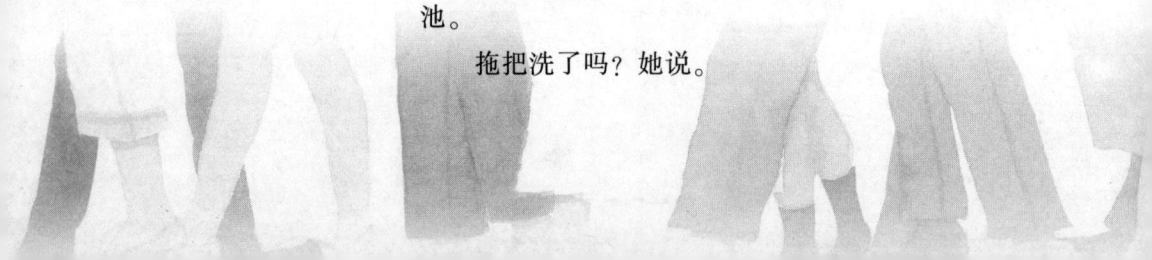

马上洗,马上洗。他一边洗碗一边说。

你拖的什么地,你看看你拖的什么地,像癞子。她站在客厅中央说,我说不要你拖,你烧尿喝多了。

我拖,我重拖。他说。

她打了个哈欠,走进房间,脱去外衣,换上睡衣,关了吸顶灯,扭亮床头灯,在床上躺下。

他把碗洗好,把客厅又拖了一遍,把拖把洗干净。

地又拖过了,拖把也洗过了,还有什么事?他走到房间门口,一边用干毛巾擦手一边说。

她不吭声。

没事我就睡觉了。他说。他到卫生间漱了嘴,洗了脸,把客厅的灯关了,走到房间,关好门,到床头柜的抽屉里拿出一个避孕套,用牙咬开外包装,放在枕边,脱光上衣,在她身边躺下。

你睡了?他望着她的背说。

她不吭声。

他用右手食指在她的腰部点了一下。

她没有反应。

他用手掀起她的内衣,手指像弹钢琴一样在她身上滑动。

干什么?她用手打他的手。

嘿嘿。他说,他把手伸过去搂住她的腰。

干什么?她吼道。

你看你,你看你。他望着她的背,手刚碰到她的身体又缩回。你知道我们多久不了?

你烦不烦?我没兴趣,我累死了。她说。

我们将近一个月不做了。他掰着手指说,我今天在办公室就想了,你要是实在累,我一个人做,不要你动。

不行,不行就是不行,你就是把整个小区拖一遍都不行。她说。她伸手关掉床头灯。

他在她身边躺了片刻,坐起来。

你睡不睡?你烧尿喝下去就不想睡了。她说。

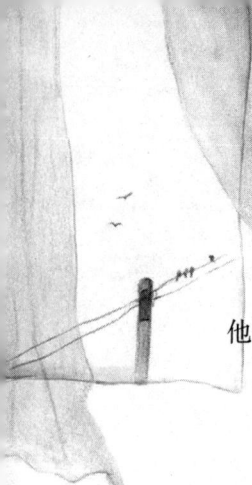

我今儿高兴。他说。

有酒喝当然高兴。她说。

今天是别人请我喝酒。我做官了，我终于做官了，我终于做科长了。他说。

她不吭声。

我说我做科长你怎么不吭声？他说。

你吹牛。她说。

骗你是小狗。他说。他下床，到衣服口袋里摸出一张纸说，今天下午下的文。他一边用手晃着那张纸一边上了床。

她夺过他手里的纸，扭亮床头灯，把纸放在灯下。真的？她坐起来说。

这还假。他说。

你真的做科长了？你真的做科长了？你刚才为什么不说？她说。

我想明天告诉你的。他说。

这种好事还能等到明天，你真行啊。她说。

我想给你个惊喜的。他说。

她脱去内衣，伏在他身上。他伸手揽她的腰。不要你动，我要你像皇帝一样享受。她拿开他的手说。

鬼东西！他用手捏了一下她的鼻子。

孝 子

擦地板有什么好看
的,神经今今的。她说。她
挪了块地方,继续擦地板。

他从乡下回到家,把自行车搬进院子,拉亮走廊上的电灯,在堂屋门口说了声"我回来了",就钻进厢房西侧的卫生间。

她正跪在房间的地板上擦地板，他穿着睡衣来到她身后。

你不做你的事,站在这儿干什么? 她说。

他蹲下身看她擦地板。

擦地板有什么好看的,神经今今的。她说。她挪了块地方,继续擦地板。

他伸出双手捧起她的长发。

她弯腰擦地板,她的长发从他手中滑落。他跪在她后面,再次用双手捧起她的长发。

干什么? 她说。

记得春香吧? 他说。

她不说话,继续擦地板。

她死了。他说。

她不说话,继续擦地板。

真想不到,才三十几岁,说是累死的。人假得很,说走就走。我不让你那么苦了,我们要珍惜每一天,要看得开。他说。他突然抱住她的腰。

干什么,我在擦地板。她用双肘推他,他紧紧搂住她。

我要珍惜你,我要对你好,我要你开心,我不让你苦。他说。他吻她的头发,吻她的颈项。我怕失去你。他说。他捧住她的下巴,吻她的耳朵,吻她的眼睛,吻她的鼻子,吻她的额头。我要你快活。他说。他吻她的嘴。她扔掉手中的抹布,双手钩住他的脖子,闭上眼睛,仰起头。

说,你爱我。她说。

我爱你,我爱你,我要你。他说。他扒光她的衣服,把她放倒在床上。

她用左脚蹬去右脚的袜子,用右脚蹬去左脚的袜子。

他脱光衣服,扑到她身上。

你知道你多久不要了?她说。

我知道。忙,太累。我以后天天要你,天天让你开心。你太好了,太辛苦了。他说。他吻她,从头吻到腿,从腿吻到头。

上来。她说。

我要你开心,我要你快活。他说。他抱住她的左脚吻起来。

上来。她说。

我妈晕病发了,我想明天把她接过来。他一边吻她的右脚一边说。

她不说话。

就一个星期。他说。他吻她的脚背。

下去!她说。

他继续吻她的脚背。

下去!她吼道。

他从她身上滚下来。

卑鄙!她说。

蠢货!他说。

湿　谷

马文手里握着一张纸条，上面写着：秋萍，我走了。

秋萍把白兰花放进菜篮，从睡衣口袋里掏出一枚硬币，放在卖花姑娘手中。

"秋萍。"

秋萍站起身，四下张望。一个穿红色吊带衫的女子突然从背后抱住她。

"秦娥！吓我一跳。你怎么在这儿？"秋萍说。

秦娥双手钩住秋萍的脖子，眯着眼睛。

"看什么？"秋萍问。

"看你乳房！"秦娥笑道。

"鬼东西！问你呢，怎么到湿谷来了？"秋萍说。

"忘了？我姑妈家在湿谷。想给你一个惊喜，昨天一到湿谷就到处找你，没人知道你们这对老鸽子住在哪里，当真隐居啦？"秦娥说。

"住观音庙后面，向梅来过一次。"秋萍说。

"马文呢？"

"在家睡觉。本来他每天都陪我买菜的，他今天头有点儿昏。要不你这就跟我回去，马文很久没见你了，看到你一定很高兴。"

"我跟姑妈讲一声。"秦娥转身跑进菜场,跟一个正在打肉的老太耳语几句,连蹦带跳回到秋萍身边。

秋萍挽着秦娥穿过马路,走进菜场对面的小巷。

"你胖了。"秋萍说。

"114斤!"秦娥说。

"怎么样,上海男人不错吧?"

"离了。"

"又离了?我的天,怎么?"

"又离了。男人心,称称七八斤,你永远无法知道他们脑子里到底想的是什么。秋萍,我们几个都完了,马兰完了,向梅完了,赵芳完了,就你最好,最幸福,我们都羡慕死你了。"

"我长得最难看。"

"哎,不要嗳肥肉味好不好!"

"说实话,他当初生病在家,不能上班,后来工作没了,工资没有了,我蛮难过的。一个大男人整天呆在家里,靠我一个人的内退工资,日子怎么过?现在想想,日子虽然苦一点儿,但两个人好比什么都好,对不对?我哪儿痒了,就有人抓。哪儿疼了,随时有人捶。心里闷了,随时有人说个话儿。对一个女人来说,还有什么比这更幸福?六年了,我们天天在一起,真的是形影不离,一下都没有分开。他现在一刻都离不开我,我到后院晒一下衣服,他都四处喊我的名字。"

"你们天天在一起干什么呢?哪有那么多话说呢?"

"我们每天的日程是这样的。早上一起买菜,买完菜吃早饭,吃完早饭,去花鸟市场,大概10点钟,回来煮饭,他洗菜,我烧菜,吃完中饭,睡午觉,两点钟起来他看书,我听广播,到5点钟,煮晚饭,吃完晚饭,到对面公园散步,回来睡觉,我们一年365天就是这样的。"

"马文真好,在家呆得住。我那些臭男人没有一个在家呆得住的。"

"有我陪他,他当然呆得住。只要有我在他身边,他对什么都不感兴趣。我们也找乐的。有时候两个人玩小猫钓鱼,下跳棋,玩牌下棋我哪是他的对手,可他每次都输给我,我知道他是让我高兴。我们有时候也做恶作剧。前天晚上，他穿着短裤在堂屋散步，你知道我干什么？我趁他不注意把他裤子拉到底。第二天我穿着短裤在院里晒衣服，你知道他怎么了？他趁我不注意，突然把我的裤子拉到底。笑死我们了，我笑得腰都吃不消。"

"你们不吵不骂也不打？"

"不。从来不。要我说，关键是双方不要有任何隐瞒，他从不瞒我，我也从不瞒他，他心里想什么我都知道，他什么时候想干什么我都知道，我对他比对我自己还了解。如果说有什么经验，这就是我的经验。"

"真让人眼红，你怎么就遇上这样的好男人？"

"主要是我对他太好了。"

"不是这个原因，我对那些男人不好？你命好，天下就这么一个好男人，正好让你给逮住了。"

"到了。"秋萍指着前面的红瓦房说。

秋萍让秦娥提着菜篮，自己拿钥匙开门。两个人走进院子，秋萍说："你站在这儿别动，我去喊他，给他一个惊喜！"秦娥点点头，用手拽拽吊带衫的下摆。

秋萍一边喊着马文，一边走进里屋。"一定是上厕所了。"秋萍从里屋出来，跟秦娥做了个鬼脸，走进厢房东侧的卫生间。卫生间突然传来秋萍的尖叫声。秦娥冲进卫生间，尖叫一声，昏倒在地上。马文吊在热水器上，秋萍趴在马桶上。

闻声赶来的邻居把秋萍和秦娥抬到堂屋，掐人中，喂糖茶。几个男人把马文从热水器上解下来。

马文手里握着一张纸条，上面写着：秋萍，我走了。

秘密情节

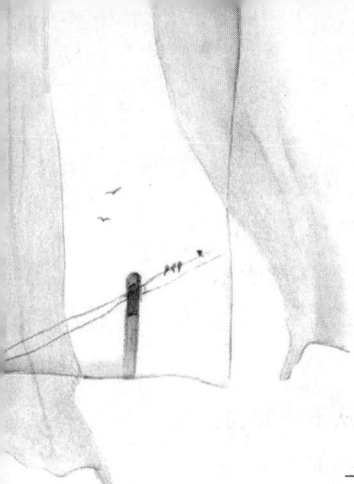

痕　迹

他必须不留一点儿痕迹，让自己的隐私跟自己一起消失。

滕刚情爱小说

10

吴谅回到病房就脱下病员服，换上自己的衣服。邻床的老王问："你干什么？"吴谅说："我去8楼，医生、我老婆问，就说我去8楼了。"老王翻身下床说："你去8楼，为什么换衣服？"吴谅胡乱做了个手势，就走出病房。他本想从安全楼梯下去的，走到电梯口，感觉老王正站在病房门口看他，就跨进了电梯。到了8楼，他转身从安全楼梯走到一楼，穿过传染病区，从医院后门出去，在路边拦了一辆的士，对司机说："去三元桥。"

32床刚才告诉他，他患的不是肝腹水，是肝癌。他大脑里闪出的第一个念头就是赶紧回家。离妻子下班还有两个小时，他必须在这两个小时内把那些可能暴露自己隐私的东西处理掉。这也许是他最后的机会。如果不抓住这个机会，不在自己死之前把这些东西处理掉，妻子、儿女甚至单位的同事将会从他的那些遗物中发现他的隐私。尽管他没做什么不可告人的事，但他不希望他死后别人知道他的隐私，不想别人知道另一个吴谅，不希望妻子和儿女因为那些遗物对他产生误解，

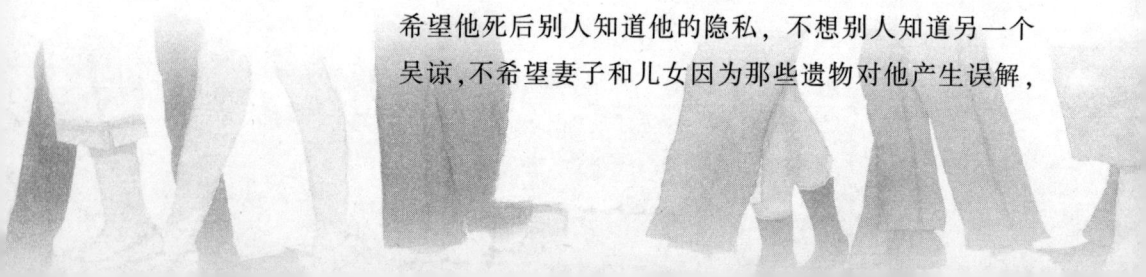

不想破坏自己在妻子和儿女们心目中的形象。他必须不留一点儿痕迹，让自己的隐私跟自己一起消失。

出租车停在他们家楼下。邻居吴婶十分惊讶地望着他。他说了声"你好！"就径直上了楼。进屋后他到厨房的吊柜里拿了一个方便袋，走进书房。他的秘密都在书房。他在写字台的第二个抽屉里翻出一本通讯录和两本日记。这本通讯录里有他的许多秘密。有他的两个女网友的 QQ 号，有女同事马兰的电子信箱，有两个色情网站的网址，有他初恋情人的手机号码。记日记的时候虽然使用了障眼法，但如果细读，还是能发现他的内心隐秘的。他拿了把椅子，站上去，在书柜的顶层找到《史记》第七册。这本书的第 107 页夹着他的另一张手机卡。他和初恋情人一直用手机短信联系，后来情人买了张手机卡给他，他跟她联系就用这张卡。他把这些东西装进塑料袋后，忽然想到挂衣柜夹层，那里面有他的两盒避孕套、一盒早泄灵止湿巾、一瓶印度神油和一盘 C 级光碟。他死后妻子应该记得把这些东西处理掉的，但是妻子记性不好，他死后妻子过度悲伤，也许会忘了处理这些东西。要是让儿女们看到这些东西，要是让孙女看到那盘标着"地雷战"的色情光碟，那还了得。他出了一身冷汗。他刚把这些东西塞进塑料袋，电话铃响了，他一惊，看来电显示，是妻子的手机号，这才想起此刻妻子、医生、护士一定在到处找他。他把所有的抽屉打开，把所有有他文字的东西统统塞进塑料袋。他在门厅站了会儿，确认没有留下任何痕迹，便出了家门。

他打的来到单位时天已经黑了。传达室的赵师傅惊讶道："你不是住院了吗？"他说："医生要我的个人履历表。"他说出这句话才知道说错了，医生要他的个人履历表干什么？他上了楼，走进办公室，直奔写字台。那是第二个隐藏他秘密的地方。他打开右边第一个抽屉，拿出那份病历，那是他在南京金陵男科医院就诊的病历，他一直想把它毁掉，但是每次复诊医生要对照前后化验单，他只有留着。他把下边的几个抽屉拉开，把所有留有他文字的东西都装进塑料袋。最后才打开中间的抽屉，拿出文件夹里的牛皮信封，那里面是他的私房钱。他点了一下，还有 2000 块。妻子之所以信任他，是因为他把所有工资奖金都交给了妻子，他身上从不带钱，没有钱的男人是出不了轨的。但他有灰色收入。他常用这些钱去宾馆开房间找个小姐聊聊天、按摩按摩,他太累了,需要放松放松。现在他望着这些钱不知如何处理。不能给妻子,毁掉又不忍心,他一时想不出好办法,就放进了口袋。他拎着塑料袋,下楼到门口打了个的,来到护城河边。他掏出打火机,点燃塑料袋。看着这些东西化为灰烬,他松了一口气。他惟一担心的就是两千块现金,他几次想把它们扔进火中都下不了决心。

吴谅打的来到医院才发现自己还没有想好失踪两个小时怎么向妻子解释。好在他什么都不担心了,即使现在死去他都不担心了。他走到病房大楼楼梯口,听见有人喊吴谅,是妻子的声音,他一惊,赶紧伸手捏住口袋里的钞票。再仔细听,声音是从楼上传来的,在上楼梯的一刹那,他把钞票扔进了旁边的垃圾桶。

替　身

她既激动又紧张,黎阳临终了还送什么礼物给她?

知道家里没人,慧芳到房间换内衣时,还是习惯地掩上房门。

她脱光衣服,拉开橱门,突然想起黎阳临终前对她说的那句话:"我给你买了件礼物,放在壁橱的暗柜里,你不要当孩子的面打开。"黎阳说这话的时候她正给黎阳做脚部按摩,没有在意黎阳这句话,或者说根本没有心思问什么礼物,现在突然想起这句话,她既激动又紧张。黎阳临终了还送什么礼物给她?为什么不能当孩子的面打开?他是什么时候买的礼物?这一连串的疑问使她的呼吸急促起来,她顾不得换内衣,拽下挂衣架上的睡袍裹在身上,就去写字台的笔筒里拿钥匙。

她把笔筒里的东西倒在写字台上,没有钥匙。她把手伸进笔筒,笔筒里空空如也。暗柜是当初装修时请木匠做的,专放首饰、存折、钞票等贵重物品,后来家里有了保险柜,暗柜就专放她和黎阳的私生活用品。暗柜就一把钥匙,他们一直把它藏在笔筒里,她已经几个月不开暗柜了,黎阳一直在医院,钥匙到什么地方去了?她转身去看暗柜,暗柜锁得好好的,她使劲拉拉不开。她又回到写字台前,把写字台里里外外找个遍,然后又去床头柜、博古架、碗柜、吊柜、窗台、书橱、电脑桌等所有可能放钥匙的地方找,没有找到那把钥匙。她再次回到写字台前,望着那个笔筒,突然想起黎阳,一定是黎阳放礼物时忘了把钥匙放在笔筒里了。她想到黎阳的口袋。她到壁橱里拿出黎阳的西服。看到黎阳的西服,想起黎阳穿着这套衣服雄赳赳的样子,她眼泪夺眶而出,抱着黎阳的西服大哭起来。

这几天她只要看到黎阳用过的东西就哭。黎阳得了绝症后,一再叮嘱她两件事,一是要她把他的遗物全部毁掉,一是要她一定要嫁人。黎阳说我死后你一定要把我的东西毁掉,你看我的东西会触景生情的,你不能生活在我的阴影中。她说不。她绝不。黎阳死后她不让任何人碰黎阳的东西,她要永远保留这些东西。黎阳一再劝她一定要嫁人,黎阳有好几次说得都要急脸了。黎阳说,你一定要嫁人,你还年轻,你不要苦了自己。她说不。她绝不再嫁人。没有人能代替黎阳,她只要有黎阳的爱就能活下去。她绝不会把黎阳的身体让别人去用。她的身体也永远属于黎阳。慧芳一边哭一边伸手去掏黎阳的西服口袋,她掏遍黎阳的口袋,没有找到那把钥匙。她突然想起保险柜,如果保险柜里还没有,她就把暗柜撬开,她太想知道是什么礼物了。她到厨房拿钥匙开保险柜时,发现暗柜的钥匙就扣在自己那串钥匙上。她又惊又喜,用手拍打自己的脑袋,怎么也想不起来自己是什么时候把这把钥匙扣在钥匙链上的。她冲进房间,打开暗柜,看见一只纸盒。她把纸盒拿到床上,打开盒盖,看见一个形状古怪的东西,旁边有几个汉字:女性自慰器,她看不出这东西是干什么用的,也不知道女性自慰器是什么。她把那东西取出来,发现一张便条,是黎阳写的:

慧芳:

我最担心的就是我走后你不肯嫁人,我跟你说了那么多,我什么话都说到了,你就是不听。你不要学你母亲,你母亲虽然得到了别人的尊重,但她自己守寡几十年,是没有意义的。你才32岁,你还年轻,生活的路还长。

我知道我说了还是白说,你是死脑筋,所以给你买了这份礼物。这是我在性用品商店买的，外国人常用的，你可能没听说过也没见过，看看说明书就知道了。

你就把它当做我的替身吧。

黎　阳

慧芳还是不明白这礼物是什么东西，她看说明书，先是满脸羞红，然后抱着黎阳的西服失声痛哭。

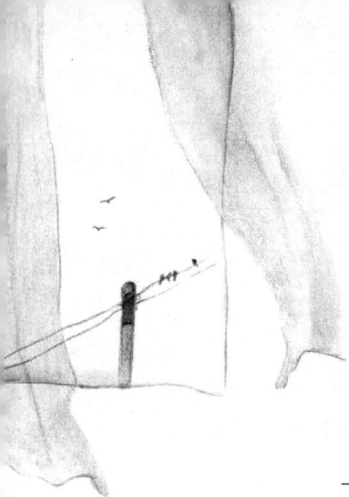

暗　喻

他天天盼望能跟妻子分开睡,让自己摆脱失眠的折磨,但他知道那是不可能的。

滕刚情爱小说

16

　　镜明看了一下夜光手表,3 点,离天亮还有三个小时。他轻轻拿开妻子搁在他胸前的手臂,继续数羊。

　　他失眠已经一年多了。开始他不知道自己为什么失眠。他不知看了多少医生,吃了多少药,他的失眠非但没有治好,反而越来越严重。一位来自上海的失眠症专家对他说,只有找到你失眠的原因,才能治好你的失眠症。但他找不到自己失眠的原因。他常常通宵达旦地思考这个问题,但是找不到答案。

　　他是在小姨子来城里看病那天知道自己为什么失眠的。那天晚上他正坐在床上看萨特的《存在与虚无》,穿着粉红色内衣的小姨子推开房门对他说,请你委屈一晚,我想跟我姐说说悄悄话。他看了一眼坐在身边织毛衣的妻子。妻子说,你就委屈一晚,睡厢房吧。这是他婚后第一次和妻子分床睡,他感到很不习惯,他担心自己的失眠会因此加剧。他在厢房那张床上躺下不到两分钟便呼呼大睡。他醒来后十分惊讶,他想不到他跟妻子分开睡反而睡着了,他终于发现自己失眠是因为跟妻子睡在一起,只要跟妻子分开睡,就不会失眠了。他不明白为什么跟妻子睡一起会使自己失眠。他当然不能把这个发现告诉妻子,妻子会误会的。他必须找到跟妻子分床睡的理由或借口。他想了一天也没有想出好的理由和借口。晚上他只好和妻子睡在一起。但他怎么也无法入睡。他半夜三更偷偷爬到厢房那张床上,不到一分钟就呼呼大睡。他醒来时发现妻子站在床边。妻子说,你怎么了?他说,没怎么,我睡不着,怕影响你睡眠,就睡到这边来了。妻子说,你讨厌我了?你外面有女人了?妻子这么一说,他急了。他说,你误会了,怕你误会,没敢告诉你,昨天晚上我睡到厢房,居然睡着了。我也不知道为什么,一个人睡反而睡着了。妻子说,你是说你失眠是因为跟我睡在一起?是我让你睡不着?他说,不是的,真的不是的。妻子说,我怎么让你睡不着了?你个没良心的东西,当初你说只有睡在我身边,你才睡得着,睡得香。现在我老了,我丑了,我让你睡不着了?他说,不是的,不是的,你误会了。妻子说,夫妻离婚都是从分床开始的,你既然跟我睡睡不着,就跟我离婚。他说,不离婚,离婚干什么,我只是失眠。妻子说,不离婚就必须睡在一起,不睡一起算什么夫妻?他怎么解释也没用。妻子显然受到了伤害,哭得惊天动地,他从未见过妻子如此伤心。他恨自己不该对妻子说真话。他再也不敢提分床的事。他不知道为什么跟妻子睡在一起会失眠。他常常通宵达旦思考这个问题,但是找不到答案。他不理解为什么夫妻一定要睡在一张床上,而且要睡一头,他不知道这是谁定下的规矩。他不理解为什么和妻子分开睡,妻子会受那么大的伤害。每天夜里,妻子睡着了,他就数羊。妻子醒了,他就假装打呼。他天天盼望能跟妻子分开睡,让自己摆脱失眠的折磨,但他知道那是不可能的。

镜明看了一下夜光表,四点,离天亮还有两个小时。妻子翻了个身,把手臂和腿搁在他身上,他轻轻拿开妻子的手和腿。妻子的手和腿又搁了过来。他又拿开妻子的手和腿,妻子的手和腿又搁了过来。他摊开双手,绝望地叹了一口气。

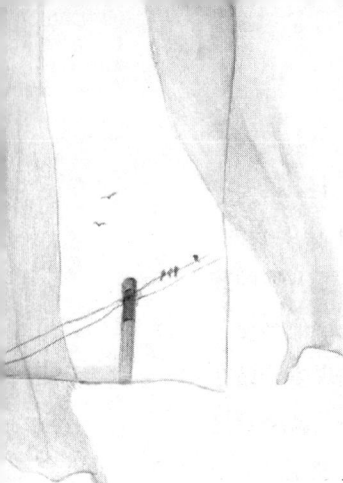

咸　鱼

滕刚情爱小说

> 好在刘宽今天不在家，她不会在令人窒息的气氛中腌咸鱼。

　　大雪这天早晨，邱州下起了小雪。张敏匆匆吃完早饭，就准备腌咸鱼。每年大雪这天腌咸鱼，是张家祖上传下来的习惯。大雪天腌的鱼好吃，这是父亲对这个习惯的解释。张敏出嫁十几年来一直坚持这个习惯。张敏站在前院的水井边，看着天空飘飞的雪花，想像娘家人此刻一定像过节一样热火朝天地腌咸鱼，心中掠过一丝哀伤。好在刘宽今天不在家，她不会在令人窒息的气氛中腌咸鱼。

　　结婚那年冬天她和刘宽就为腌咸鱼吵了一架。刘宽不吃咸鱼。刘宽说吃咸鱼会得胃癌，说他闻到咸鱼味就恶心。张敏起初是准备作出让步的。结婚之后她已经作出太多的让步。虽说她喜欢吃咸鱼，或者说咸鱼是她惟一喜欢的食物，但是既然刘宽不吃，她作点牺牲也算不了什么，实在想吃了她可以回娘家撮一顿。但是后来刘宽说只有野蛮人才吃咸鱼，说她父母是卞里巴人，她就不能让步了。她不能容忍刘宽说她是野蛮人，更不能容忍刘宽贬低她父母。她嫁到刘家才知道自己的父母多么善良厚道、勇敢坚强，而婆家人包括刘宽是多么卑

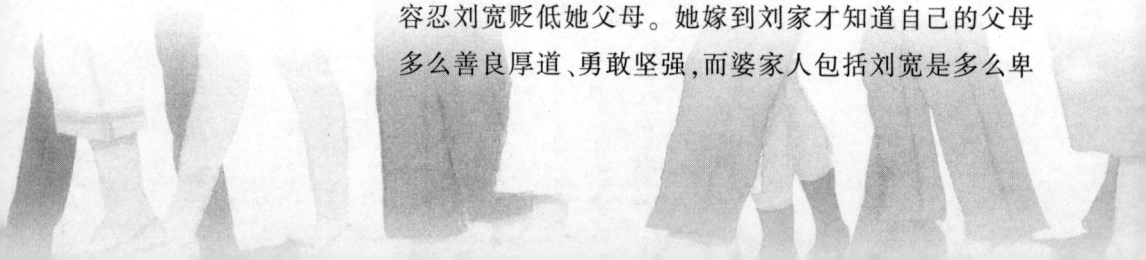

鄙下作、贪生怕死。刘宽根本没有资格骂她是野蛮人,更没有资格贬损她父母。刘宽既然说她是野蛮人,她偏要野蛮下去,她偏要腌咸鱼,她一定要争这口气。因此他们每年都会为腌咸鱼吵架。他们本来就冲突不断,每次腌咸鱼引发的冲突不过是他们长期冲突的一次总爆发。刘宽说是咸鱼破坏了他们夫妻感情,刘宽说只要她不腌咸鱼他们的感情就会和好如初。张敏对刘宽说这样的话很气愤,她讨厌刘宽说这种虚伪的话,讨厌他编造这样的借口。她很清楚刘宽是怎样一天天疏远她、冷落她的。刚结婚那段时间,刘宽每天回来都亲她抱她,每天都想跟她同房,每天都要把她浑身上下摸个遍亲个遍,连她的脚丫他都一玩就是半天,有时候她简直弄不懂她的身体有什么好玩的。但是不到半年,他就很少碰她了,以至于后来从不碰她,更不要说亲她抱她了,连每周两三次的同房都变成一个月一次甚至两个月一次了。即使同房他也像交差似的直达目的地,没一点过渡。这一次他已经三个月不和她同房了。她不知道刘宽在外面有没有女人。凭女人的直觉她判定刘宽在外面一定有女人。但她从没过问,她不想作那个气。她现在惟一的希望是把孩子拉扯大。她不在乎他碰不碰她要不要她,她对这个不感兴趣。

张敏把鱼一条条剖开,去掉内脏,洗净,然后由里到外均匀地抹上盐,放进鱼缸。张敏把八条青鱼腌进鱼缸,天已经大亮了。张敏刚站起身,邻居王寡妇提着一只甲鱼站在院门口。

王寡妇晃着手中的甲鱼说:"知道我今天为啥买甲鱼?"

张敏说:"为啥?"

王寡妇说:"昨天吴二他们几个人在我屋里嚼舌头,笑死人了。你知道他们把女人比作什么?"

张敏好奇道:"比作什么?"

王寡妇说:"他们说寡妇是甲鱼。"

张敏一边解开围裙一边说"寡妇是甲鱼?寡妇怎么是甲鱼呢?"

王寡妇说:"我也弄不懂,所以我今天买一只回来研究研究。还有呢,他们说小姐是河豚鱼。"

"河豚鱼?"张敏若有所悟地说,"是的。小姐是河豚鱼。"

王寡妇说:"情人是鲫鱼。"

张敏笑道:"情人是鲫鱼?是的,情人是鲫鱼,情人永远是鲫鱼。"

王寡妇说:"你知道他们把你们这些做老婆的比作什么?"

张敏紧张道:"比作什么?"

王寡妇说:"老婆是咸鱼。"

张敏一惊:"老婆是咸鱼?"张敏望着腌在缸里的鱼,打了一个寒战。

挽　歌

张老太帮张三擦擦汗，推着张三向花园对面的小区走去。

雨一停，张老太就推着张三来到小区对面的城市花园。

张老太沿着花园林阴道走到花园中央的喷泉广场。张老太刚在喷泉东侧的一张长椅上坐下，坐在轮椅上的张三就示意张老太推他到大街上去。

张老太从轮椅后备箱里拿出轮椅遥控器。这是一辆全自动电脑遥控轮椅。在遥控器的遥控下，轮椅可以像汽车那样行驶、拐弯、刹车。张老太望了一眼张三，按了一下遥控器，轮椅沿花园鹅卵石铺成的甬道缓缓行驶。当轮椅驶上花园南侧的人行道，张老太突然按了一下遥控器的黄色按钮，口中念叨："你喜欢跑呢！你坐在轮椅上都想跑！我让你跑，让你跑。"轮椅以每小时 40 公里的速度在人行道上奔驰。张三双手握着轮椅的把手，全身痉挛地靠在轮椅的靠背上。我让你跑！让你跑！你在家一分钟都待不住。你刚进门，就要出去。你想方设法都要出去。你刚进门，电话就响了。你一出去，就到半夜三更。我怎么叫你，你都不回头。你在家总是唉声叹气,这儿不舒服那儿痛。朋友一喊,你就浑身是劲。朋友,朋友,朋友是你的命。你们在一起无非是打牌、喝酒、吹牛、谈女人、看球、下棋。你们男人为什么在家待不住呢?为什么喜欢在外面?为什么不能像恋爱时脚前脚后跟着我?为什么不能耐心陪我逛商场、逛公园、逛菜场,为什么不能耐心在家陪我?

轮椅穿过马路,驶上马路北侧的人行道,当轮椅来到张三的铁哥儿赵二凡家门口时,张老太按了一下遥控器,口中念叨:"给我回来。"轮椅一个急刹,转身以每小时 50 公里的速度驶向花园,回到张老太身边。张三脸色煞白,目光像受惊的兔。

花园里人多了起来,几个老太用轮椅推着老伴在花园的交叉小径散步。张三神情呆滞地望着他们。张老太说:"你去玩吧。"张老太按动遥控器,轮椅沿鹅卵石甬道缓缓行驶。当轮椅驶上花园北侧的人行道,张老太按了一下遥控器的黄色按钮,口中念叨:"你喜欢跑呢,我让你跑,我让你跑。"轮椅以每小时 40 公里的速度在人行道上奔驰。你在家一分钟都待不住。你一回来就要出去,一出去手机就关机,你都说手机没电了,你说谎!你跟我说了一辈子谎!你在外面玩女人,你以为我不知道?我从不戳穿你,是为孩子着想。你在美容院玩女人,你在休闲中心玩女人,你到宾馆开房间玩女人,你天天踩背、推油、按摩、洗头,你以为我不知道?我全知道!你天天打着为家庭为儿子为我挣钱的幌子,天天打着陪客人的幌子,天天打着陪朋友的幌子,在外面玩女人,我对你没有一点儿办法。

轮椅穿过马路,驶上马路北侧的人行道,到达一家休闲中心门口。两个礼仪小姐走下台阶迎接张三,张老太突然按动手中的遥控器,口中说道:"给我回来!"轮椅一个急转弯,以每小时 50 公里的速度驶向花园,回到张老太身边。张三脸色煞白,大汗淋漓。张老太掏出手帕,给张三擦擦汗,从轮椅的后备箱里拿出一瓶橙汁,给张三喝了几口,说:"你去玩吧。"张老太按动遥控器,轮椅沿花园鹅卵石甬道缓缓行驶。当轮椅驶上花园东侧的马路,张老太按动遥控器,口中念叨:"你喜欢跑呢!我让你跑,我让你跑!"轮椅以每小时 100 公里的速度在高速公路上奔驰。张三双脚蹬住踏板,双手紧紧握住轮椅把手,整个身体靠在

滕刚情爱小说

轮椅后背上。你只要有一口气都想往外跑。你跑不动了,你终于呆在家里,呆在我身边不出去了。你是跑不动才不出去的。是的,你现在在我控制中,我让你跑你就跑,我让你回来你就回来。可是有什么用呢?你好不容易呆在我身边,你却一点儿用都没有了,我只能服侍你,只有我侍候你。你为什么不找那些朋友,那些女人侍候你呢?你太残忍了。你精力充沛的时候,把老婆扔在家里,在外面玩,玩出全身的病,玩成了废品,扔给了我。你现在一步都离不开我,一步都不能离开我,没人要你了,你跑不动了,你不能自理了,你才知道我的价值。

轮椅在高速公路上奔驰。轮椅见车超车。当轮椅超越所有的汽车,张老太按了一下遥控器的按钮,口中说道:"给我回来!"轮椅一个急刹,掉头以每小时100公里的速度驶向花园,回到张老太身边。张三大口喘着气,目光像受惊的兔。张三说:"我哪儿都不想去了,我想回家!"张老太帮张三擦擦汗,推着张三向花园对面的小区走去。

秘密情节

遗　址

滕刚情爱小说

她爱她的丈夫,她常常站在丈夫的书房痛哭。

慧茹起床后的第一件事就是扫地。慧茹用长柄扫帚把门口的空地打扫干净了,掩好院门,然后由外往里,把院子、厨房、卫生间、客厅、贮藏室扫了一遍。上楼的时候慧茹在楼梯口拿上拖把和抹布。楼上的打扫方法和楼下不一样,第一遍用笤帚扫,第二遍用拖把拖,第三遍用干布擦。慧茹扫过卧室和过道,就往阳台方向扫过去。阳台东侧还有一道门。慧茹走过去。迟疑片刻,轻轻扭开门上的球形锁,推开门,里面飞出两只形似蝙蝠的虫子。

慧茹没有进去。这个房间是不可以进去,也不可以打扫的。这是丈夫的书房。自从丈夫五年前死于空难,慧茹没进过这个房间。丈夫的书房尘埃密布,乱七八糟,到处是蜘蛛网,到处是书、稿纸、碎纸片和各种杂物。丈夫不让慧茹进他的书房,更不准慧茹打扫他的书房。丈夫说只有在这种乱七八糟的书房中,才能进入写作状态,才能才思敏捷,才能产生创作激情。如果书房的秩序被破坏了,哪怕是少了一张碎纸片,他的感觉就会被破坏，精神就会错乱，所以慧茹是从不进丈夫的书房的。尽管慧茹是个干净得几乎有洁癖的人，但她从不去打扫丈夫的书房，她知道这是一个作家所必须具备的乖僻习惯，丈夫的话对她来说是至高无上的。有一次丈夫出国，临行前一再叮嘱她，任何人都不能进他的书房。慧茹在一个下雨天去关书房的窗子，进去闻到一股霉酸味，里面脏得实在不忍看了。慧茹小心翼翼地把书房清扫了一遍，她没碰任何东西。丈夫回来后脸色铁青，大发雷霆。丈夫说他的长篇小说就这样被中断，无法恢复到原先的创作状态了。她感到对不起丈夫，尽管她根本弄不懂乱七八糟的书房与写作的内在联系，但她相信丈夫是对的。其实丈夫并不是不让她进书房，丈夫只是怕书房的状态被破坏。丈夫是很喜欢她的。有几次她在过道上扫地，丈夫开了书房门，示意她进去。她不进去，她说我不进你的书房。丈夫站起来把她拉进去，把她放倒在地上，跟她做爱。丈夫死后，她没进过书房，更没打扫过书房。她要让书房保持得和丈夫生前一样。对慧茹来说，对丈夫最深的爱和怀念就是对书房的尊重和爱护。书房是丈夫的命，书房就是丈夫，丈夫就是书房，她永远不进书房，丈夫就永远活着。每天一早起来，慧茹从楼下扫到楼上，走到书房门口脚步就放轻，心就会怦怦直跳。她怎么也不能相信丈夫死于空难，她连丈夫的遗体都没看到，她爱她的丈夫，她常常站在丈夫的书房外痛哭。

慧茹呆站片刻，正要伸手去关书房的门，忽然看见一个黑影从书橱下面倏然而过。老鼠。慧茹打了个寒噤。慧茹第一次想到书房里有老鼠。楼上怎么会有老鼠。慧茹想到老鼠会啃坏书房里的书籍，跑到阳台上拿了一根竹竿，走进书房，用竹竿在角角落落拍打了好一阵，不见老鼠出来。慧茹发现窗缝口有个小东西在动，近前一看，"呀"的一声叫起来，是壁虎。慧茹随手从书橱上抽出一本书，向壁虎砸过去，壁虎不见了，地上出现一片粉红色袖珍手帕，慧茹愣了一下，蹲下身，才发现这些小手帕是夹在刚才那本书里的，一共七块，手帕一律绣着两个黑色字母 PG，下面是一排紫竹。慧茹从没看过这些手帕，丈夫为什么把这些手帕藏在书里？慧茹站起来，很警惕地看看那个书橱。慧茹手伸过去，拿出几本书，翻开一看，第一本书里没藏东西，第二本书里夹着十张 50 元的人民币，第三本书里夹着一张存额 4000 元的定活两便存单。钱藏在书里干什么？丈夫是从来不问钱的。第四本书里有一张纸,纸上画着一个古怪图案,慧茹看不懂。第五本书里夹着四个避孕套。慧茹索索抖抖地把椅子拖过来,站上去,把书橱里的书统统拿下,一本一本打开。慧茹翻完所有的书,又去翻写字台,翻壁橱。慧茹翻遍书房的角角落落。直到天黑,慧茹才瘫坐在书房的地上。慧茹仿佛一个掘墓人,手上拿着起子和老虎钳,她的面前堆放着那些战利品:

　　　　绣花袖珍手帕7块　　舒乐安宝一瓶
　　　　现金1540元　　男宝6盒
　　　　定活两便存单一张　　电击枪一把
　　　　定期存单一张　　无姓名电话号码备忘录
　　　　粉红色避孕套16只
　　　　计划生育指导站发票一张　　磁带一盒
　　　　麦当娜裸体照18张　　写作计划两本
　　　　日记21本

　　慧茹望着这些东西头脑空荡荡的,身上阵阵发寒。她抱着双肩坐了会儿,抬头看到挂在墙上的丈夫的照片。丈夫望着她笑,她站起身,取下丈夫的照片,抱在怀里,哭起来。她突然觉得很对不起丈夫,她太冲动太自私了,不应该把丈夫的这些东西翻出来。她在心里对丈夫说,你做什么我都不会怪你,你何苦东藏西藏的呢?你应该知道我是多么的爱你。

　　又一只老鼠从她身边倏然而过,这回她没有怕,她抱着丈夫,什么都不怕。

冰 与 火

女人最想要?是什么东西呢? 我真的猜不出。她说。

他刚进门,外面下起了大雨。

秋艳。他关上门,一边在门廊换鞋一边喊道。没有人应答。秋艳。他跋着拖鞋走到客厅喊了一声。没有人应答。咦,人呢。他嘟囔一声。他走到客厅与阳台的转角处,她正在阳台上收衣服。

我喊你,你不答应干什么? 他说。

一进门就喊,喊,不要人做事啊。她说。

他把公文包放在茶几上,在沙发上坐下,拿起茶几上的茶叶筒,拧开筒盖,拣几片茶叶放进嘴里。

给。她从阳台出来,到东房间拿出一个粉红色礼盒递给他。

什么? 他说。他接过礼盒。

你自己看。她说。

他拆开包装纸。手机,彩信手机。他说。

喜欢吗? 她说。

喜欢,怎么不喜欢,做梦都想,就是太贵了,多少钱? 他说。

三千,可是我的私房钱哦。她说。

太贵了。他说。他拆开手机包装盒,取出手机,伸手到内衣口袋掏出手机,取下 SIM 卡,装进新手机,把手机放在茶几上,从茶几上拿过公文包,拉开拉链,又拉上拉链,把公文包放在茶几上,伸手到口袋里摸了摸。猜我送你什么? 他说。

不知道,我怎么会知道。她说。

你猜。他说。

我猜不着。她说。她撩起围裙擦手。

你猜,你能猜着的。他说。

我猜啊,戒指? 她说。

不是。比戒指贵多了。他说。

手链? 不,是项链? 她说。

不是,比项链贵多了。他说。

那是什么呢? 你不要乱花钱哦。她说。

是女人最想要的东西。他说。

女人最想要? 是什么东西呢? 我真的猜不出。她说。

女人最想要,但商店买不到,只有男人能给。他说。

你少跟我要流氓,我才不要那东西。她说。她红了脸。

别乱想,我再提醒你一下,这东西商店没有,只有男人能给,但这东西没有形状,没有颜色,无形无色,看不见摸不着,然而它是全世界女人最想得到,但大多数女人得不到的东西,但你得到了。他说。

什么啊? 越说越玄了。她说。

我说了? 他说。

你说啊。她说。

我从没玩过别的女人。他说。

什么? 你说什么? 她说。

我从没玩过别的女人,除了你,我从没玩过别的女人,连手都没碰过。他说。

这就是你送给我的礼物? 她说。

这就是我送给你的礼物,是我们结婚二十周年,我献给你的大礼。他说。

她转身走进房间，"嘭"一声关上门。

他推开门，她坐在床边。你听我说，我一说，你就知道我为什么送这礼物给你了，就知道这礼物多贵重了。他说。

我不要听你说，你太过分了。她说。她解开围裙扔在地上。

你听我说，今天下班时，赵总靠近我的耳朵小声说，晚上用工会费请我们几个男士到赤水涮火锅，涮完火锅还要找按摩小姐给我们做冰与火。我没去，因为我要上街给你买礼品，我要回来跟你共度二十周年。我去了大洋，去了金鹰，我甚至去了汇金，但是没有一样东西让我满意，没有一样东西能够表达我对你二十年的深厚感情。正在我犹豫不决时，我在金年华门口碰见夏舒清他们，他们几个也去休闲中心做冰与火。他们要我去冰与火，我当然拒绝了他们。目送他们走进金年华，看看这座灯红酒绿的城市，想到这时候有多少男人在冰与火，想到这世界也许只有我一个男人没做过冰与火，想到周围男人都玩女人，想到我这么多年从没玩过女人，想到你不知道自己拥有这份幸福，我灵感突然从天而降，我想，我什么都不要买了，我不玩女人，我结婚二十年了，从没玩过别的女人，这就是我送给你的最好礼物，这是男人送给女人的最好礼物，这是女人最想要的礼物，没有礼物比这个礼物更贵重了。他说。

她转身铺被子。

你怎么不说话？他说。

她钻进被窝，平躺在床上，双眼望着天花板。

我说的是真的，你不要以为我开玩笑。他说。

她不说话，望着天花板。

你看看，本来是好事，倒成了坏事了，我以为你会高兴的，我以为你会感动的，但你好像对这个礼物不感兴趣，早知道我给你买个戒指什么的算了。他说。

她不说话，把脸转向窗户。

你不说话干什么？有什么话你就说，我最讨厌人不说话。他说。他走到床那边，你不说话可以，我们先吃饭，好吧？真是的，我想让你高兴的，你倒生气了。他说。他用手拂动她的刘海。

我永远不想跟你说话。她突然用手挡开他的手，吼道。

什么永远不想跟我说话，他妈的什么永远不想跟我说话。我好好地想让你高兴，你不识好歹，身在福中不知福。哪个男人不玩女人？哪个男人没做过泰式按摩？哪个男人没做过欧式按摩？哪个男人没推过油？哪个男人没做过波推？哪个男人没打过飞机？哪个男人没吹过箫？哪个男人没做过冰与火？我到今天连脚部按摩都没做过，我都被人家笑死了，我头都抬不起来，这都算了，你这么多年对我不错，我不玩就不玩。但你不要不识好歹，你要知道我做到这步多不容易，你不好好珍惜不感激涕零，却跟我胡闹。他说。

你后悔了是吧？你去玩就是了？她说。

什么我后悔，什么我后悔，我是告诉你，你是世上最幸福的女人，没有哪个女人比你幸福，因为你老公从不玩女人。但你不知道外面的情况，你身在福中不知福，居然生起了气，好像这个幸福本来就属于你似的。他说。

你少跟我要心眼，你不送不要紧，我不要你送，你居然把这个当礼品，你想说什么你就说，不要耍伎俩，你太没良心了。她说。

什么我没良心，什么我想说什么，什么我耍伎俩，蠢货。他说。

你说什么？她说。你说什么？她坐起来。

他不说话。

你再说一遍，你把你刚才说的再说一遍。她说。

蠢货，我正式通知你，你是蠢货，怎么样？他说。

蠢货，好的，我蠢货，她掀开被子，跳下床，拉开柜门，拽下风衣套上，冲出房门。

你干什么？他说。她穿过客厅，走进门廊，拉开门，向门外奔去。你上哪儿？你上哪儿？他冲进雨中，抱住她的腰。你管我上哪儿。她说。她用双肘推开他。他再次抱住她，她转身用双手推他的脸。你疯了，你疯了。他甩了她一个耳光，她愣了一下，双手捂住脸，转身向东奔去。你疯了，你疯了，他抓住她的衣领，用手抽打她的后脑勺，她用手肘抵挡。他双手挟住她的腰把她往屋里拖，刚拖进屋，她转身又要往外跑。他揪住她的头发把她抵在鞋柜上，甩了她两个耳光，你疯了，你疯了。他说。她突然往地上一坐,平仰在地板上,大哭起来。你哭,你哭。他说。他把门关好。你哭,你哭,你哭,你个神经,你个不识好歹,你个疯子。他说。他在她身边站了会儿,突然蹲下身子说,你出血了,你嘴上出血了。他用手擦去她嘴角的血。是我打的,一定是我打的,是我把你打出了血。他说。她望着天花板不说话。不能闹,闹了要闯祸的,到床上去吧,这样会受凉的。他说。她望着天花板不说话。他抓住她的手,你手冰凉冰凉的,你手冰凉冰凉的。他说。他摸摸她的头,你头冰凉冰凉的,你头冰凉冰凉的,你这样要闯祸的,到床上去吧,他说。他弯腰把手抄进她身下像是要抱她,但没有抱起来。你不能这样,你身上冰得很,你这样要闯祸的,你这样太怕人了。他吻她的手,她没有反应。他又吻她的头,吻她的脖子。她面无表情地望着天花板。他侧身躺在她身边,吻她的耳垂。我不好,我错了,我认错,还不行吗?你身上没有一点儿热度,这要闯祸的。他说。两行泪水从她眼角流下。他一边用手在她手上摩擦,一边吻她的耳垂。她的双腿慢慢支起来,她用双手搂住他的脖子。你吓死我了,你身上冰凉冰凉的。他的泪水涌出眼眶,声音带着哭腔。他把嘴从她的耳垂移到她的嘴上。他们吻了会儿,她推开他的脸,说,我把你看得太死了,是吧?他说,不是,不死。她说,你后悔了是吗?他说,不后悔,我真的是想把它当礼物送给你的,我没有其他意思。她说,你刚才老说冰与火,什么冰与火?他说,一种按摩。她说,按摩,什么按摩?为什么叫冰与火?他说,不能说,说不出口。她说,不能说?有什么不能说的,顶多是做爱吧?他说,比做爱厉害多了。她说,比做爱厉害?男女之间还有什么比做爱更厉害的?他不说话,望着天花板。她说,你告诉我,我给你做。他说,你做不起来的。

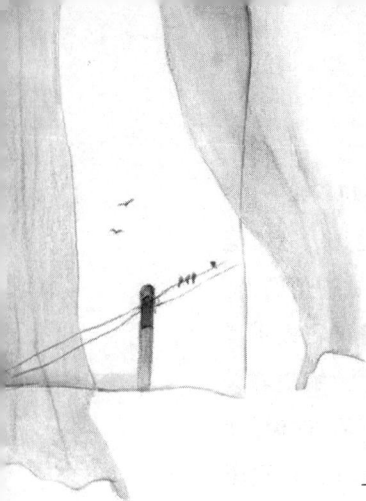

怀念夏榆

尽管他知道今后的生活很艰苦，但是只要是没有赵洁的生活，再大的苦他都能承受。

滕刚情爱小说

夏榆到家时天已经黑了。他刚把自行车搬进堂屋，就听到妻子赵洁在厨房喊他。夏榆赶紧奔到厨房。赵洁说："去买盐，盐没有了。"夏榆拉开碗橱抽屉找零钱。赵洁说："快点儿，鱼已经下锅了。"夏榆说："就来就来。"

杂货店在桥东。夏榆一路小跑上了铁索桥。一架广告飞艇盘旋在桥的上空，桥上站着许多看飞艇的人。夏榆顾不得跟熟人打招呼，顾不得看飞艇，径直往桥东走去。夏榆刚下桥，就听到一声巨响，夏榆本能地扑倒在地上。夏榆在一片惊叫声中爬起来，转身一看，桥没有了。夏榆的第一个反应是有人炸了桥，第二个反应是赶紧跑。夏榆飞快地跑进附近的树林。夏榆跑了大约三公里路，终于跑出那片茂密的树林，跑到国道边。夏榆拦下一辆从北边开过来的客车。司机摇下车窗，夏榆问司机："车去那儿？"司机说："南平。"夏榆说："就去南平。"夏榆上了车，买了票，在后排找了一个位子坐下。汽车拐弯的时候，夏榆听到刺耳的警笛声。夏榆想，一定是

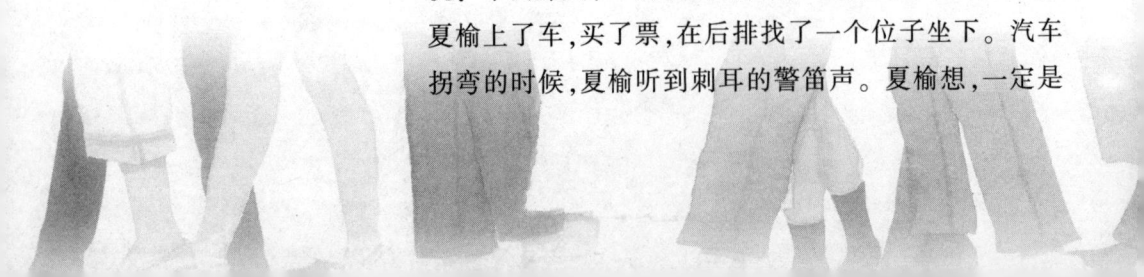

警察去红兴桥了。

夏榆不知道南平是什么地方,但他想一定是遥远而陌生的异乡。想到自己将永远离开老婆,永远失踪,在遥远的异乡开始自由自在的生活,他感到从未有过的轻松和惬意,他十分放松地把两只脚跷在前座的靠背上。

夏榆婚后一直想离开老婆,但他一直没有找到好的办法和机会。如果再不离开赵洁,他会崩溃的。没有人知道他的痛苦,没有人知道他的婚姻是世界上最失败婚姻,没有人知道他的老婆是世界上最可恶的女人。他不知道上帝怎么会造就这样的女人。她是那种没文化,以为自己很有文化的女人。她是那种不漂亮以为自己很漂亮的女人。她是那种不让别人说话自己整天唠叨的女人。她几乎厌恶一切。她讨厌抽烟,所以他就不能抽烟。她讨厌酒,所以他不能喝酒。她讨厌打牌,所以他不能打牌。她讨厌交友,所以他就不能交友。她讨厌吃肉,所以他就永远吃不到肉。她讨厌电话,所以他们家至今没有装电话。她讨厌那些女明星,所以他不能看电影电视。他几乎什么都不能干。她只喜欢他整天陪着她,而他一刻都不能忍受她。他只要稍不顺她的意,她就回娘家,她就不说话不睡觉不吃饭,直到他向她承认错误她才罢休。夏榆一直想跟她离婚,但他知道那是不可能的。赵洁对他说过:"你要是跟我离婚,我就自杀。"别的女人说自杀是要挟是恐吓,赵洁是真的,她是说什么就干什么的女人。他想过考研究生,赵洁说你考到哪里我就跟到哪里。他想过出国,赵洁说,你出国我就跟你出国。所以他一直想失踪。只有失踪他才能彻底摆脱赵洁,才能彻底摆脱这个噩梦般的婚姻。但他知道,赵洁是个疯子,只要他失踪,赵洁会发了疯地找他,寻找他的启事将贴遍祖国和世界各地,他最终将被找到。所以有一次看电视,看到某地歌舞厅发生爆炸,死了多少人,失踪多少人,夏榆就有了这样的念头,他要是趁一次意外事件失踪就好了。那是自然失踪,赵洁将永远不会找他。他知道这个念头荒唐。只有饱经折磨的人才会有这样的奇思妙想。他知道这样的机会千载难逢。但是他一直有这样的念头,这是他摆脱赵洁的惟一出路。所以,发现桥被炸,他立刻决定趁机失踪。尽管他不知道桥为什么被炸,但他肯定桥上的人无一生还。他

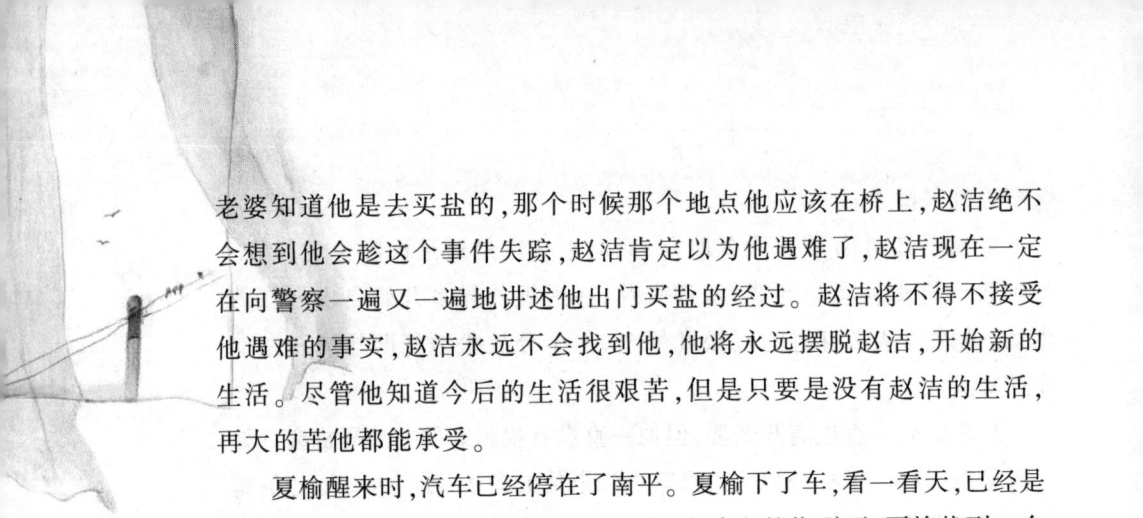

老婆知道他是去买盐的,那个时候那个地点他应该在桥上,赵洁绝不会想到他会趁这个事件失踪,赵洁肯定以为他遇难了,赵洁现在一定在向警察一遍又一遍地讲述他出门买盐的经过。赵洁将不得不接受他遇难的事实,赵洁永远不会找到他,他将永远摆脱赵洁,开始新的生活。尽管他知道今后的生活很艰苦,但是只要是没有赵洁的生活,再大的苦他都能承受。

夏榆醒来时,汽车已经停在了南平。夏榆下了车,看一看天,已经是第二天傍晚了。他向人打听哪儿有报亭。在路人的指引下,夏榆找到一个报亭,买了一份《南平晚报》,翻到第四版,一个标题跳入他的视线:

鄞城发生特大爆炸案

[本报讯] 21 日晚鄞城发生特大爆炸案。一出租司机把装满炸药的出租车停在鄞城东部的红兴桥上,因为对讲机开着,总台听到事发前出租车司机和他女友的对话。出租车司机说:"我在车上装了炸药,你不答应嫁给我,我就引爆炸药,跟你同归于尽。"女的说:"我不同意。"随即一声巨响,桥当即炸毁,26人遇难,3人失踪。据警方说,由于桥下是山间激流,失踪者生还的可能性很小。

夏榆吻了一下报纸,飞快地奔上附近的大堤。他终于遇难了,他终于失踪了。夏榆像断了线的风筝在大堤上飞翔。

青叶流香

医生给他开了21剂青叶，医生说："这药苦，但很香。"

1984年5月，张三受一则虚假广告的诱惑来到龙沙镇，打算发一笔横财，结果被骗得血本无归。1984年6月，张三第二次来龙沙镇是因为他看中了龙沙镇赵铁匠的女儿铁梅。尽管铁梅一再警告他，你不要跟我结婚，跟我们龙沙镇的姑娘结婚你会得胃病的。张三觉得铁梅的话是无稽之谈。张三第一次来龙沙镇就知道，龙沙镇男女老少都有胃病。关于龙沙镇人都有胃病在外界有许多传说，但是没有哪种传说能够解释龙沙镇人为什么都有胃病。像很多爱情故事描述的那样，张三被爱情弄昏了头。恋爱不到两个月，张三便和铁梅成了亲，成了龙沙镇的女婿。

张三结婚那天，一个名叫桑林的学者带着一个专家团来到龙沙镇，研究"龙沙人胃病探源"的课题。据说这已经是来自国内的第三十七个专家团了。张三对这些自称专家，整天研究龙沙水土、饮食结构的人不屑一顾。像所有幸福的新郎一样，张三每天踏着龙沙镇的青石板路优哉游哉。在龙沙镇青石板路两边，是一排排青砖瓦

秘密情节

房，每个院子门口都有石狮和台阶，台阶上都放着药罐，药罐里都煮着一种叫做青叶的药，那是从龙沙后山上采来的专治胃病的药，张三非常喜欢这种青叶散发出来的香味。

张三噩梦般的生活是婚后一个月发生的。那是一个很普通的晚上，晚风吹拂，青叶流香。张三和妻子在院子里共进晚餐，他们首先谈了有关桑林他们的话题，谈得很开心。后来就谈到了中秋节。谈到这个传统佳节在男方家还是女方家过的问题。双方争执不下，为了一句话，为了一句在张三看来确实有些原则性错误但无关大局的话，他们发生了婚后的第一次口角。口角仅仅进行了一个回合，铁梅把筷子往桌上一扔，就不说话了。不说话就是不说话了，一连三天妻子不说一句话。张三急死了。他开始以为她在耍脾气。张三用各种方法逗她说话，张三给她讲笑话，张三骂她蠢猪，张三故意砸坏她最珍爱的小家电，张三说她这样做既伤害自己又伤害别人，张三揍她。张三甚至跪下来求她。张三打自己的耳光。张三倒立、翻跟头。张三哭。铁梅就是不说话。第四天上午张三一觉醒来发现铁梅还不说话，他急得要疯。他终于想起恋爱时铁梅对他的警告。他决定去问问邻居们这是怎么回事，怎么办？虽然张三喜欢龙沙镇，喜欢这里的青石板路，喜欢闻这里的青叶香味，但他跟龙沙镇人很少接触，他并不了解龙沙镇人。当他由东到西连串七户人家，发现家家人都不说话。他十分恐惧，他不知道发生了什么事。他问路边一个专门替人看手相的老人。老者惊讶地说："你不知道啊？"张三惊讶他的惊讶。老者说："你不知道龙沙人的习俗啊？你要她开口，你必须陪她不说话，这样她七天就会开口。"张三于是也不说话，第七天早晨妻子终于开口说话了。张三长长出了口气。妻子说："你以为这件事就这么结束了？早着呢？"张三惊呆了。这句话半小时后就应验了。妻子不吃早饭。不吃中饭。铁梅晚上不吃晚饭时，张三知道要发生什么了。有了第一次经验，张三从一开始就想制止事态进一步发展。他对妻子说："你打我可以，骂我可以，不说话也可以，你不吃饭不行，损害了身体无法挽回的。"妻子说："奇怪，我不吃饭跟你有什么关系？"当铁梅第二天上午不吃早饭，从柜子里取出青叶到门口煮时，张三急得要疯了。他不知道怎么办，他由西向东连走七户人家，这些人都在斗争，都不吃饭。张三又去问那位老者。老者说："你不知道啊？"张三说："我知道了。"张三绝食了。果然第七天上午妻子吃饭了。张三说："红军长征到达陕北时,饿的时间太长了,一顿分几顿吃。你一开始少吃点儿,不要吃坏了胃。"铁梅说："你说什么东西?你以为这事就此结束了?早着呢!"张三到嘴里的饭没能咽下去。当晚妻子不睡觉,而是坐在潮湿、阴冷的地上。这是张三万万没有想到的,张三急得哭了。张三夺门出去,由东向西走了七户人家,发现邻居们都坐在地上。张三急得要疯了。张三找到老者,老者没说话,拿起毛笔,在泛黄的宣纸上写了十个字:"三七二十一,台风自然退。"张三将老者的手迹揣进怀里,回家往地上一坐,开始陪铁梅不睡觉。第七天晚上,妻子终于睡到了床上。妻子说她没什么事了,但张三却一夜没睡。这一夜张三胃疼得要命,疼得又呕又吐。妻子为他按摩胃部,心疼地说:"我是自己惩罚自己,你着什么急呢?我要你不要娶我吧。"第二天上午,张三在龙沙医院被确诊患了萎缩性胃炎,医生给他开了 21 剂青叶,医生说:"这药苦,但很香。"

张三去供销社买了一个药罐子。张三拎着药罐路过龙沙大桥时,看见桑林手拿放大镜正在田野里匍匐前进。桑林对站在他旁边的张三说:"到现在还没有发现致病病菌。"一股气从张三胃部顶上来,张三长长缓了口气。

秘密情节

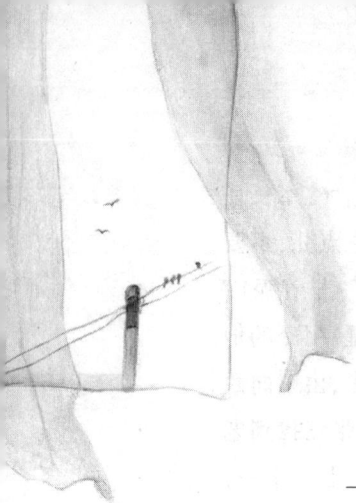

婚 姻 状 况

滕刚情爱小说

现在这双手显然不是工艺品了,粗糙,苍白,但青筋毕露有力量。

张三在他结婚第十年的冬至这天,突然全身疼痛不止。省人民医院的医生们彻底检查他的身体,没有发现他的身体有任何病变,更没有发现他身体疼痛的原因。医生对他使用了包括杜冷丁在内的所有止痛针剂,他的疼痛非但没有止住,反而愈疼愈烈。两个月后,回天无力的医生终于放弃对他的检查和治疗。医生预言,要不了一个月他会因疼痛而死去,疼痛也会死人的。张三流着泪跟那些曾经拯救过他的医生们握手告别后,被妻子用板车拉回家。

张三本来就对疼痛十分敏感,近两个月的疼痛把他折磨得失去了人形,他再也无法忍受这无边无际的疼痛了。在板车上他一再恳求妻子协助他自杀,让他早一点儿结束痛苦。妻子终于把他拖到家,把他扶到厢房那张能照到阳光的床上。妻子按照医生死马当活马医的医嘱,准备给他喷洒已经喷了两个月没有一点儿效果的止痛喷雾剂。为了便于药水吸收,喷药前必须将患者皮肤用温水洗净,然后用手按摩,促进血液循环,从而确保药水的全面吸收。

　　一直陪伴丈夫的妻子对护士的操作流程已十分熟悉，她像护士一样熟练地用温水帮张三清洗皮肤，然后脱去手镯，用手轻轻地在张三胸部按顺时针方向按摩。奇迹发生了，妻子手到之处他的疼痛就立刻消失，他停止了呻吟，拽住妻子的手让她按摩他的全身，按摩他身上所有疼痛之处。仅仅一刻钟，他的疼痛完全消失。他把妻子紧紧搂在怀里，妻子十分惶恐。省人民医院的专家对他妻子用手解除他的疼痛感到不可思议。他们仔细研究她的手，无法解释她的手为什么能解除张三的疼痛，他们只能视为奇迹。这以后张三的疼痛症总是周期性发作。但任何时候任何地方，只要妻子给他按摩，他的疼痛就立即消失。

　　但是张三在发病后的第二年冬天却坚决要跟妻子离婚。实际上早在十一年前结婚的第二天他就想离婚了，只不过现在这种欲望比任何时候都强烈。就像他的疼痛别人无法理解一样，人们无法理解他为什么跟妻子离婚。尽管妻子身上有他不能忍受的永远无法改正的致命缺点，但那不是他离婚的主要原因。他是从根本上不能忍受婚姻，他是对婚姻本身的厌恶。他不能容忍自己在婚姻中消耗余生，他看透了婚姻。对他来说最大的难题就是离婚后他的疼痛症发作怎么办。他找法院的朋友帮忙。他说，我什么都不要，只求法院判决时要求我妻子在我疼痛发作时必须履行为我按摩的义务。朋友说，那一定要你妻子同意，法院不可能帮你这样的忙，这不是刑事判决。妻子同意离婚，但拒绝离婚后帮他治疗疼痛。他的那位愿意跟他终身保持性关系而不结婚的情人说，你们不离婚你跟你妻子当着我的面性交我都不会反对，但你们离婚后，你的妻子不可以再接触你的身体，这是一个基本常识。他也曾经在疼痛发作时，试着请别人（包括别的女人）对他进行按摩，但没用。他甚至想过情愿忍受疼痛，也要离婚，但一想到那要命的疼痛他又犹豫不决。这使他陷入无边的痛苦之中。这就意味着因为疼痛，因为妻子那双手他就无法离婚。他不理解他的疼痛怎么来的，他不理解为什么他的疼痛只有妻子能治疗，他不理解妻子那双手为什么具有那样神奇的魔力，他不甘心自己堕落在婚姻之中。

张三终于到了不堪重负的地步。在一个月光皎洁的夜晚，他的疼痛空前发作，妻子大汗淋漓地为他按摩一个小时后倒在他身边睡着了。妻子那双手搁在他的手背上。他泪流满面地审视妻子那双手。这是他婚后第一次审视妻子的双手。

　　他还记得第一次审视这双手的情景。那也是个月色皎洁的夜晚，那是第一次亲密接触，他把妻子那双洁白如工艺品的手放在自己的嘴唇上。现在这双手显然不是工艺品了，粗糙，苍白，但青筋毕露有力量。他久久凝视这双既能帮他解除疼痛又使他无法摆脱婚姻的手。他把这双手贴在他的耳边，希望它们告诉他，这其中的奥秘。

马原报告

他认为不是世界上不存在幸福的婚姻，是人们一直没有找到导致婚姻痛苦的根源。

　　我们都知道世上不存在幸福的婚姻。但我的朋友马原否认了这种说法，他甚至把"怎样拥有幸福的婚姻"作为一项课题研究。我想，他这样做，大概基于以下两个原因。第一，他是专门研究黑洞的天文学研究员，他相信这个世界没什么比黑洞更深奥。第二，他正在进行一场如火如荼的恋爱，就像我们当初婚前对婚姻怀着美好的憧憬一样，他对婚姻怀着美好的幻想。

　　和我们所有结过婚的人一样，婚后不久马原和他的女人就进入战火纷飞的年代，三天一吵，五天一架。战争，冷战，和平。再战争，再冷战，再和平。循环往复，以至无穷。但是饱受婚姻折磨的马原并没有绝望，他认为不是世界上不存在幸福的婚姻，是人们一直没有找到导致婚姻痛苦的根源。找出根源，进而解决问题，幸福的婚姻也就水到渠成。

　　从结婚那天起，马原对他和妻子的一言一行就做了详细的记录。马原对这些记录进行分析研究，发现他和妻子每次冲突都是发生在他们说话以后，都因误解

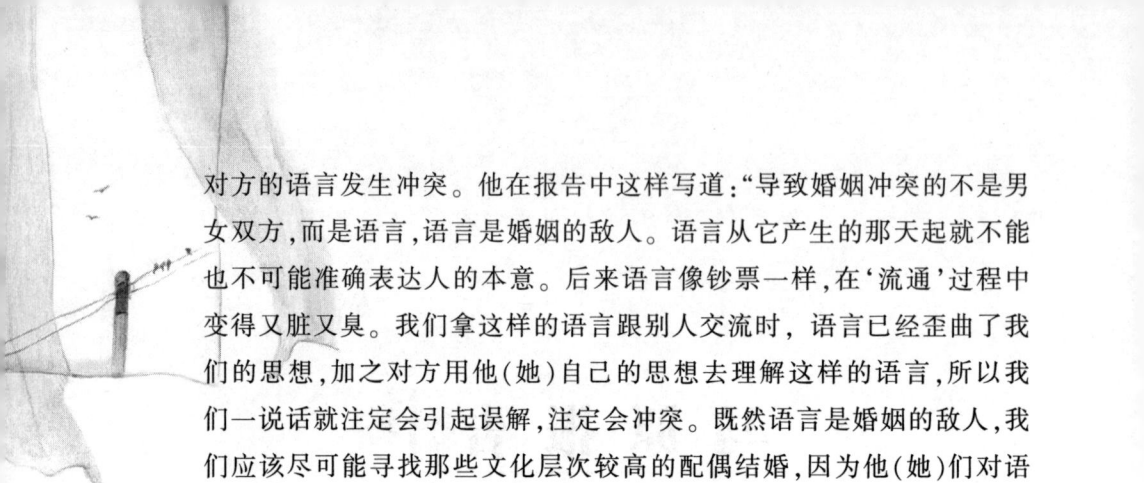

对方的语言发生冲突。他在报告中这样写道："导致婚姻冲突的不是男女双方，而是语言，语言是婚姻的敌人。语言从它产生的那天起就不能也不可能准确表达人的本意。后来语言像钞票一样，在'流通'过程中变得又脏又臭。我们拿这样的语言跟别人交流时，语言已经歪曲了我们的思想，加之对方用他（她）自己的思想去理解这样的语言，所以我们一说话就注定会引起误解，注定会冲突。既然语言是婚姻的敌人，我们应该尽可能寻找那些文化层次较高的配偶结婚，因为他（她）们对语言的理解更接近语言的本义，从而把由语言引起的冲突降低到最低程度。"

在这一理论指导下，马原离婚后跟一个硕士研究生结了婚。但是马原婚后才发现，这个研究生比他第一任妻子有过之而无不及。她对语言太敏感，她太容易受语言伤害，他几乎不能跟她说话。她对他的话逐字逐句分析，她对他的每句话都能分析出若干含义，她在他的每句话里都能找到借喻、暗喻、隐喻、讽喻，她在他的每句话里都能找到对她伤害的成分，所以他不能说话，一说话就冲突。马原在报告中这样写道："既然语言是婚姻的敌人，我们应该寻找那些文化层次较低的人结婚，因为他（她）们自身的文化水平差，对语言的理解更直接更朴实，不会从语言中寻找延伸义和深层义，从而最大限度地减少对语言的误解。"

所以马原和第二任妻子离婚后找了个洗衣工。但是这个洗衣工不怕苦不怕累不怕死就怕受气，只要马原一说话她就生气，她一气就回娘家，就喝农药。她记忆力很差，但她记得马原伤害她的每一句话。她不识字，但她总是把马原的每句话往最坏处想。她甚至为了马原的一句话气三年。因为一句在马原看来无关紧要的话，她差点把刀子捅进马原的心脏。

马原毕竟是个天文学家，虽然屡遭打击，但他并没有失去信心。告别第三次婚姻后，经过反复思考，他跟一个聋哑人结了婚。马原当初和这个聋哑人结婚的时候，我们都很吃惊，都百思不得其解。但是马原结婚后，他们从未有过冲突，从未有过战争，从未有过冷战，直到现在，结婚十一年了，他们的婚姻是我们见过的世界上最幸福的婚姻。马原在报告的最后一部分这样写道："既然语言是婚姻的敌人，我们应该避免双方语言交

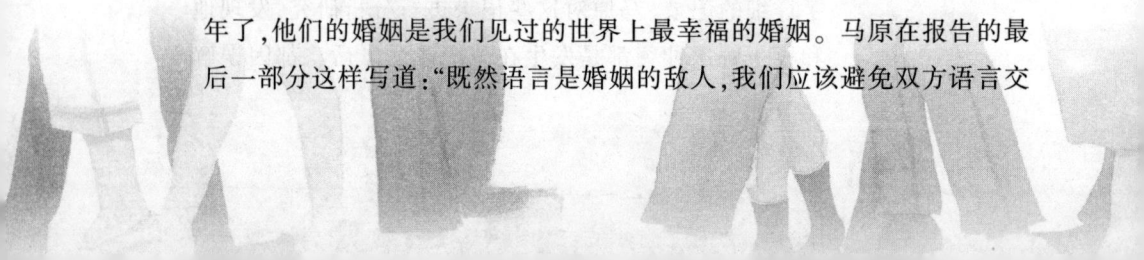

流,很显然,你如果跟聋哑人结婚就不会有语言的交流,就会拥有幸福的婚姻。"

马原报告发表后,越来越多的人选择与聋哑人结婚,越来越多的人拥有了幸福的婚姻。我也想找个聋哑人结婚。那天我去残疾人联合会,那里的负责人说,现在聋哑人很紧张,你先登记一下吧。

　　我们都知道世上不存在幸福
的婚姻。但我的朋友马原否认了
这种说法，他甚至把"怎样拥有幸
福的婚姻"作为一项课题研究。

第 二 辑

非 常 时 刻

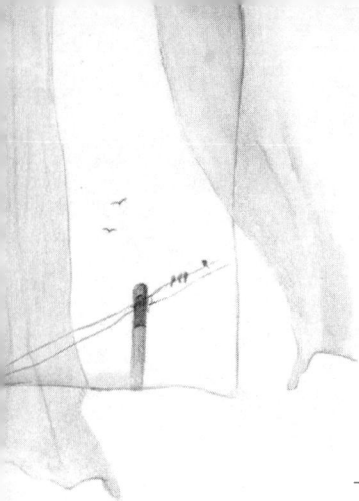

凌　晨

"怎么样，以后天天来这里早锻？"他说。

　　她刚爬上篱笆栏，他骑着单车就从体育场东门过来，把单车扔在沙坑边，从她对面爬上篱笆栏。

　　"来迟了。"他说。

　　"不迟。"她说。

　　"昨天我收获可大。"他说。

　　"什么收获？"她说。

　　"昨天我在晚报上看到一篇文章，说现在不少老头大清早到美容店敲背，看来利用早锻时间搞情况，不是咱俩的独创，革命前辈也已经加入其中了。"他说。他从口袋里掏出一块口香糖，剥去包装，撕一半送进她嘴里，把另一半放进自己嘴里。

　　"怪不得我叔公每天天一亮就出门，说是早锻，我从没见过他，一定是到美容店去了，回去审他。"她说。

　　"另一个收获更大。"他说。

　　"什么收获？"她说。

　　"昨天晚上我跟吴亮一起吃饭，问他宾馆什么时间不查房，他说只有凌晨3点到6点不会查房，因为这个时间小姐都睡觉了，公安不会来查房。"他说。他从口袋

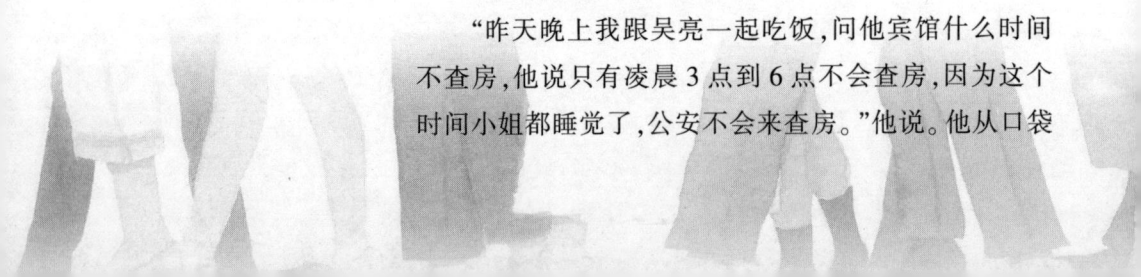

里掏出身份证在她眼前晃了晃。

"干什么？"她说。

"开房间。"他说。

"现在？"她说。

"现在。马上。就到对面邙宾。"他说。

"你疯了。"她说。

"这时候到宾馆开房间,不会有人看见,不会有人查房,你怕什么?谁会想到我们在早锻时间到宾馆开房?"他说。

"你去,我不去。"她说。

"在这里约会好是好,但没有到宾馆好。"他说。

"你疯了,你真的疯了。"她说。

"我先去,你等我电话。"他说。

她不说话,把头仰向空中。

"你就可怜可怜我吧。"他说。

她笑。

"你真好。"他说。他跳下篱笆栏,骑着单车,穿过马路,把单车停在宾馆门前,走进宾馆大厅,在总台登了记,交了押金,拿了钥匙,乘电梯来到401 房间。

"在 401,你乘电梯到 5 楼,然后从 5 楼走到 4 楼。"他一边脱外衣一边用手机给她打电话。

他把床铺整好,刚做完第六套广播体操,她走进房间。

他用手褪去她的内衣。

"你疯了,你真的疯了。"她说。

他回头把门关好,扣上保险栓,转身在她身边躺下。

"把手机关了吧,万一家里打电话。"她说。

"不关,关了反而不正常,反正在早锻,怕什么?"他说。他把她的手机扔在枕边。

他们战斗了几十个回合,最后她骑到他身上。

"怎么样,以后天天来这里早锻?"他说。

"你疯了,你真的疯了。"她说。她弯腰拿起床头的枕巾把他的脸蒙上。

手机响了。

"你的手机,你的。"她说。

"我老婆。"他拿开脸上的枕巾,拿起手机一看,说。他示意她不要动,接通手机。

"锻炼结束后,带一斤虾子回来,你儿子要吃虾。"他老婆说。

"领旨。"他说。

"你怎么喘得那么厉害?"他老婆说。

"我在做仰卧起坐。"他说。

"继续做吧。"他老婆说。

"继续。"他把手机扔在枕边,说。

"疯了,你真的疯了。"她说。

事毕,他翻身下床奔进卫生间。

"看看,我身上有没有你的头发。"他洗完澡从卫生间出来,仰在床上说。

"没有。"她伏在他身上找了片刻说。

"反面有吗?"他翻身趴在床上。

"没有。"她把他从头到尾看了一遍说。她起身去卫生间。

"不要洗头,不要用香皂,不要用沐浴露。"他大声说。

"为什么?"她说。

"呆瓜,你如果洗头,用香皂,用沐浴露,你老公不就知道你在外面洗过澡了?"他说。

她从卫生间出来,他正用粉红色餐巾纸包下身。

"干什么你?"她说。

"据说我们这玩意儿完事后,一小时内陆续有东西流出来。我老婆不知道从哪儿知道这秘密的,每次洗我内裤,都要把我的内裤在阳光下照照。"他说。

"无聊。"她说。

"有橡皮筋吗?"他说。

"没有。"她说。

"桌上有针线包,服务指南里有针线包。"他说。

她拿来针线包，扯下一根线，帮他扎好。

"这样不难受？"她说。

"一小时后就拿掉了。"他说。

"受罪。"她说。

"明天还到这里早锻，好吗？"他说。

"你疯了，你真的疯了。"她说。

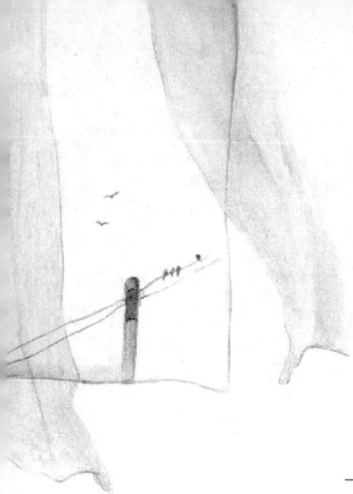

中 午

"冯小刚,你跟老子斗,你找错人了,想用手机把我困住那是不可能的,老子有的是办法。"他跳下床,拉开窗帘,对着天空喊道。

滕刚情爱小说

50

事后，她从床上坐起来，端起床头柜上的高脚酒杯,把杯里残留的葡萄酒倒在他胸脯上,用舌头舔掉,说:"下次怎么联系？"

他望着天花板,不说话。

"问你呢,下次怎么联系？"她说。

"除了手机,还有什么更安全的办法？"他说。

"不行,不能用手机。自从看了冯小刚的《手机》,我那位常翻我的手机看,他一看我手机,我就浑身冒汗。"她说。

他望着天花板,不说话。

"他每次去缴话费,都要把话费单打出来,说是担心电信局乱收费,我知道他是不放心我。"她说。

"我都是发短信给你,发短信,话费单是打不出号码的。"他说。

"可手机上是显示号码的。"她说。

"那他在你身边时,你把手机关了。"他说。

"不行,他常拿我的手机玩。"她说。

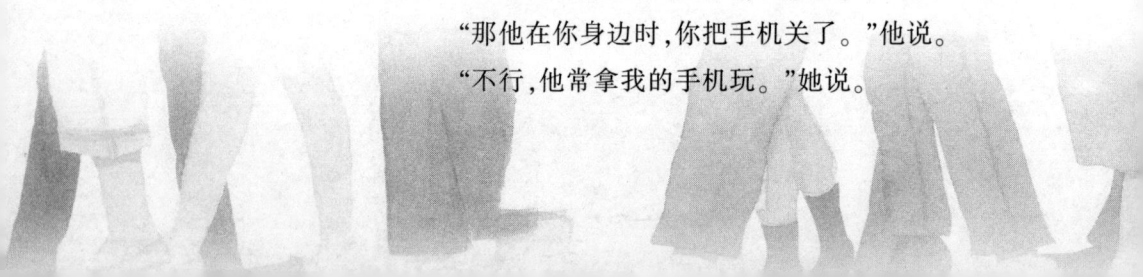

"他没手机？"他说。

"有，怎么没有。他说我手机里的游戏好玩，说要看看我手机里有没有新段子。我知道这是他的借口，但没办法。"她说。

他望着天花板，不说话。

"你不要发呆，想想办法，你有办法的。"她说。

"冯小刚真他妈不是东西，什么片子不能整，非要整这么一部片子。我没跟你说，我老婆看了那片子后，整天神经分分的，动不动就翻我的手机看，搞得我整天喘不过气。手机何止是手雷，简直是他妈手铐。"

"我说不能用手机联系吧。"她说。

"电话不能打，信不能写，人又不能去你家，除了手机，还真没其他办法。手机，只有在手机上想办法。打手机不行，发短信不行，把来电、短信删了也不行。要不，下次给你发短信，我把号码隐去。"他说。

"你蠢货啊，你他妈蠢到家了，你把号码隐去，不是此地无银三百两吗？"她说。

"他万一看到我的短信，你就说打错了，就说不知道是谁的号码。"他说。

"你蠢货啊，你以为他跟你一样蠢？他看到可疑号码，可以用我的手机给你发短信，你怎么知道给你发短信的是我，不是我老公？"

"天啦，还有这一招？那以后我们发短信，先发暗号。比如我发'我是黄河'，你看到'我是黄河'，就知道是我本人发的了。你给我发短信，先发'我是长江'，我看到'我是长江'，就知道是你本人了。"他说。

"什么长江黄河，不要胡思乱想了，用手机联系迟早要出事的。"她说。

"你只要趁他不在你身边的时候给我发短信，我回复之后，你立马删掉，他就不会发现了。"他说。

"我给你发短信，可以趁他不在的时候给你发，可我怎么知道你收到我短信时，你老婆不在你身边？你手机不在你老婆手里？你可以不当着你老婆的面给我发短信，可你怎么知道我收到你短信时，我老公不在我身边？我手机不在他手上？"她说。

"你时刻把手机放在口袋里。"他说。

"时刻？我到卫生间洗澡，也把手机带到卫生间？我睡着了怎么办？我突然昏迷怎么办？我突然出车祸怎么办？"她说。

"要不，我们发英文或者密码。"他说。

"蠢货，这不更是此地无银三百两吗？"她说。

"冯小刚真他妈不是东西。"他说。他望着天花板。

"你不要老困在手机上，想想其他办法。"她说。

"伊妹儿，用伊妹儿。"他突然坐起来说。

"什么伊妹儿？"她说。

"我们到雅虎或新浪，各申请一个电子信箱，密码只有我们自己知道，我们用伊妹儿联系，永远不会被人发现。"他坐起来，又躺下说。

"绝，这个办法绝，这个办法万无一失。"她说。

"冯小刚，你跟老子斗，你找错人了，想用手机把我困住那是不可能的，老子有的是办法。"他跳下床，拉开窗帘，对着天空喊道。

她笑得从床上滚到床下。

下　午

你和坐办公室、开宝马的那些女人比，你说是你可悲，还是她们可悲？当然是她们可悲。

完事后，他从口袋里掏出 5 张 100 元的钞票给她。她像卷烟一样把钞票卷起来插进胸罩。

他从包里掏出一包软壳中华，抽出两支含在嘴上，用打火机点燃，把一支递给她，一边抽烟一边穿外衣。他走到门口，掀起门帘，她突然伏在床头哭起来。

"你哭什么？"他转身说。

"不哭什么。"她说。

"不哭什么，为什么哭？"他说。

"我自己的事，跟你无干，你走你的。"她说。

"跟我无干？怎么会跟我无干。如果一个小时前，你哭，我当然无动于衷。但现在我和你有过肌肤之亲，我就不能不问了。"他说。他在床边坐下，脱去外衣。

"没事，真的没事。"她说。她用手擦眼睛。

"你不说，我就不走。"他说。

"你不走，要算加钟的，楼下有人计时的。"她说。

"加钟就加钟。"他说。

她又哭起来。

"你有什么事可以说出来，我也许能帮你的。"他说。

"这个事你帮不了我的。"她说。

"你说说看，也许我能帮你的，即使不能帮你，我也可以帮你分担一些痛苦啊。"他说。

"我为自己难过，为自己伤心，整天做这种见不得人的事，将来怎么办？平时不想没事，一想就难过。"她说。

"你遇到救星了，这个我能帮你。关于这个，我有一套理论，我把这个理论说给你听，你就会觉得，你干的这一行，对女人来说，是最好的职业。"他说。

"胡说，怎么会是最好的职业。"她说。

"我不胡说，我怎么会胡说。我问你，女人最大的幸福是什么？"他说。

"遇到一个好男人。"她说。

"对啊，那什么是好男人？"他说。

"对女人忠实的男人。"她说。

"对啊，可世上有这样的男人吗？"他说。

"没有。"她说。

"对，没有。这是个很简单的道理。但你如果不干这一行，你会明白这个道理吗？"他说。

"是的，我做这个前，绝不会知道男人是这样的。我做这一行最大的收获就是对男人有了彻底的认识，男人没有一个好东西。"她说。

"女人从事任何职业，都不可能像从事这种职业这样了解男人。"他说。

"是的，是这样的。但是，这怎么能说明这个职业是女人最好的职业呢？"她说。

"你还不明白？普天下的女人之所以痛苦，就因为她们不了解男人。她们一辈子都在追求永恒的爱情，追求对她忠诚的男人，而这样的男人是没有的，结果她们只能痛苦一辈子。"他说。

"是的。"她说。

"而你不会有这样的痛苦。你不会去追求永恒的爱情，不会去追求对你忠实的男人，不会把自己的一生系于一个男人身上，不会被男人欺骗

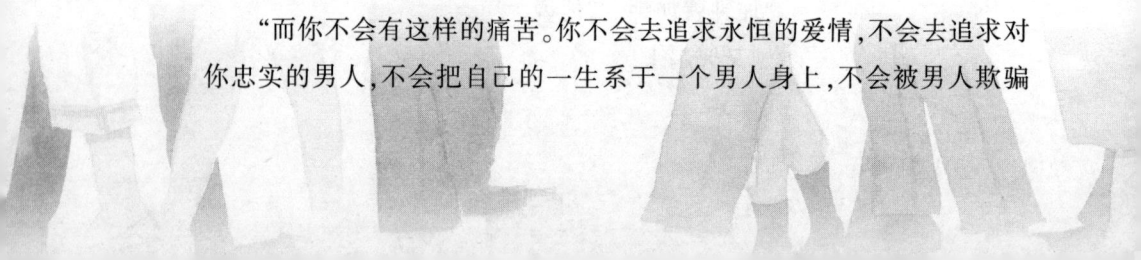

和伤害，因为你知道男人是怎么回事。你没有这样的痛苦，你就注定比其他女人幸福。而你不干这一行就不会这样了解男人，就不会有这种幸福，所以这个职业对女人是最好的职业。"他说。

"你这么一说，我心里好过多了。"她说。

"你和坐办公室、开宝马的那些女人比，你说是你可悲，还是她们可悲？当然是她们可悲。因为她们的丈夫在外面玩女人，但她们不知道，她们以为她们的男人只爱她一个人。"他说。

"我才不会受这样的欺骗。"她说。

"所以，你不仅不要为自己伤心，你应该为自己从事这个职业而庆幸。"他说。他从包里掏出一包中华，抽出两支，叼在嘴上，用打火机点燃，把一支递给她，自己抽另一支。

她吐了个烟圈，一脸的灿烂。

"谢谢你，你给我上了人生最重要的一课。"她说。

"最后纠正你一下，女人最大的幸福不是遇到好男人，是对任何男人不抱希望。我下去了，我老婆在大厅等我呢。"他说。他站起身。

"你老婆？在大厅？"她说。

"她整天盯着我，生怕我玩女人，我今天带她来洗澡，骗她说我在上面做保健按摩，让她在大厅等我。"他说。

"你真残忍。"她说。

"你说你可怜，还是她可怜？她可是开着宝马的。"他说。他掀起门帘。

"谢谢你！谢谢！"她说。

秘密情节

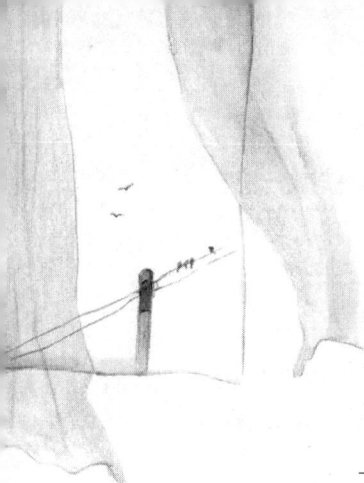

傍　　晚

滕刚情爱小说

56

愿意也不行,女人爱上一个男人,什么蠢事都做得出来。

出租车在邝州宾馆门前停下。

多少钱?他说。

17。司机说。

他从上衣口袋里掏出钱包,拣出一张 20 元的递给司机。司机把发票和硬币递给他。他把发票撕成两半丢在座位上,把硬币放进钱包,拉开公文包拉链,把钱包放进去,从口袋里掏出手机,关掉,放进公文包,然后摘下眼镜,放进公文包,拉上拉链,把公文包夹在腋下,下车,走进宾馆大厅,径直走到电梯口。电梯刚好停在一楼。他跨进电梯,按了一下 7 楼。电梯到达 7 楼,他走出电梯,从安全楼梯爬上 9 楼,沿走廊往里走,在 917 门前停下,按响门铃。

怎么不戴眼镜?她拉开门,愣了一下,说。

他摇摇手,走进房间,取下门内侧把手上的请勿打扰,挂在门锁上,关上门,扣上保险栓。

你眼镜呢?为什么不戴眼镜?她用双手勾住他的脖子,亲他的脸。

他一边用嘴回应她，一边用手拉开公文包，摸出眼镜，戴上。

怎么不说话？你今天怪怪的。她说。她拿下他的眼镜，又给他戴上。

他把公文包放在写字台旁边的矮柜上，搂着她走到床边，把她摁倒，然后走到床头，打开所有的灯，把写字台前的椅子搬到窗前，站上去，拉开窗帘。

你干什么？她坐起来说。

他把手伸进窗帘盒，由东向西摸了一遍，拉上窗帘，跳下，把椅子搬到写字台前，站上去，取下吸顶灯灯罩，看了一下，装上灯罩，跳下。

你干什么？她说。

他走到写字台前，拉开所有抽屉，关上，又走到床头柜前拉开抽屉，关上。

你找什么？为什么不说话？她说。她站了起来。

他走到床前，掀开床单，抬起席梦思的一端，用嘴示意她抬席梦思的另一端。她走过去，抬起席梦思的另一端。他看了一眼床板，放下席梦思。

你神经兮兮的，找什么？她说。

他把她摁倒在床上，剥光她的衣服，卷起来放进卫生间；回到床前，找到她的包，放进卫生间；又回到床前，取下她的耳环和项链，放进卫生间，把卫生间门关好，来到床前，关掉所有的灯，开始脱衣服。

你干什么？她说。

现在我可以说话了。他说。他在床边坐下，知道马王案吗？

马王？什么马王？她说。

那个姓马的女人要告那个姓王的主持人，那女的怕人啊，她对媒体说，她要把王某的录音播出来，后来还真播出来了。

我知道你在说谁了，那女人太过分了。她说。

她过分不要紧，把人家老王害惨了，她说要检验DNA，她还说，她要把王某的身体从头到脚说一遍给大家听。要是她真说出来，说出个什么他大腿根上有个黑痣什么的，那还了得。果真有此事，那真怕人啊，那就是说她们当初跟你好的时候，就准备告你。我虽然官不如克林顿大，上电视没有老王多，但也是三天两天就要上电视的人。他说。

我不是那种女人，我不会的，我是自己愿意的。她说。

愿意也不行，女人爱上一个男人，什么蠢事都做得出来。那个莱温斯基当初把克林顿的那东西留在裙子上，也许是为了纪念，但若干年后拿出来就是 DNA 了。

我不会，我是真心的。她说。

不能不防。他说。马王事件提醒我们，跟任何女人在一起，都要检查一下周围是否有摄像头，是否有窃听器或录音机，不能让她们看到自己的裸体，不能把排泄物留在任何物体上，不能留下 DNA。

他把枕巾铺在她身下，从裤子口袋里掏出安全套戴上，趴在她身上，像游蛙泳一样，手划脚蹬，最后他像遭到电击一样，全身突然收紧……

你不要动，你就躺在这里。他拿起枕巾，捂住下身，到公文包里拿出一把剪刀，来到卫生间，把避孕套扔进马桶，冲掉。用剪刀把枕巾剪碎，扔进马桶，冲掉。然后拿起水池上的牙膏，挤出，涂满下身，跨进浴缸，打开淋浴。

你可以洗了。他从卫生间出来一边穿衣服一边说。

她起身去卫生间。

我先走了，我还有个会议。他说。他把眼镜放进公文包，把公文包夹在腋下，拉开房门，走了出去。

晚　　上

"过马路小心点儿,过
马路小心点儿。"她说。她笑
得在床上打滚。

事毕,他拿起床头的内衣,正要往身上穿,她伸手
夺过他的内衣,扔在地上。

"干什么?"他说。

"不干什么。"她说。

"不干什么?不干什么为什么不让我穿衣服?"他
说。

"不穿,我也不穿。"她说。

"就这样光着身子?"他说。

"我无聊。"她说。

"你无聊就让我们光着身子?"他说。

"我想做个游戏。"她说。

"什么游戏?"他说。

"打电话。"她说。

"打电话?打什么电话?"他说。

"你给你老婆打电话,我给我老公打电话。"她说。

"打就打,等我把衣服穿起来打。"他说。

"不行,就这样打,就现在打。"她说。

秘
密
情
节

"就这样打？"他说。

"对,就这样光着身子打。"她说。

"不行,这怎么打？"他说。

"你打不打？"她说。

他不说话。

"我不要你离婚,不要你包养我,要你打个电话都不行？"她说。

"打就打,你先打。"他说。

"我们猜。"她说。

她伸出巴掌,他伸出拳头。

"你输了,你打,你先打,号码多少？"她说。她从枕边拿过他的手机。

"我自己拨。"他说。

"不行,我拨了你说。"她说。

"7059426,你千万别发出声音。"他说。

她拨完号码,把手机给他。

"喂,喂,怎么不说话。"他老婆说。

"刚才信号不好,你在哪儿？"他说。

"在路上,在回家的路上,你几时回来？"他老婆说。

"我要10点才能回来,我跟客户有点儿事。你过马路小心点儿。"他说。

"你过马路也要小心。"他老婆说。

"拜拜。"他说。

"拜拜。"他老婆说。

他关掉手机,拿过枕巾擦汗。

"过马路小心点儿,过马路小心点儿。"她说。她笑得在床上打滚。

"好了吧？我可以穿衣服了吧？"他说。

"不行,我还没打呢？7088075,你拨。"她说。她把她的手机给他。

他拨完号码把手机给她。

"老公,知道我在什么地方吗？"她说。

"在什么地方？"她老公说。

"你猜。"她说。

滕 刚 情 爱 小 说

"超市。"她老公说。

"再猜。"她说。

"咖啡馆。"她老公说。

"笨蛋,我在屠宰场。"她说。

"屠宰场?你跑到屠宰场去干什么?"她老公说。

他用枕巾擦汗。

"等一个朋友,你还没有回去?"她说。

"马上就回去。"她老公说。

"我刚才一个朋友,打电话给他老婆,要她过马路小心点儿,你过马路也要小心点儿。"她说。

"你过马路也要小心。"她老公说。

"拜拜。"她说。

"拜拜。"她老公说。

"刺激,好玩。"她关了手机,把手机扔在床上,笑得在床上打滚。

他用枕巾擦汗。

"我给我老公打电话,你紧张什么?"她说。

"我不紧张,我紧张什么?好了吧?"他说。

"继续玩,太有意思了,太刺激了。"她说。

"还干什么?"他说。

"还打电话。"她说。

"还打电话?给谁打?"他说。

"你给我老公打,我给你老婆打。"她说。

"你疯了?我给你老公打?"他说。

"胆小鬼,不会让你出事的。只是玩玩。你给我老公打,你就说,喂,是赵总吗?他肯定说你打错了,你就说,对不起,打错了。我给你老婆打电话,我就说,喂,赵小姐吗?你老婆肯定说我打错了,我就说,对不起,打错了。这会出什么事呢?"她说。

"你疯了,我不打。"他说。

"你打不打?你不打我今天就不让你回去。"她说。

"为什么要这样呢?这样有什么意思呢?"他说。

"拨，7088075。"她说。

他拨号。

"喂，是赵总吗？"他说。

"你打错了。"她老公说。

"对不起，打错了。"他说。他把手机扔在床上，拿枕巾擦汗。

"你老婆号码是多少的？"她说。

"7059426。"他说。

她用自己的手机拨号码。

"喂，喂，喂，讲话啊。"他老婆说。

她不说话，把两条腿搁在他腿上，望着他做鬼脸。他用枕巾擦汗。

"喂，怎么不说话？"他老婆说。

"是赵小姐吗？"她说。

"打错了。"他老婆说。

"打错了？对不起。"她说。

子 夜

我一送玫瑰给她,她就高兴得不行了,就什么都不问。他说。

事后,他从口袋里掏出三张 100 元的钞票给她。

不会假吧? 她说。她数了一下。

不假,怎么会假,我下午才从取款机取的。他说。

上回一个客人就给的假钞。她说。她把台灯扭到最亮,把钞票放在灯下一张一张照。

他伸手掏上衣口袋。

你干什么? 她说。

不干什么? 他说。他继续掏口袋。

丢了什么了? 她说。她把钞票放进挎包。

你能给我 3 块钱吗? 我忘了带零钱了。他一边掏口袋一边说。

好的。她说。她把手伸进挎包。只有一块钱。她说。

不行,不够。他说。

没有,我也没有零钱。她说。她伸手掏口袋。

5 块、10 块的有吗? 他说。

没有,我今天没带钱。她说。

那就算了。他说。他走到门口,用手掏掏口袋,又回

秘密情节

头说,要不,你借 100 给我,我明天还你。

不行,我不认识你。我再到包里找找看。她说。她翻开包。有 3 块。她说。

你给我两块就行了。他说。

她把手伸到他手边时,突然把手缩回,说,为什么要 3 块钱?

烦不烦。他说。

跟人借钱还嫌人烦,不说不给你。她说。

有用。他说。

为什么要 3 块?她说。

他不说话。

坐三轮?她说。

不是,我家就在对岸。他说。

吃大排档?她说。

不是。他说。

那是什么呢?她说。

你不给就算了。他说。

你不说我就不给。她说。

我买一枝玫瑰。他说。

玫瑰?你这时候买玫瑰干什么?送给我?她说。

我老婆喜欢玫瑰。他说。

你现在买玫瑰给她?她说。

我回去迟,怕她盘问。他说。

你送玫瑰她就不问了。她说。

我一送玫瑰给她,她就高兴得不行了,就什么都不问。他说。

你为什么不多送几枝呢?她说。

她不让我浪费,我买多了她反而不高兴。他说。

怪不得只要 3 块。她说,她把钱递给他。

他把钱放进口袋,转身要走。

不亲我一下。她说。

他亲了她一下,转身出了门。

滕刚情爱小说

第 三 辑

往事与词牌

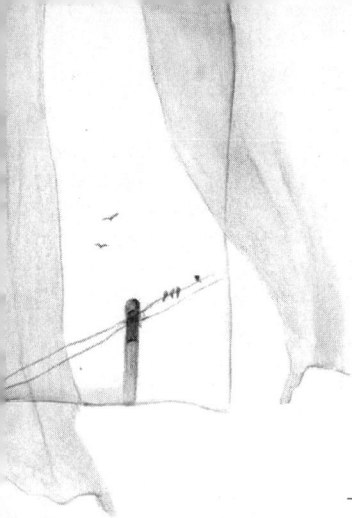

天 净 沙

而我从那次事件后则患上了梦游症，不分昼夜地在街上游荡。

滕刚情爱小说

66

我18岁时，正在安徽读高中。于红梅当时17岁，是我们班的学习委员。

有一天学校组织我们上山采茶，于红梅和我分在一组。我和于红梅虽然同学三年，但平时很少说话，所以刚开始我们都只顾采茶，一言不发。

太阳快下山的时候，于红梅突然指着山顶上的那座寺庙问我："你到那里玩过吗？"我说："没有。"她又指着山脚下的那座监狱问我："你到那里玩过吗？"我说："没有。"她又问："你知道为什么把庙和监狱建在一座山上吗？"我一时语塞。虽说我一直知道这座庙和这座监狱，也知道是唐代吴世贞建的，但从没想过为什么把它们建在一座山上，于红梅这么一问我倒觉得有点儿好奇，我说："为什么？"她说："人犯了罪，怎么办？"我说："坐牢。"她说："你只说对了一半，人犯了罪，除了坐牢，还可以逃。"我说："逃？往哪儿逃？"她说："逃到庙里。古人犯了罪，为了逃避惩罚，常常跑到庙里做和尚或者尼姑，吴世贞把庙和监狱建在一座山上，就是告诉人们,人犯了罪,除了坐牢,还可以往庙里逃。"我豁然开朗,对于红梅佩服不已,到底是学习委员,看问题就是有深度。于红梅用手捋了一下刘海,说:"你如果犯了罪,是坐牢,还是逃到庙里去?"我说:"我不会犯罪,我怎么会犯罪。"她笑道:"假设,假设你犯了罪?"我说:"假设我犯了罪,我宁愿坐牢决不做和尚。"她很惊讶:"为什么?"我说:"我也不知道为什么,反正我死活不做和尚。"她笑,我也笑。后来我们就围绕这个话题讨论,她坚持一个人犯了罪应该逃到庙里去,我坚持一个人犯了罪应该坐牢,但我们都只有论点,没有论据,所以谁也说服不了谁。直到山下监狱的铃声响起,我们才发觉同学们都不见了,山上只剩下我们两个人,我们赶紧向山下奔去。

山上空荡荡的,可以清晰地听到我和于红梅的喘气声。我们走到一个缺口,缺口前面有一个大约两米深的坑,我看看周围没有其他路可走,就纵身跳了下去。我正要往山下走,听见于红梅在后面说:"哎,你就这样走了?"我掉头一看,于红梅正站在坑顶上。我想她一定是不敢往下跳才叫我的,就张开双臂做出接应她的姿势。于红梅蹲下身子晃动双臂做了一个立定跳远的预跳动作,但她向下跳时却把整个人向我掼过来,我抱住她滚倒在地上。奇怪的是我们都没有爬起来,我们面对面躺在坑底,我望着她,她也望着我。我的目光掠过于红梅起伏的胸部时,脑子里突然闪出一个念头,我知道这个念头不好,但我无法克制。我浑身燥热,呼吸急促,忍不住伸手捏了一下于红梅的鼻子。她说:"干什么吗?"她也伸手捏了一下我的鼻子,我又伸手捏了一下她的鼻子,她又伸手捏了一下我的鼻子。就这样我们来回捏对方的鼻子。后来我又用手捏她的腰,她就抱着腰笑得不行,她笑完之后也用手捏我的腰,她捏我腰的时候我猛地扑到她身上,她拼命挣扎,我亲她,用手解她的衣扣,她一边说"不要,不要",一边推搡我,后来她不挣扎了,有一刻好像还搂紧了我,我就做了那件事。

做完后我才知道自己做了傻事,我连说:"对不起,对不起。"于红梅起先不说话,望着天空发呆,我把她扶起来的时候,她突然"哇"地一声大哭起来,哭得我头皮发麻手足无措。她说:"你知道你做了什么吗?你知道你做了什么吗?"我说:"我知道,我知道。"她突然指着山

秘密情节

顶上的寺庙对我说："你必须到庙里坐一夜，作为对你的惩罚。你要是不去，我就告诉山下的警察，说你强奸我，让你坐牢。"我大惊，说："我不去，我不去，我怕。"她说："你不去，我就到山下告诉警察。"她说着就要往山下走。我说："我去，我去。"于红梅像押送犯人一样，把我送到庙里。庙里空无一人。见我在庙堂中央盘腿坐下，于红梅才含泪离去。我在庙里度过了人生最恐怖的一个夜晚。第二天一早我顶着一头雾水走进教室，正好撞见于红梅，于红梅朝我点了一下头，像是什么都没发生过似的。

后来我和于红梅再也没有说过话。长大后于红梅嫁给了山下派出所的独眼民警，他们常常手挽手大摇大摆地走在大街上。而我从那次事件后则患上了梦游症，不分昼夜地在街上游荡。

念 奴 娇

一个穿红衣服的女孩，刚从天桥跳下去。我腿一软，栽倒在地上。

1991 年 8 月的一天晚上，我和袁雅茹在芭芭拉夜总会一见钟情。1991 年 8 月或 9 月的一天晚上，我和袁雅茹在她的宿舍发生了第一次性关系。但是一直到 1993 年 8 月我们都没有分手，原因很简单，袁雅茹说如果我跟她分手她就自杀。我一直拿不准她这句话的真假，所以一直不敢提出分手。

实际上和袁雅茹发生第一次性关系后我就想跟她分手了。不知为什么我总是在和女孩上床后产生分手的念头。我不是那种玩弄女性的男人。每次爱上一个女孩我都是真心实意的，都觉得自己爱上的是世界上最优秀的女孩。但是只要一上床，我就会讨厌对方，就想分手。有这种苦恼的不止我一个人。我的所有男性朋友都有这样的苦恼。我们曾经多次彻夜不眠地讨论过这个问题，但我们找不到答案。

袁雅茹是在第一次跟我上床后提出自杀的。她一边系胸罩一边说："你要是跟我分手，我就自杀。"她第一次说这话我倒没当回事。因为这样的女孩我遇到过。

以前也有女孩跟我说过这样的话，但是分手后并没有自杀。自古以来女孩子恋爱时都喜欢说这句话，但真正自杀的微乎其微。我们这座小城每天不知道有多少男女分手，如果真的因为这点儿小事自杀，我们这座小城早就尸横遍野了。但是后来袁雅茹经常对我说，她不仅做爱之后说，任何时间任何场合，她都会突然冷不丁地说出这句话，就不像是假的了，就不能不引起我的警惕。虽说女孩因为分手而自杀的可能性很小，但毕竟是有过的，毕竟有这样的女孩。这就跟空难一样，每年只发生那么一次，而你正好赶上这一趟。虽说袁雅茹自杀是她自己的事，但毕竟是一条人命。何况她一旦自杀，我一生都不会心安。因为一直拿不准袁雅茹的话是真是假，所以我一直不敢提出分手，我们的爱情一直在苟延残喘。

为了判断她的真假，我曾经去过自杀预防控制中心，了解这样的女孩一般有哪些特点。结果我得知 1980 年到 1990 年，我们这个城市只有两个女孩因为跟男孩分手而自杀。根据我们这座小城的人口比例，我粗略算了一下，这十年，至少有两万对男女分手，也就是说只有万分之一的女孩自杀。自杀预防控制中心的人告诉我这些女孩没有什么特征，全看你的运气。我的朋友看我们迟迟不分手，知道我一定是怕她自杀才没有分手。他们都劝我不要想那么多，他们说不可能的。他们说我们分了那么多手的，哪一个自杀的？何况你明知道不会娶人家，你不早了断，会误了人家青春的。他们说得也对，我这样做，不仅对自己不负责，而且对袁雅茹也不负责。有时看到袁雅茹脸上的皱纹我心里蛮难受的。但我不可能按他们说的去做。他们不了解袁雅茹。袁雅茹是那种有万分之一可能的女孩，我一直有这样的预感。袁雅茹也看出我的心思，她对我说："我知道你是怕我自杀才不跟我分手，你分你的手，我自杀是我自己的事，跟你没关系，你何苦这么一拖再拖的。"

但是这种情况到了 1993 年 9 月不能再拖下去了，因为我们全家即将搬到南京去，我必须在走之前做个了结。而且我又爱上了一个女孩，这个女孩是我见过的世界上最好的女孩。这个女孩也要求我跟袁雅茹分手。她说："她不会自杀的，我是女孩，我知道。"1993 年 9 月的一天傍晚，我的几个朋友再次来我家鼓励我把这个故事结束。我下不了决心。最后阿龙对我说："这样吧，你试探一下，如果她真的有自杀的念头，你

滕刚情爱小说

再收回也不迟，你这样老拖下去不是个事。"我觉得这样也好。我想先试探一下也无妨，要是发现她真有自杀倾向，我就说我是说着玩的。我拨通了袁雅茹的电话。我结结巴巴地说："我们还是分手吧。"那边电话就搁了。我再打她不接，再打她还不接。我全身冒汗，夺门而出。阿龙他们几个也跟着我狂奔。

奔到袁雅茹宿舍，我们敲门，她不开门。我们撞开了门，袁雅茹不在。我们问在门口晒衣服的房东老太有没有看到袁雅茹，她说："茹茹往天桥那边走了。"我们向天桥奔去。我们还没有到天桥，就听从那边过来的人说，一个穿红衣服的女孩，刚从天桥跳下去。我腿一软，栽倒在地上。

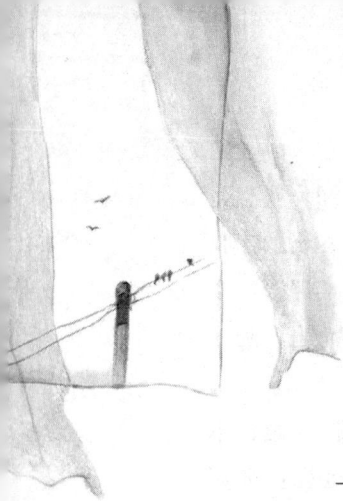

采桑子

她看到这句话,哇地一声大哭起来,那是我听过的人世间最伤心的哭声。

1996 年情人节那天晚上,我决定和谈了一年多的女友张炎发生性关系。我作出这样的决定有以下几个理由:第一,我们的恋爱已经经过拉手、摸头发、揪耳朵、捏鼻子、拥抱、接吻、抚摸等阶段,下一步应该发生性关系了。第二,一般来说,男女恋爱不到一个月就发生性关系了,有的第一天就发生性关系了,由于张炎比较保守,我们谈了一年多还没有发生性关系,再不发生关系对谁都说不过去。第三,从拉手到上周五脱光她的衣服,每次我都是事先作了决定的。尽管每次她都固守防线,都说到此为止了,但是最后还是被突破了。

我之所以选择情人节跟张炎发生性关系,是因为情人节女人头脑比较糊涂,防线容易突破。所以那天晚上,在她的小阁楼上,我们脱光衣服搂在一起时,我提出要进入她的身体。她说:"不行,不行。"我像一头西班牙疯牛,向她的身体发起一次又一次进攻,但她一次又一次推开了我。最后我简直像个强奸犯,用左腿压住她的双腿,把她的双手反剪在背后,准备强行进入她的身

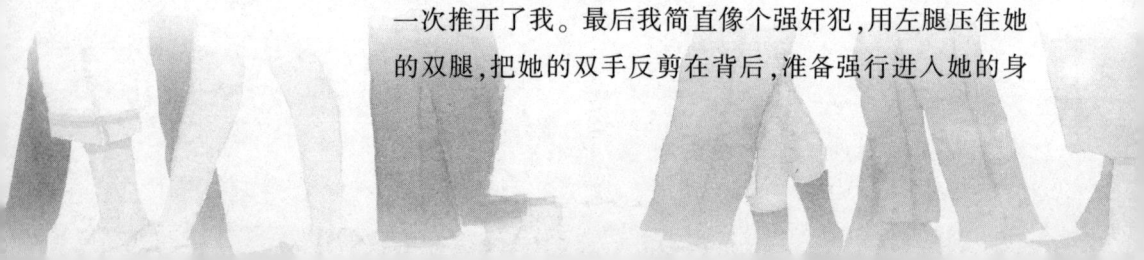

体。她突然腾出手，"啪啪"甩了我两个耳光，打得我眼冒金星，性欲全无。她双手抱着胸部大哭。我连喊："对不起，对不起。"她说："其他什么都可以，就这个不行。"我说："我想要。"我开始做她的思想工作。张炎说："会给你的，到结婚那天晚上，我一定要把一个完整的我给你。我们要把双方的第一次完美地奉献在新婚之夜。结婚后，你哪怕每天要一千次，我都给你，你一定要挺住。"我答应以后再也不这样冲动了，我觉得我太过分了。

但是，以后我们只要在一起，我就像一头西班牙疯牛，想往她身体里钻。每次她都打我两个耳光，我才清醒，才冷静下来。她每次都舍不得我，把头枕在我的胸脯上流泪。我不知道多少次失去控制，也不知道挨了多少耳光。后来我都怕到她那里去了，因为去了以后不仅身体很难受，而且都要挨几个耳光。但我不去她就哭。她在电话中说："你是不是不爱我了？"我过去以后不敢碰她的身体，怕自己控制不住。可她一定要和我赤身裸体搂在一起。她说她喜欢这种感觉。她在我们下腹部垫一块枕巾，我们常常这样一直到天亮，我受的难你们可想而知。离我们结婚还有一年，我实在受不了了。有时候张炎也会心软，她有时甚至说："我就给你吧。"但她很快就推翻了。她说："我一定要在结婚那天把一个完整的我给你。"

一位老人对我说，人生处处充满矛盾，90%的男女之所以婚后分手是因为婚前过早发生性关系，导致草率结婚。然而，他又说，初恋之所以失败，90%是因为没有发生性关系，导致有情人未成眷属。对他的话我一直持谨慎态度。但就初恋失败的原因，他说的不无道理。在张炎天天打我耳光的那段时光，有一天晚上，我和邻家的女孩在树林里聊天，她说她从小就喜欢我，我说着说着控制不住抱住了她，她很爽气，没有拒绝也没有打我耳光，我们发生了性关系。我是一个负责任的男人，尽管当时是一时冲动，但我还是和张炎分了手，跟邻家女孩结了婚。关于我和张炎分手，我们双方的家庭，我们的朋友有很多说法，连张炎都不知道什么原因。因为从现象上看，我们是在一次吵架以后分手的，只有我知道是因为没有发生关系才分手的。如果我们发生关系，我就不会跟邻家女孩发生关系，我也不可能借一次吵架而分手。

张炎婚后一直生活在痛苦之中，她的婚姻一直不幸福，整天抱着一本《百年孤独》吟诗弹琴,独自流泪。有一次她约我到湖边回忆往事,当我告诉她我是因为跟邻家女孩睡过觉,才不得已跟她分手时,她大哭。她说:"你当时为什么不跟我要呢?"我说:"我怎么要啊,我一要,你就打我耳光。"她说:"你为什么不对我说呢,为什么去跟人家睡觉呢?你早对我说我怎能不给你呢?"她哭得很伤心。她想不到她打我耳光打掉了她的幸福。她40岁生日那天,让我在她的《百年孤独》扉页上写一句话,给她留作纪念。我想了一下,写道:"只恨当初没下手。"她看到这句话,哇地一声大哭起来,那是我听过的人世间最伤心的哭声。

点 绛 唇

我 27 岁那年，实现了
我人生的两大理想。

　　我 27 岁那年，实现了我人生的两大理想：一是知道了
埃及金字塔里藏的是什么，二是看到了歌星 Anla 的裸体。

　　那年秋天的一天早晨，我正坐在电视机前观看埃
及金字塔揭秘直播，我的朋友秦汉从广州给我发来一
条短信，要我火速登陆 Anla 个人网站。我立刻把电视机
屏幕转向电脑，奔到电脑前，一边上网一边看电视。我
登上 Anla 个人网站后大吃一惊。Anla 正面向全球男歌
迷举办"男人是什么？"征文，谁的答案跟她心中想的一
样，她将把她的裸体给他看，时间就在今天上午。我简直
不敢相信自己的眼睛。虽说对 Anla 做出反常举动我已
经习以为常，因为 Anla 每次被男友抛弃后，都会做出诸
如在演唱会上突然把裙子撩起来或者让录音师背着她
在马路上狂奔等怪异举动，但我想不到她居然把裸体给
获奖者看，居然用这种方法报复刚刚弃她而去的男友。

　　我一生有两大理想。一是想知道埃及金字塔里藏
的是什么。打从知道埃及金字塔那天起，我就想知道埃
及金字塔里藏的是什么。我一直以为这个理想不会实
现，因为诚如考古专家 Puly 所言，除了炸掉金字塔，人

75

秘密情节

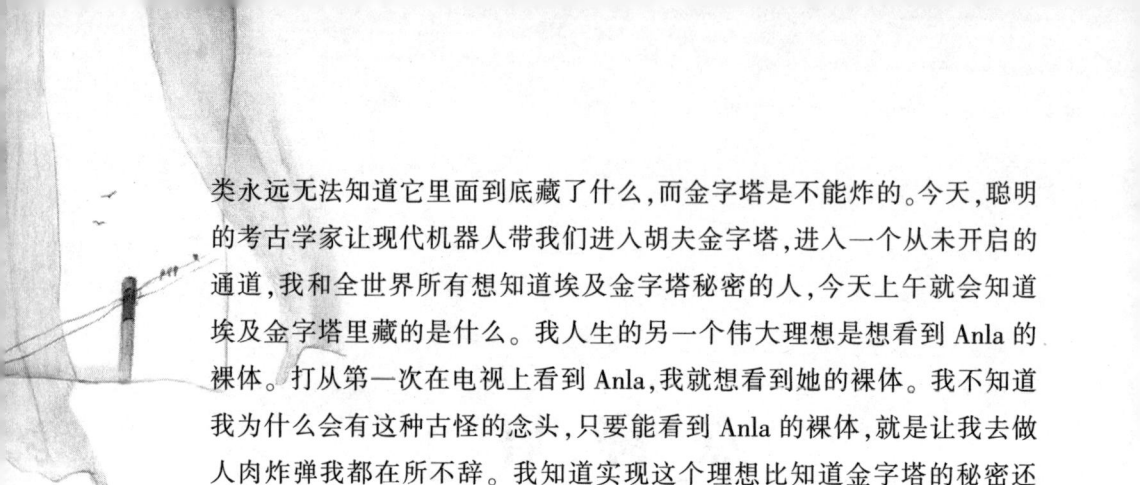

类永远无法知道它里面到底藏了什么，而金字塔是不能炸的。今天，聪明的考古学家让现代机器人带我们进入胡夫金字塔，进入一个从未开启的通道，我和全世界所有想知道埃及金字塔秘密的人，今天上午就会知道埃及金字塔里藏的是什么。我人生的另一个伟大理想是想看到 Anla 的裸体。打从第一次在电视上看到 Anla，我就想看到她的裸体。我不知道我为什么会有这种古怪的念头，只要能看到 Anla 的裸体，就是让我去做人肉炸弹我都在所不辞。我知道实现这个理想比知道金字塔的秘密还难。因为这几乎是不可能的，我一介歌迷怎么可能看到国际歌星 Anla 的裸体呢？今天 Anla 居然给了这样的机会。虽然这个机会只有千万分之一，但毕竟有一线希望。我立刻搜肠刮肚，在键盘上敲好征文，把征文连同我的个人档案用电子邮件发给了 Anla。

我回到电视机前的时候，执行这次揭秘任务的机器人已经出现在屏幕上。一个小时后，这个机器人将进入那个神秘通道，用随身携带的钻头在通道前方的阻路石门上钻出一个开孔，然后把随身携带的高精密电视探头穿过开孔，我们就能看到石门后面藏的是什么了。当主持人请考古学家介绍胡夫金字塔的时候，写字台上的电话突然响了，我拿起话筒，一个女子说："我是 Anla 的经纪人 Kety，我很荣幸地通知你，你的征文获奖了。根据 Anla 小姐之前的承诺，你将获得亲眼目睹她裸体的奖励，你务必在上午 10 点前赶到 Anla 的邙州别墅。"我激动得差点晕过去。我想不到我真的能见到 Anla，真的能看到 Anla 的裸体。我正准备打点行李，突然发现我人生的两大理想发生了冲突。我如果想知道埃及金字塔里藏的是什么，就无法看到 Anla 的裸体。我想看到 Anla 的裸体，就无法在第一时间亲眼目睹埃及金字塔的秘密。我查了一下来电显示，拨通 Kety 的电话，说："Kety 小姐，能不能把我看 Anla 裸体的时间改在下午或晚上。"Kety 说："不行，必须在今天上午，过期不候。"我说："是这样的，我的人生有两大理想，一是想知道埃及金字塔里藏的是什么，二是想看到 Anla 的裸体。现在电视台正在直播埃及金字塔揭秘，一个小时后秘密就要被揭开，我如果现在去见 Anla，就无法在第一时间知道埃及金字塔藏的是什么。"Kety 说："你真迂得可爱。埃及金字塔里藏的是什么，你事后可以知道，但你错过今天上午，你将永远不可能再见到 Anla 的裸体，你知道全球多少男人想实现这个梦想吗？"我说："我知道，我怎么不知道。那么，你们那里有电视吗？"Kety说："废话，怎么会没有电视。"我说："能收到中央1台吗？"Kety说："废话，怎么会收不到中央1台。"我说："那么请你帮我个忙，你在Anla的卧室里放一台电视机，把电视调到中央1台，这样我一边看Anla的裸体，一边看金字塔揭秘直播。"Kety说："真是个迂夫子，好吧，我帮你办。"

　　我打的来到Anla别墅的时候，别墅门前的草坪上已经围满了记者。Kety和一个酷似姚明的保安架住我的双臂突破记者的重重包围进入了别墅。Kety挽着我踏上楼梯时，我紧张得浑身发抖，抖得蹲在楼梯上无法前行。酷似姚明的保安奔上楼梯，像举石头一样把我举到Anla卧室门口。我走进Anla卧室，看见Anla穿着薄纱睡衣坐在床边梳头。我再次浑身发抖，抖得蹲在地上。Anla走过来扶起我说："不要紧张，不要紧张。"我站起身，看见床对面的电视正在播放埃及金字塔揭秘，机器人正揣着钻头在阻路石门上钻孔。主持人说，还有几分钟石门就会被穿透，埃及金字塔的秘密将会揭开。主持人说，此刻全世界都仿佛停止了呼吸。我双手抓住脖子，正准备向前跨一步，听见Anla在我身后说："你到底是看埃及金字塔，还是看我的裸体？"我转身对Anla说："Anla小姐，我一生有两大理想，一是想知道埃及金字塔里藏的是什么，二是想看到你的裸体。现在埃及金字塔的秘密就要揭开，等我看到金字塔的秘密，再看你的裸体好吗？"Anla说："神经，金字塔有什么好看的，好的，我等你。"我刚转过身，看见钻头已经穿透石门，机器人把摄像探头放进钻孔，我睁大眼睛，屏住呼吸。什么也没有，什么也没有，金字塔里什么也没有，主持人喊道。我盯着电视看了片刻，石门后面真的什么都没有，什么都没有藏。我赶紧转身看Anla，Anla褪下薄纱裙，双手伸到背后像是要解胸罩，我紧张得闭上眼睛，我的脖子仿佛被吊在了屋梁上。我睁开眼睛，Anla已经一丝不挂地站在我面前，我盯着AnLa的裸体看了片刻，发现Anla的裸体跟我老婆的裸体没什么不同，我失望地转过身。

　　在别墅门口一个操广东口音的记者问我："请问你看到Anla裸体有什么感受？"我说："我刚刚看了埃及金字塔揭秘直播，结果发现埃及金字塔里什么也没有。"他说："我问你看到Anla裸体有什么感受，你说埃及金字塔干什么？"我说："正如金字塔里什么都没藏，Anla裸体没有任何神秘之处。"

浣 溪 沙

滕刚情爱小说

但我又觉得张蓓不像那种玩手段的人，她其实很单纯。

　　我在 37 岁生日那天晚上，终于把张蓓引诱到望江宾馆 401 房间。张蓓先洗了澡，裹着大浴巾坐在床边。我洗完澡裹着浴巾从卫生间出来，正准备向张蓓求欢，张蓓却一本正经地跟我借钱，这是我万万没有想到的。

　　我把张蓓引诱到宾馆房间是颇费了一番心思的。张蓓是我们新闻大楼公认的美人。可以这么说，新闻大楼的男人都想跟她睡觉。但是张蓓很傲、很冷、又是有夫之妇，不要说把她搞到手，就是跟她接近都很困难。但是不知为什么，在新闻大楼举办的一次职工晚会上，张蓓对我产生了好感，我们很快成了朋友。我带她上电影院、上歌厅、上饭店、上咖啡馆。每到一个新的场所，张蓓总是对我说："我可是第一次陪男人到这种地方啊。"我都装得受宠若惊。如果张蓓以为我跟她好，仅仅是跟她吃吃饭、唱唱歌、跳跳舞、喝喝咖啡、谈谈人生那就大错特错了，我跟她好就是想跟她上床。张蓓对此浑然不知，或者说装作不知道。我做过多次暗示，她都不解风情。有一次她甚至大言不惭地对我说："都说男女之间不存在友谊,我们这样不挺好吗?"我知道饭店、歌厅、舞厅、咖啡厅、说废话是通向床铺的必经之路,但是不能没完没了,有一阵我甚至想放弃了,这样的交往太没有意义了。然而张蓓毕竟太漂亮了,不把她搞到手我会遗憾终身。我在生日这天晚上约她到酒吧喝酒,我趁着酒兴,试探地对她说,我们到宾馆开个房间吧,我有许多话要对你说。张蓓居然答应了,我激动得差点晕过去。我们都应该知道将要发生什么。我们到酒吧对面的宾馆开了一个房间。但她突然在这个节骨眼上跟我借钱,让我十分尴尬。

　　我觉得我这时候不能提出上床。第一,张蓓跟我借钱,我如果提出上床,不仅很俗气很下作,而且明显有交易之嫌,我会被她看不起。第二,张蓓跟我借钱,我提出上床,她会认为我是把睡觉当条件。借钱就是借钱,睡觉就是睡觉,两者搅在一起,我借出的钱就可能泡汤。第三,张蓓是先提出借钱的。她也许不知道我想跟她上床,她早知道我有这样的想法也许就不会跟我借钱了。也许开房间意味着上床只是我的错觉,人家并没有这样的想法。即使我提出上床,人家未必同意。而且张蓓的态度很认真、很诚恳,没有一点儿交易之嫌,绝没察觉我想跟她上床就趁机借钱的迹象。她说她在酒吧时就想跟我说了,她的父亲出了点儿事,急需钱用。她说她是第一次跟人借钱,她很快会还的。我答应借钱给她,但我没有提出上床,这是我经过反复思考后作出的决定。我把钱借给张蓓后,很长一段时间,我没有提出开房间,当然也没有提出上床,我不想也不能把性和钱搅在一起。这期间我只要提出上床,就有交易之嫌,钱就可能要不回。直到有一天晚上,我们手挽手走在长江边,我觉得借钱的事已经完全淡忘,我试探地说,我们到宾馆开个房间吧,我有许多心里话想跟你谈。没想她同意了。我们在床边坐下,我正准备提出上床,她却一脸愁容,我问她怎么了。她说:"我父亲又遇到麻烦了,你能否再借我一万块,我很快会还你的。"我很恼火,我想不到她再次在这种时候跟我借钱,我当然不能在她借钱后提出上床。

　　后来,我们虽然偶尔相聚,但我尽量跟她保持距离。我一直处在矛盾中。我想等她把钱还给我,我再提出上床,但她一直没有还钱的意思。我告诫自己绝不能在她没有还钱时上床,那样我的钱就要不

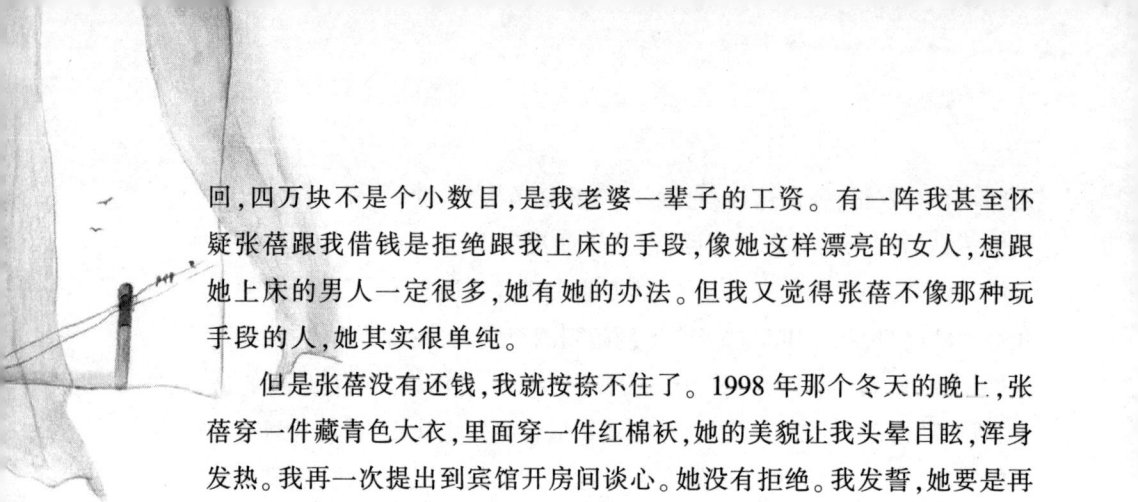

回,四万块不是个小数目,是我老婆一辈子的工资。有一阵我甚至怀疑张蓓跟我借钱是拒绝跟我上床的手段,像她这样漂亮的女人,想跟她上床的男人一定很多,她有她的办法。但我又觉得张蓓不像那种玩手段的人,她其实很单纯。

但是张蓓没有还钱,我就按捺不住了。1998年那个冬天的晚上,张蓓穿一件藏青色大衣,里面穿一件红棉袄,她的美貌让我头晕目眩,浑身发热。我再一次提出到宾馆开房间谈心。她没有拒绝。我发誓,她要是再跟我借钱,我就永远不跟她来往,直到她把钱还给我。进了房间没等她开口我就一把搂住她。我提出上床,她没有拒绝,也没有提出借钱。她要我帮她脱衣服。我剥光她的衣服,脱光自己的衣服,急不可耐地扑向她的身体。我进入她的身体后就后悔了,但是来不及了,我知道就是抽回来也没有用了。她把头枕在双手上看我一个人做,她的样子很傲很冷,仿佛是个旁观者。事后,她边穿衣服边说:"我可是第一次和丈夫以外的男人睡觉啊。"我背后出了一阵冷汗。

直到今天,她没有把钱还给我,我也没有跟她要钱,她那样子好像从未跟我借过钱似的。我没有也不敢再跟她上床。我不应该在她还钱之前跟她睡觉,虽然只睡了一觉,但是谁欠谁就说不清了。我只能怪我自己。

玉 楼 春

她说这是她们的
制度，我说既然这样，
你们就上来吧。

谈一下我睡过的第四个女人。

三年前的春天，我在邛州参加一个会议。离开邛州的前一天晚上，我躺在宾馆房间的床上辗转反侧，无法入睡。我扭亮床头灯，床头柜上的菱形提示牌引起我的注意。实际上我入住的当天晚上，这个提示牌就曾引起过我的注意。这个粉红色提示牌上写着这样几个汉字：美容美发请拨 3218。我拨通 3218，问美容美发在几楼。接电话的小姐问我要什么样的服务。我说我想洗个头。她说她们不洗头、不剪头，也不美容。我说这就蹊跷啦，你们美容美发中心不洗头做什么呢？她说她们只做按摩。我问怎么按摩，她说就是帮你敲敲背、捏捏腿、拿拿筋。我决定做一做按摩。我从未做过按摩，现在无法入睡，按摩一下也许能入睡。老婆一再叮嘱我，出门在外，无论干什么先要谈好价格。我问小姐按摩一下多少钱。她说一个钟头 108。我说那我就下去做一个钟头吧。她说她们只到客人房间做。我说真是蹊跷啦，为什么要到房间按摩呢？她说这是她们的制度，我说既然这样，你们就上来吧。

不一会儿，门铃响了。我拉开门，一个穿着天蓝色运动服的小姐笑容可掬地站在门口。她拉开门，把"请勿打扰"的牌子往门锁上一挂，关上门，扣上保险栓，去卫生间洗了手，帮我脱光上装，松下裤带，就坐在床边开始替我按摩。

这位小姐给我按摩的经过是这样的。她刚开始按摩时，把我的头部按摩得很舒服，我有几次差点儿睡着了。后来她在我胸部倒了点儿婴儿油，开始按摩我胸部。按摩我胸部时她的手有好几次滑到我的下腹敏感地带，开始我以为她是无意的，是惯性，后来她不断把手滑向我的下腹部就不像是无意的了。我开始是有点儿意见的，你按摩就按摩，你把手滑到我的下腹部做什么。但我又不便制止她。我只好把她的手从我的下腹部拿开。就这样，她一次又一次把手滑向我的下腹部，我一次又一次义无反顾地将她的手拿开，我们这样循环往复，不知重复了多少个回合。但我毕竟是个健康的有血有肉的男人，我的身体开始有了反应，我全身痉挛，小腿发酸，下身像即将发射的导弹竖了起来。我咬牙忍着。她如果以为我能永远这样抵抗下去那就大错特错了。当她再一次把手滑向我的下腹部时，我翻身把她捺在我的身下。她说："我们只做按摩，不做那个。"我说："我不会做的，我只给你按摩。"她也像我一样，当我一次又一次把手滑向她的下腹部，她一次又一次坚决地把我的手拿开，我们就这样循环重复。后来她突然一把抱住我，我们像两只受伤的狼发出阵阵嗥叫……直到电话铃响，楼下的小姐告诉她到钟点了，我们才分开。我给了她150块，她硬是找了我42块。她说："我只收按摩的钱，我冲动的部分不好收你的。"

今年夏天的一天傍晚，我在办公室上网，两个自称是联防队的人闯进我的办公室，要查验我的身份证。我把身份证给了他们。戴袖章的联防队员看看我的身份证，又看看他手中笔记本的最后一页，说："就是他。"他用脚把门关上，说："你应该知道我们找你干什么。"我很惊讶。我说，你们找我能干什么呢？他站起来说："我们都是邳城人，你还是在邳城有影响的人，我们就不绕圈子了。这么说吧，上周我们和邳州有关方面联合打击卖淫嫖娼，我们在邳州宾馆捕获一个湖南妹，缴获了她的一本日记，她在

1999 年 4 月 18 日这天日记中这样写道:"今天晴转多云。今晚我跟 401 房间的客人发生了性关系。"我们查了宾馆总台这一天的住客登记簿,终于找到了你。现在你跟我们走一趟,你涉嫌嫖娼被收容审查了。"我说:"你们搞错了,这不是嫖娼,这怎么是嫖娼呢?"他说:"你跟妓女睡觉,就是嫖娼。"我翻了一下桌上的《现代汉语词典》,没有找到嫖娼两个字。我说:"你们不知道当时的情况,那天晚上我睡不着觉,看见床头放着美容美发的牌子,我本打电话要她们洗头的,她们只做按摩,我说就做按摩吧。你知道她怎么按摩吗?她一次又一次把手滑向我的下腹部,我一次又一次坚决拿开,后来我忍不住了,但是人家坚决不肯。我就给她按摩,我也一次又一次把手滑向她的下腹部,但她都一次又一次坚决地把我的手拿开,后来我们都没有克制住,就睡了一家伙。嫖娼不是这样。嫖娼是先知道对方是妓女,先谈好价格,然后才睡觉。我们不同,我不知道她是妓女,而且人家也不是妓女,当时你们不在场,她坚决不肯做的,哪有妓女坚决不肯做的。而且事后人家坚决按按摩的价格收,我给了 150 块,她找了 42 块,这就说明双方都对自己的生理冲动负责,如果是嫖娼,我们事先要谈价,事后要讨价还价。但我们自始至终跟金钱没有关系,这是按摩过程中产生的冲动,是自然现象,是每一个正常男女都可能发生的,即使你们在那样的情况下,未必能坚持住,你们怎能说我是嫖娼呢。我这么一说,你们应该知道跟你们以往的嫖娼不同吧。那是性冲动,是做爱。"戴袖章的说:"你要这样说,我们只有把你老婆、儿子、单位领导一起叫过来讨论了。"为了不让更多的人误解,我跟他们去了联防队,缴了罚款。我最后对他们说:"钱我照给,但我决不承认嫖娼。嫖娼,多么难听多么可怕的字眼。"

　　一次偶然的艳遇,一次两性无法控制的自然现象,居然成为嫖娼,甚至丑闻,我真冤枉,我永远想不通。

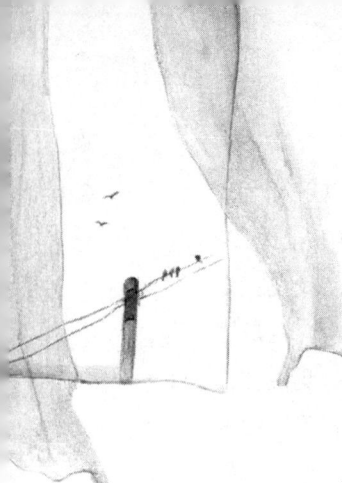

九 张 机

滕刚情爱小说

84

这个神秘女人已经三年不跟我联系了，而我却没有她的任何线索，这让我十分恐惧。

　　我 38 岁那年跟一个自称安尼的女人发生过多次性关系，但我至今没看过她的脸蛋，不知她的真实姓名和身份。如今，这个神秘女人已经三年不跟我联系了，而我却没有她的任何线索，这让我十分恐惧。

　　事情的经过是这样的。那年秋天的一天晚上，也就是车臣黑寡妇闯进莫斯科一家剧院的第二天晚上，我和秦汉到芭芭拉夜总会寻找猎物。我们走进夜总会大厅的时候，里面正在举办假面舞会，舞池上空的四台液晶电视机正一遍又一遍地播放车臣黑寡妇的特写镜头。秦汉到吧台要了一个面具便消失在舞池里。我坐在舞池南侧的水晶看台上，一边喝啤酒一边看舞池里的人跳舞。我喝完第三杯酒，正准备起身到吧台拿面具，一个穿黑衣服的蒙面女人突然站在我面前，我大吃一惊，本能地站起身往后退了两步。黑衣女人说："别紧张，我不是黑寡妇，我刚从舞池上来。"我看看她，又看看电视上的黑寡妇，看不出她和黑寡妇有什么区别。她伸出戴着黑手套的右手说："认识一下，我叫安尼，安全的安，尼姑

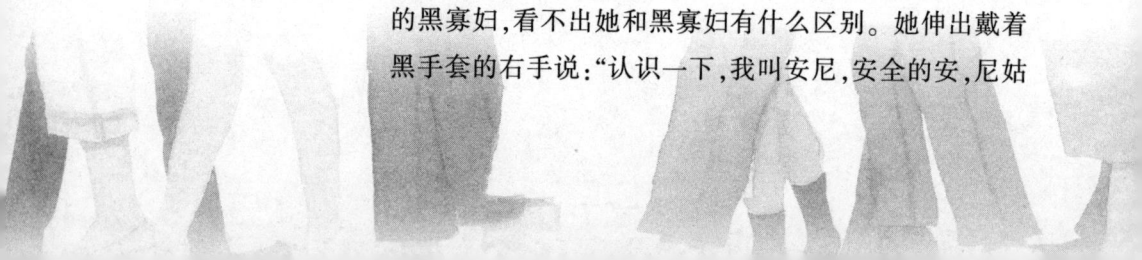

的尼。可以在这里坐下吗?"我握了一下她的手说:"可以,当然可以。"我们面对面坐下。我看了一眼她藏在蒙眼布里面的那双眼睛,觉得她眼睛背后还有一双眼睛。她倒了一杯啤酒,喝了一口,说:"找到了吗?"我惊讶道:"找什么?"她说:"找什么,找女人。找到你要找的女人了吗?"我说:"你怎么知道我是来找女人的?"她说:"我怎么不知道,你每个星期五都和你这位朋友来这里找女人。"我说:"你在监视我?你是谁?"她笑道:"你看你紧张的,不是监视你,是在关注你。你能找猎物,我就不能找猎物?找到你想要的猎物了吗?"我说:"还没找到。"她说:"你想找的女人,既要让你开心,还要不找你麻烦,甚至永远不知道你是谁,永远没法跟你联系,对不对?"我惊讶道:"你怎么知道的?"她说:"你们男人心里那点鬼我能不知道?怎么样,我合适吗?"我望着她不知如何回答。她说:"我和其他女人不一样,我不仅不会找你麻烦,而且不会让你找我麻烦,我要你永远不知道我是谁,永远无法跟我联系。"我说:"你能把面具摘下吗?"她说:"不行,我这面具从不摘下,我这面具是二十四小时戴着的。"我说:"你为什么二十四小时戴面具呢?"她说:"这你不要问。"我说:"你能告诉我,你是谁?你是哪里人吗?"她说:"无可奉告。"她又喝了一杯啤酒,说:"怎么样,我们去开个房间?"我说:"开房间就开房间。"

我们发生第一次性关系的经过是这样的。我们到了房间后,我建议她先洗个澡。她坚持要我先洗。我从卫生间出来,以为她会把蒙脸布除掉把外衣脱了进卫生间的,她不仅什么都没脱,她连包都带进了卫生间。我把眼睛贴在卫生间门上,找了半天没找到缝隙。我打开吸顶灯,想找找她有什么东西留在外面,发现她把手机留在了写字台上,我欣喜若狂,拿起她的手机,却发现手机显示屏上显着一排字:本机已上锁,请输入密码。我鼓捣半天没有打开手机,听到卫生间门响,我赶紧把手机放在写字台上。她戴着面具衣冠整齐地从卫生间出来,走到写字台前,拿起她的手机说:"你动我手机了吧?"我低头不语。她说:"以后我的东西你不要碰,假如有定时炸弹呢。"我惊出一身汗。我们上床时我再次恳求她把面具摘下,我说我总不能不知道你长的什么样就跟你睡觉吧。她坚决不同意。就这样她戴着面具跟我发生了关系。事后，她把烟缸放在我肚皮上，一边抽烟一边说："你们男人最大的梦想不就是搞了女人，女人永远不找自己麻烦吗？你永远不知道我是谁，我永远不会找你麻烦，这对我们都好。"

这以后我们发生过多次性关系。每次她都用隐去号码的手机给我打电话，每次我们都在她指定的地点幽会，每次她都戴着面具。每次我都要她除掉面具，她都不同意。每次我都跟踪她，她都成功地把我甩掉。

车臣黑寡妇袭击莫斯科地铁的那天晚上，我和她在秦淮河边一家私人旅馆发生关系后，她突然伏在床上哭起来，哭得很伤心，我问她哭什么，她不说。那晚之后，她再也没有出现过。

我跟一个女人睡过觉，但我至今没看过她的长相，至今不知道她是谁，至今不知道她为什么这样，而她却再也不出现，我每每想起来都怕。

丑 奴 儿

十一年过去了，这个四川女人拒不嫁人，决定靠我的爱情活一辈子，让我哭笑不得，无计可施。

我40岁那年夏天，没有看清赵玉清的长相，就把她引诱到宾馆的房间，结果迫不得已跟她过了一夜。如今，十一年过去了，这个四川女人拒不嫁人，决定靠我的爱情活一辈子，让我哭笑不得，无计可施。

那个夏天的晚上，我和所有出差在外的男人一样，在上海浦东一家宾馆的房间里坐立不安。我在宾馆上下侦察半天，没有找到一个可以带回房间的女人，我决定到宾馆对面的桑拿中心试试运气。我在桑拿中心的休闲大厅，一边做脚底按摩，一边寻找猎物。我数了一下，休闲大厅一共40个女服务员。一个手托罐头啤酒的女服务员引起我的注意。她胸部丰满，腰很细，屁股浑圆，就是脸看不清。大厅里的灯光太暗，我几次找借口把她叫到身边，试图让她靠近我，有一次她的脸几乎贴到我的前额了，我都没能看清她的长相。我最后一次把她叫到身边，把她手里的啤酒全买了下来，我说："你真美。"这是我对所有女人的口头禅。她说："谢谢。"我问："你叫什么名字？"她说："我叫赵玉清。"她软绵绵的声音使我浑身发热，我决定把她干掉。什么样的女人能上钩,我听她说一两句话就能知道,这么多年从未失手。我小声说:"我住在对面宾馆401房间,你要是没事,下班后到我房间吃夜宵。"她没吭声。我起身去更衣室。她一直把我送到大厅出口,在出口处我转身准备看她的脸,她已经消失在大厅里了。

我的判断不会错,两个小时后,有人敲门。我拉开门,一惊。我想不到她这么丑。她的脸简直是歪的。我本打算让她坐一坐就打发她走,后来我看看表已经凌晨两点,再找女人也不容易,而且这时候要人家走也不道德,何况一年就这么一次出差的机会,好歹找一个,毕竟比没有好。如果事情仅仅如此,决不会酿成大错。为了使对方尽快进入状态,我说了些夸奖她的话。这是我的经验。对一个女人,你如果不说好听的话就上床,根本谈不上什么销魂。我夸她的时候受到了她的盘问。她说:"人家都说我长得丑,为什么就你夸我漂亮呢?"我说:"这就是情人眼里出西施。"她说:"大厅里那么多女的,你为什么偏偏选中我?"我很恼火,很不耐烦,不如一次把话说到位,我说:"你就是我喜欢的那种女人,你有一种一般女人没有的气质。"她身体立即发了软。我们很快上了床,她配合得很好,但我没想到她是处女。我掏钱给她,她不要。她说:"你把我当什么人了。"她又说:"把你的领带送给我,好吗?"我把领带给了她,她在我脸上亲了一口,就走了。

我很快把这件事忘了。没想到两年之后,我到上海出差,去那家桑拿中心寻找猎物时,又碰到了她,我想躲已经来不及了。她说:"我知道你会来找我的。"我真的遇见鬼。她一定要我去她家。我不肯去,我说我有要事要办。她执意要我去。我怕闹出什么事来,毕竟我跟她的关系有非法的成分,而且上海这方面抓得比较紧,我只好勉强应允。

她的家不过是在江边租的一间民房。她说,那次你走了之后,我就租了这间房子,这房子是为你租的,是你在上海的行宫。我浑身冒汗,手脚冰凉。

我抬头一看,床的上方悬着我的那根红色领带,那是我老婆从俄罗斯带回来的。我一阵晕眩。

她说:"知道我为什么这么做吗?"

我没说话,我只想赶快逃走。

她说:"我长这么大没有一个男人追过我、夸过我、喜欢过我,你是惟

滕刚情爱小说

——一个夸过我喜欢过我的男人,我知道你是真的。你不喜欢我,你不会夸我的。那天大厅里那么多女的,你偏偏选了我。那天晚上你把我抱得那么紧,你不喜欢我你不会抱得那么紧的。"

我恶心,我想吐,我想逃。

但我又觉得她很可怜。

出于对她负责,或者说尽快让她死心,我说:"我是个有家室的男人,在外只是逢场作戏。"我当然不可能说我那天晚上没有看清她的脸,尽管那样说最有效果,但是后果不堪设想。

她立刻用手捂着我的嘴撒娇道:"你什么都不要说,你不要告诉我你已经有了女人、有了家、有了孩子,你不要告诉我你的姓名、你的地址、你的工作单位、你的电话号码,你不要有任何负担,你想来就来,不想来就不来,我永远不会嫁人,我只要有你这份爱,就能活下去,你永远不来都不要紧。"

她说完,脱光衣服,平躺在床上说:"请陛下享用。"

事后,她取下领带说:"当我哪天发现你爱我是假的,我就用这根领带上吊。"

我大惊失色。

我怎么也不会想到,我没有看清一个女人的长相就跟她睡了一觉,会把她弄成这样。

不知是好奇,还是担心,两年之后,我去上海,又去了那间平房。她居然还在。我的领带还挂在那个地方。她说:"我知道你会来的。"她说:"那天晚上那么多女人,你偏偏选中我!"我立刻说了个谎,离开了她。

我多次发誓永远不去看她,但每次到上海我还是去她那儿,我有时甚至会鬼使神差特意去上海看她。我每次去看她,都想劝她赶快嫁人,但是我每次去看她,更使她相信她的判断是对的。我经常梦见她用我那根领带上吊,我经常在噩梦中惊醒。我简直不敢相信,世界上有一个女人这样爱着我,我没有一点儿办法。

直到现在,十一年过去了,这个丑陋的四川女人,因为我的那几句谎话,住在上海浦东那间潮湿的平房里,靠我的爱情和领带活着,我不知如何是好。

秘密情节

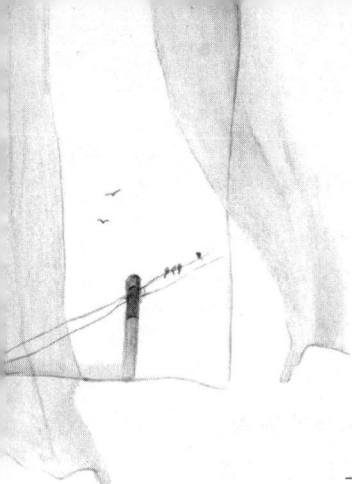

菩萨蛮

滕刚情爱小说

90

一旦发觉自己有承诺冲动，我就立刻掏出小辣椒扔进嘴里，我就辣得呱呱直叫。

　　我和赵文静 1999 年 7 月在海南一见倾心，但是直到 2002 年 8 月我们都没有上过床。原因很简单，赵文静说如果我不向她作出某些承诺，就休想跟她上床；而我则坚决不肯对她作出任何承诺，所以我们一直没有上床。

　　我之所以坚持不向赵文静作出任何承诺，是不想让自己太累。和赵文静拍拖之前，我和十一个女人有过情感交往。但是不知为什么，每和一个女人交往，我都累得心力交瘁。和赵文静拍拖后，有一阵我曾想放弃这段感情，因为我知道等待我的除了快乐之外更多的是疲惫。但是赵文静是我见过的最漂亮的女人，如果和这样的女人失之交臂，我肯定会后悔一辈子。怎样才能把赵文静搞到手而又不让自己太累？我就这一问题向我的朋友秦汉请教。秦汉说："这个问题你可以问我表哥，我表哥玩过的女人已经有一个营了，但他从来不觉得累。"我对秦汉表哥佩服不已。我说："这可是绝世功夫，你表哥不会轻易向我传授的。"秦汉说："他酷爱雨花石,你只要给他送点儿雨花石,他就会什么都对你说。"

我到雨花台买了一袋雨花石,打的来到秦汉表哥住所。正如我预料的那样,我把我的苦恼告诉秦汉表哥后,秦汉表哥王顾左右而言他,说了许多无关痛痒的话。后来我从包里掏出雨花石送给他,他拍了一下我的肩膀,说:"兄弟,这很简单,你跟女人在一起之所以累,一定是因为你向她们作过什么承诺。你只要坚持不向她们作任何承诺,你就不会累,她们就拿你没有一点儿办法。"他的话令我茅塞顿开。我终于发现,我和女人在一起之所以累,是因为我总是不断向她们作出永远无法实现的承诺,她们不断要求我兑现承诺,而我无法兑现,所以我很累。我对秦汉表哥感谢不已。临走前秦汉表哥对我说:"男人要做到这点并不容易,因为那些承诺往往是不由自主脱口而出的。"我说:"那怎么办呢?"他说:"邱少云当初埋伏在敌人眼皮底下怕自己打瞌睡怎么做的?"我说:"吃辣椒。"他说:"对,吃辣椒,你随身带些小辣椒,一旦发现自己有承诺冲动,往嘴里塞个辣椒就没事了。"我心领神会。

后来我和赵文静在一起总是时刻提醒自己,不管遇到什么情况都不要作出任何承诺。我发现我之所以想作出承诺,跟我的生理冲动有关,或者说跟我想上床有关。一旦我有生理冲动或者说想上床,我就会情不自禁地想作出什么承诺。好在我口袋里装了小辣椒,一旦发觉自己有承诺冲动,我就立刻掏出小辣椒扔进嘴里,我就辣得呱呱直叫。赵文静对我如此喜欢吃辣椒觉得不可思议,她说她从没见过如此喜欢吃辣椒的人。因为时刻记住秦汉表哥的话,坚持不向赵文静作出任何承诺,加之关键时刻吃小辣椒,和赵文静拍拖三年了,我一点儿都不觉得累。不过凡事都要一分为二。虽说和赵文静在一起不觉得累,但也没有一点儿意思。因为赵文静见我迟迟不向她作出任何承诺,怀疑我的真心,就迟迟不肯让我得手。她说:"你不作出承诺,就休想跟我上床。"我们认识三年了,不要说上床,连嘴都没有亲过,这样的交往太没有意义了。

2002年9月的一天晚上,我买了一包巧克力去看赵文静。我决定,我今晚对她下手,她再要我作出什么承诺,我就毫不犹豫地跟她分手,不能再浪费时间和精力了。赵文静是个聪明人,她大概看出我的心思,所以我伸手解她上衣衣扣时,她没有像以往那样要我作出什么承诺,而是眼

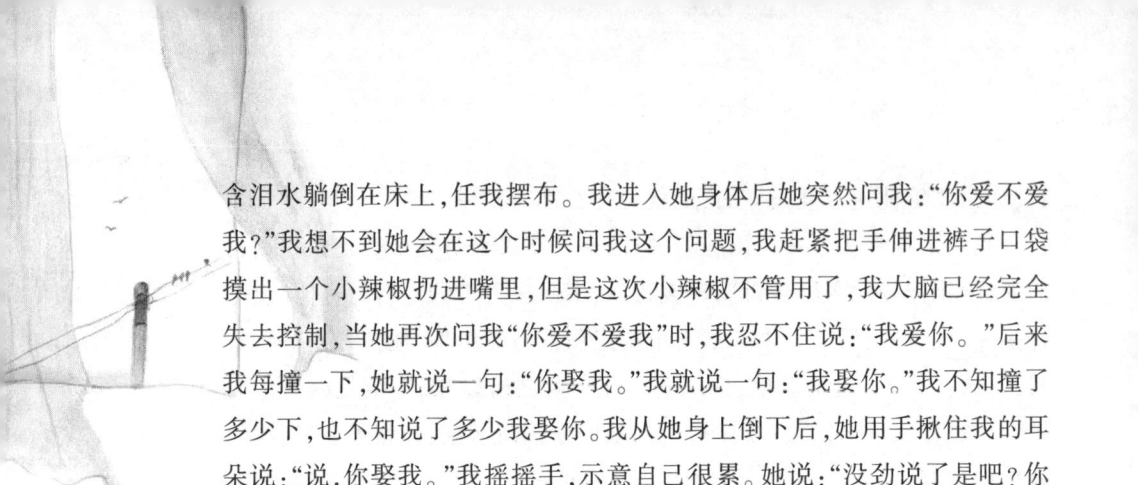

含泪水躺倒在床上，任我摆布。我进入她身体后她突然问我："你爱不爱我？"我想不到她会在这个时候问我这个问题，我赶紧把手伸进裤子口袋摸出一个小辣椒扔进嘴里，但是这次小辣椒不管用了，我大脑已经完全失去控制，当她再次问我"你爱不爱我"时，我忍不住说："我爱你。"后来我每撞一下，她就说一句："你娶我。"我就说一句："我娶你。"我不知撞了多少下，也不知说了多少我娶你。我从她身上倒下后，她用手揪住我的耳朵说："说，你娶我。"我摇摇手，示意自己很累。她说："没劲说了是吧？你知道你刚才说了多少个你娶我吗？"我后悔莫及，恨自己不该跟她上床，现在话既出口，想收回已经不可能了。

　　第二天早晨我正盘腿坐在床上为昨天的承诺发愁，赵文静敲响我的门，我拉开门，赵文静把手中的包裹扔在地上，一把抱住我说："告诉你一个好消息，我离婚了。"我大吃一惊，说："离婚？你怎么离婚了？"她说："你昨晚说你要娶我，我回去就把婚离了。"我说："我说娶你，没有要你现在就离婚，你怎么说离就离呢？"她说："我不离你怎么娶我？"我说："你怎么能这样呢？你知道我在什么情况下说那话的？你怎么那么当真？"她说："我不当真？你说话不负责任？你说话不负责任你就不要说。你说话不算数，你就不要说。你昨晚不说娶我，我怎么会离婚？现在我离了怎么办？"她又闹又哭。为了稳住她，不出什么事，我答应迟早娶她，并给她在后街租了一套房子。

　　以后每次去看赵文静，我都坚决不跟她上床，我怕自己再作出什么新的承诺。赵文静对我不跟她上床很有意见。她说："你把我搞到手就不要我了。"她每次都引诱我上床，而我每次都以各种借口推拒。因为承诺过娶她，所以一时半会甩不掉她，但是跟她在一起又不敢上床，我不知如何是好。我又买了一袋雨花石去请教秦汉表哥。我把我的遭遇说给秦汉表哥听，问他有什么办法。秦汉表哥说："这很简单，你以后跟她做爱时，在嘴里含一条毛巾，不就什么都说不出口了。"我恍然大悟。后来我跟赵文静上床嘴里都含一条毛巾。不论她要我说什么，我都说不出来。赵文静对我做爱时嘴里含一条毛巾觉得不可思议。她说她从没听说过谁做爱时嘴里含条毛巾的。我说这是我的癖好。

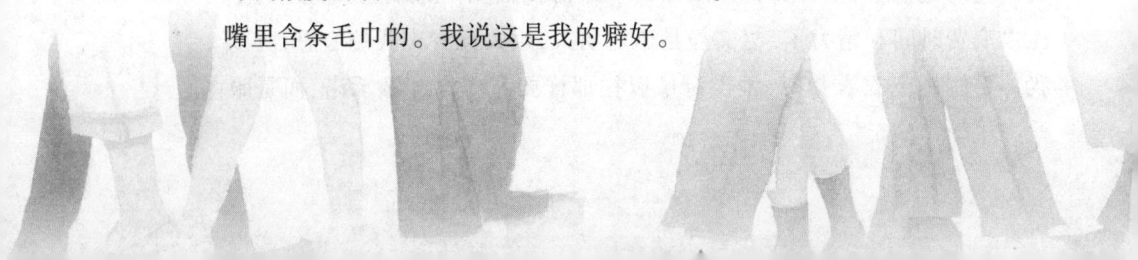

如 梦 令

都说女人头发长见识短,但是这一点倒是说得有道理。

应该谈一下我老婆了。

回忆我和老婆十一年的婚姻生活,有两个词可以概括:打架和做爱。我和老婆第一次做爱是在结婚那天晚上,第一次打架则是在结婚的第二天晚上。

我和老婆第一次打架的起因是这样的。那天傍晚,我母亲给我们送甲鱼汤,被拖拉机撞断了腿。我和老婆来到医院看我母亲的时候,我母亲双脚正悬在吊环上,十分痛苦地看着我们。我说了许多安慰母亲的话。但我老婆看上去无动于衷,甚至没有一点儿难过的表情,她甚至跟一位熟识的护士谈什么开司米,这样我母亲当然就很生气,很难过,很绝望,她非常在意别人对她的态度,尤其在她生病的时候,所以直到我们离开医院,她都没有跟我们说一句话。老婆对我说:"你妈太过分了,我们来看她,她居然不睬我们,好像是我们让她跌跟头似的。"我说:"是你过分还是我妈过分?我妈跌了跟头,你一点儿都不痛苦,还谈什么开司米,我妈这个人不怕吃苦,不怕花钱,就怕别人不把她当回事。你明知你说两句安慰的话她就会高兴，你为什么不说呢？你多残忍！难道你不懂对待老人就像对待小孩一样吗？"老婆说："她是你妈，是我婆老太，我不痛苦装什么痛苦，我不像你们虚情假意，我不像你妈那么虚伪！"我说："你妈虚伪！"她说："我妈不虚伪。我妈跌了跟头还笑，你妈才虚伪。"我说："你再说一遍，你敢再说一遍我揍你！"她说："我就说，我就说，你妈虚伪！虚伪！"我甩过去给她一个耳光。她显然被我这一耳光打蒙了，她想不到我会打她，我也想不到会打她。她又哭又骂，她哭完之后突然甩腿给我一脚，我也甩过去一脚，她又甩过来一脚，我把她双手反剪，按倒在床上，她一边用脚蹬我，一边用嘴咬我，我们的战斗持续了半个小时才平息。将近一个星期，我们不说话，不睡一张床，我们的婚姻才开始就走近了死亡的边缘。我不知道怎样结束这场战争，我不知道冷战何时结束。我过生日那天晚上，钻进她的被窝，她把背朝我。我试探着把手伸进她的胸部。她一边推搡一边骂我。她说："你打我还想跟我睡，你永远不要想。"我突然掀起她的内衣，用嘴吮住她的乳头，她只挣扎几下，就双手抱住了我的腰，把舌头送进我的口中。我们一边疯狂撞击，一边发誓永不吵架了。我们抱在一起，一直睡到天亮。第二天我们的生活充满了欢声笑语。

但是事隔一个星期，我们又打架了，直到又一次做爱，我们才和好如初。就这样，我们一次次打架，又一次次做爱。有时候一边打架一边做起了爱，有时候刚做完爱就打架，有时候打完架就做爱。每次我们打架都想置对方于死地，都想一定要离婚。我们每次做爱都想成为一个人，都想永不分开，都发誓再也不骂对方不打对方了。我们一直不明白我们为什么没完没了地吵架。有一次我刚进入老婆的身体，老婆突然用手稳住我的腰部说："不要动。就这样，不要动。"我说："不动不难受吗？"老婆说："我发现了，我们只在一种情况下不会吵架，那就是我们都在对方身体里面的时候，一旦身体分开，我们就会吵架。"都说女人头发长见识短，但是这一点倒是说得有道理。

我老婆是她们家的掌上明珠，从没被人打过，所以第一次被我打以后，为了牢记这一次深仇大恨，她用美工刀在我们床边的墙上刻了一个记号。以后我们每打一次架，她就在墙壁上刻一个记号。而我从新婚之夜开始，就养成了习惯，每做一次爱，都在台历的日期上打一个"☆"。上个星期,我们统计了一下,结婚十一年,我们一共打架 1056 次,而我们做爱也恰好是 1056 次。这个巧合让我们吃惊。我想这个数据对我们的婚姻很有意义。现在我们打架和做爱的次数相同,说明我们的婚姻还能维持。哪一天我们的打架次数超过做爱,我们的婚姻就会破裂。哪一天我们做爱的次数大于打架的次数,说明我们的婚姻正走向美满。

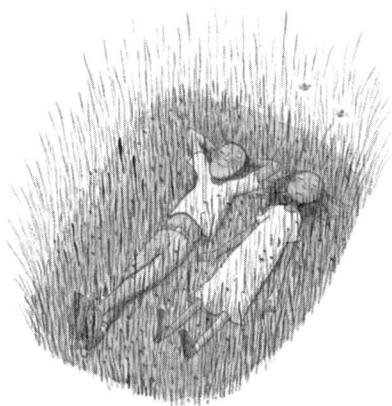

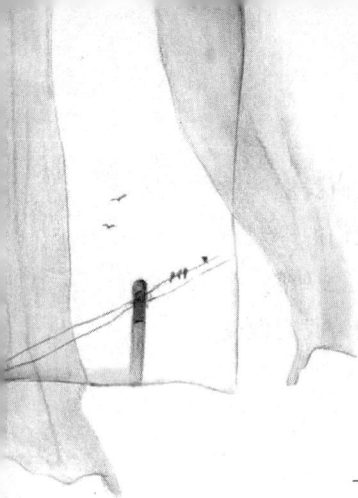

蝶 恋 花

滕刚情爱小说

虽然我现在看到向梅不出汗了，但我想到这件事就出汗。

　　我46岁那年受朋友之托,照看他老婆。

　　男人对朋友的老婆都有过非分之想。这是人之常情。古人说:"老婆人家的好,儿子自家的好。"我对张三的老婆向梅就一直有挥之不去的非分之想,以至于我每次看到向梅头上都会冒汗。但我绝不会做出对不起朋友的事。虽说张三远在哈尔滨,向梅常常在家独守空房,但张三不在家的时候我从没有去看过向梅。大禹治水三过家门而不入,我天天路过向梅家,却从没有进去过。这没有什么值得炫耀的。古人说:"朋友妻,不可欺。"但是张三请我照看他老婆是我没有想到的。美国世贸大楼遭遇恐怖分子袭击的那天晚上,张三从哈尔滨给我打来电话,说他搞情人的事被她老婆发现了,他老婆最近神思恍惚,多次扬言自杀。他说:"我真担心她一时想不开做出什么傻事。人有时候就是一念之差,可我不在她身边,请你无论如何帮我照看她,开导开导她。"

　　我每次去看向梅,向梅都声泪俱下地控诉张三的罪行,我头上、脸上总是不停地冒汗。我一冒汗向梅就起身去洗手间给我拿毛巾。向梅对我不停地出汗也觉

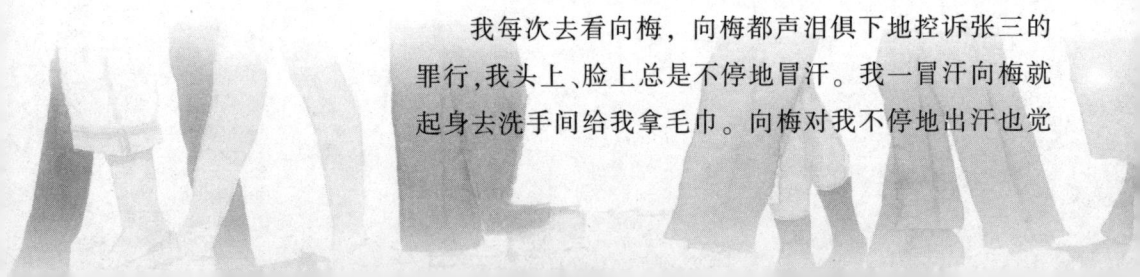

得奇怪,她说她从未见过这么爱出汗的人。后来我都不大想去看向梅了,原因很简单,我每次去看她,她都哭,她一哭我就想搂住她,这样迟早要出事的,我绝不能做对不起朋友的事。有一天向梅突然问我能不能告诉她,张三是怎样把别的女人搞到手的。她说:"在我看来这简直是不可能的事,这个问题我怎么也想不通。他有什么样的本事,能把别的女人搞到手?"我当然不会把男人的那点儿秘密告诉她,那样我就出卖了张三。但是向梅说:"这个问题如果想不通,我会发疯的,你是他的朋友,你有责任告诉我。"见她说到这个分上,而且要发疯,我说:"这很简单,只要下工夫,一个男人可以把任何一个女人弄到手。"向梅:"我不信,怎么可能呢?怎么下工夫呢?又不跟人家结婚,人家怎么可能跟他睡觉呢?要是我,一个男人不跟我结婚,要我跟他上床那是不可能的。"我说:"这个说是说不清的。"向梅说:"这有什么说不清楚的呢?比方说我就是张三搞的那个女人,你就是张三,你说说他是怎样把女人搞到手的。"我说:"这个办法也好,这个办法容易把事情说清楚。"我说着就从口袋里掏出一块德芙巧克力给向梅。向梅脸色顿时绯红:"你怎么知道我喜欢吃德芙巧克力?你怎么知道的?"我说:"十一年前我第一次看到你和张三,你当时对他说,你只吃德芙巧克力,我就一直记在心里,我第一次来看你就带在身上了,但你是我朋友的老婆,我不能那么做,现在你要我揭露张三的秘密,我才拿出来的,为的是让你明白他们通常采用什么卑鄙手段勾引女人。"向梅眼里闪着泪花说:"你对我太好了,太让我感动了,从没有人像你这样对我这么好。"见她黯然神伤,我说:"他们就是这样,开始对女人下手的。"向梅如梦初醒:"你是说,他们用一块巧克力就把女人骗到手了?不可能,不可能。继续,继续,我看看你们还有什么招数。"我头上冒汗,向梅起身去拿毛巾。向梅这回拿来的是热毛巾。我说:"我从不出汗,在女人面前从不紧张,但不知为什么,每次看到你我就紧张,就出汗。"向梅满脸绯红,说:"你是因我而出汗?我又不好看凭什么让你出汗?"我说:"我也说不清为什么。不过,一个女人能够让我这样的人出汗,足见这个女人的魅力了。"见她丧魂失魄,我说:"他们就是这样,知道女人喜欢甜言蜜语,三言两语就把她们搞得晕头转向了。"向梅如梦初醒,说:"你是说,他们用一块巧克力,一句甜言蜜语,就把女人搞到手了?不可能,不可能。你继续说，蛮有意思的，我倒要看看你们还有什么花招。"我说："不能说了，再说就出事了。"我跟跟跄跄出了门。这以后我很长时间没有去看向梅。游戏应该结束了，再这样下去迟早要出事的。有一天向梅把电话打到我单位，说："你怎么不来了，你只讲了一半，你不要自作多情的，你们的那点儿把戏根本骗不了我。"见她仍在这个问题上纠缠不清，我决定把张三的那点儿卑鄙伎俩全部告诉她。元旦那天晚上，我拎着一盒生日蛋糕去看向梅。向梅刚开门，我就说："祝你生日快乐。"向梅满脸绯红，热泪盈眶。她说："我都忘了自己的生日了，你怎么知道我的生日的？"我头上冒汗，她去拿毛巾。她这回拿来的是她自己的毛巾。她说："你对我太好了，从来没有人对我这么好过，有你关心我，我心满意足了。"她说着哭起来。我说："他们就是这样，一步步把女人逼到没有退路。"她还是哭。我紧张起来了，我说："向梅你醒醒，你可不能当真，是你要我讲给你听的。"向梅突然夺过我手中的毛巾边擦眼泪边说："不可能，不可能，你们靠这一两个花招，就把人家搞到手了？你继续说，我倒要看看，你们还有什么花招。"我说"下次再说"就夺门而逃。我发誓再也不去了。我知道她已经不能自拔了。有一天向梅再次把电话打到我单位说："你再不讲清楚，我会发疯的。"

美国攻打阿富汗的那天晚上我们这里下起了倾盆大雨，为了让向梅彻底明白张三是怎样把女人搞到手的，我去电大给向梅送伞，我故意站在雨中把全身淋湿。向梅从教室出来，看我像落汤鸡一样站在雨中，泪流满面："你怎么知道我在这里上课的？"我说："他们就是这样，知道女人心软，故意把身上淋湿，然后使她们束手就擒。"向梅说："你对我太好了，你太让我感动了，从没有人对我这么好过。"向梅到家后一直坐在床边发呆。见她魂不附体，我心生怜悯，一把把她搂在怀里。向梅起初闭着眼睛紧紧抱住我，我正要吻她她突然推开我说："不行，不行，这样不行。"我说："你这样做是对的，但我以后永远没脸见你了，你多保重。"我转身要走，她背靠门泪流满面地说："你留下来吧。"我正想把她往床上推，她已经仰倒在床上。事毕，我蜷着腿耷拉着脑袋说："他们就是这样，把女人搞到了手。"向梅失声痛哭："你们男人没一个好东西。"

虽然我现在看到向梅不出汗了，但我想到这件事就出汗。因为我知道，这种事要是让人知道了，就是在美国，也是丑闻。

调 笑 令

我觉得自己简直是在做一次义务劳动,是在做一项慈善事业。

人们说,人一旦过了 40 岁,就没有和配偶做爱的欲望和兴趣了。其实并不尽然。我 45 岁那年和我老婆就有过一段愉快而又浪漫的性生活。

和所有夫妻一样,40 岁一过,我和我老婆对性生活就没有了兴趣。我们的性生活由原先的每周一次锐减到每月一次,每季度一次,到 45 岁那年我们就基本上不过性生活了。我们也知道性生活是夫妻生活中不可缺少的组成部分,没有性生活的婚姻是危险的婚姻,但我们无能为力。我们想过很多办法,我们甚至吃过性药,看过黄色碟片,但无济于事。性生活和人类其他活动不一样,必须有兴趣,必须有激情,没有兴趣和激情是做不起来的,即使勉强做了也味同嚼蜡。我不知道我老婆为什么对做爱没了兴趣,或者说我不知道我老婆为什么对跟我做爱没了兴趣,但我知道我之所以不想跟老婆做爱,是因为我老婆老了,她已经引不起我的兴趣,激发不了我的性欲。每次勉强跟老婆做爱,看到她那耷拉的乳房和盐碱地一样的肚皮，我觉得自己简直是在做一次义务劳动，是在做一项慈善事业。

我们的性生活在我45岁那年秋天的一天晚上发生了奇迹。那天下午我去万国医院看前列腺炎。以往给我看前列腺炎的医生都嘱咐我减少性生活，以减少对前列腺的刺激。而这位秃顶的来自上海的前列腺专家却要求我每周至少过一次性生活。他说前列腺会源源不断的分泌前列腺液，前列腺液不定期排出就会发炎，而前列腺液只有随精液才能排出，而排出精液的惟一办法是过性生活。他甚至断言我之所以患前列腺炎之所以久治不愈，是因为没有过正常的有规律的性生活。

当天晚上我把秃顶专家的话讲给老婆听。我说："我知道让你为难了，你就委屈一下，权当是帮我治疗前列腺炎。"她说："不行，肯定不行，我没兴趣，我一点儿兴趣都没有。"我说："我知道你没兴趣，我也没兴趣，但我必须把前列腺液排掉，如果不定期排出前列腺液，我的前列腺炎将无法治愈，我将永远遭受前列腺炎的折磨，这个忙只有你能帮我。"她说："不行，不做，我真的不想做，没有兴趣做起来很难受的。"我说："不要你动，我一个人做。"她说："你奸尸啊，奸尸你太平间去找一具。"我说了很多话，但她坚决不同意，她甚至要我到外面去找女人。她说："真的，你到外面去找女人，去排前列腺液，我没意见的，我真的没兴趣。"我一急之下说："要不，我给你钱。"她愣了一下说："给我钱？给我多少钱？"我说："100。"她说："100？太少了。"我说："要么200。"她说："不行，跟我睡一觉才200，外面做这生意的女人睡一觉多少？我难道不如她们？你看看我这身条？"我说："那就300吧。"她说："行，成交，拿钱来。"我说："现在就给？"她说："先给，你赖账怎么办？"我说："给就给。"我从口袋里掏出皮夹，从皮夹里拣出三张100元的钞票给她。她拿过钞票，人立刻就发了软，就开始脱衣服。她是这样脱衣服的。她先拎着内衣的下摆往上一掀就把内衣连同羊毛衫掀过了头，然后把裤腰往下一拉拉到膝盖以下，用右脚踩掉左腿的裤子，用左脚踩掉右腿的裤子，前后不到两秒钟就脱了个精光。刚才跟她谈价格的时候我身体就莫名其妙地开始发热了，现在看到她这样脱衣服，我的身体立刻膨胀起来，来不及脱上衣就扑到她身上。她一边大声呻吟一边挥舞手中的钞票，而我也前所未有地兴奋和疯狂。

事后我问她为什么如此兴奋，她说她也不知道为什么，只不过有种成就感。

从此以后，我只要提出给钱，我老婆就脱衣服，就激情万丈，而我也异常兴奋，我们的性生活愉快而又浪漫。我的前列腺炎一天天好转，我老婆的要价也从300涨到500。我们甚至到野外做爱，到宾馆开房间做爱，当然我老婆每次都少不了跟我讨价还价。

西班牙军队撤出伊拉克那天晚上，我老婆清点家里的存折，发现少了一张两万的。她立刻用怀疑的目光看着我。我说是我拿的。她说，拿到哪儿去了。我说，我都给你了，你每次要那么多，我哪来那么多钱，我工资都给你了。她说，好啊，你居然拿我的钱玩我，不玩了。当天晚上，我拿着仅剩的500块钱向她求欢，她说，没兴趣，你拿我的钱玩我，我没兴趣。我们愉快而浪漫的性生活终于告一段落。

101

秘密情节

直到现在，十一年过去了，这个丑陋的四川女人，因为我的那几句谎话，住在上海浦东那间潮湿的平房里。靠我的爱情和领带活着，我不知如何是好。

第四辑

玫瑰花开

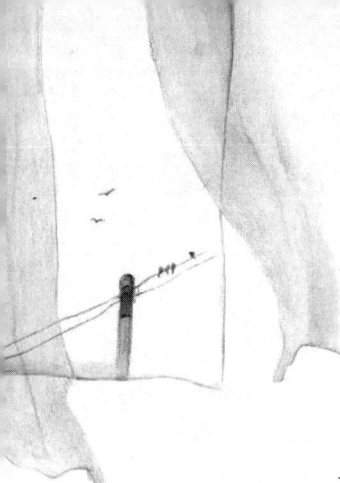

绿　尸

他说:"从明天起,我要写个长篇,要写三年。"

滕刚情爱小说

　　王松打开房门,沙桐那绿色的尸体又浮现在他的眼前。他打开电视,从一个频道调到另一个频道,但是那具绿色的尸体已经占据了他的大脑,他甚至不知道电视屏幕上放的什么。

　　赵青说:"你怎么又发呆了?"

　　他说:"没有,我没有发呆。"

　　赵青说:"我洗个澡。"

　　他说:"你洗个澡。"

　　赵青说:"你是在发呆,你在想什么?"赵青脱掉风衣,说:"你转过身去。"他转过身。赵青把衣服扔在床上,冲进卫生间,关上门,卫生间传来"哗啦啦"的水声。

　　他的眼前浮现出赵青的裸体,他的身体又膨胀起来。他刚站起来,赵青的裸体旋即变成绿色的尸体。他把门上了保险,拉上窗帘,打开所有的灯。雅琴说,那是你的幻觉,尸体是不可能变成绿色的。他说,我看见了,是绿色的,像青苔。

　　他开始铺床。他把枕巾垫在床中央。前天晚上,他

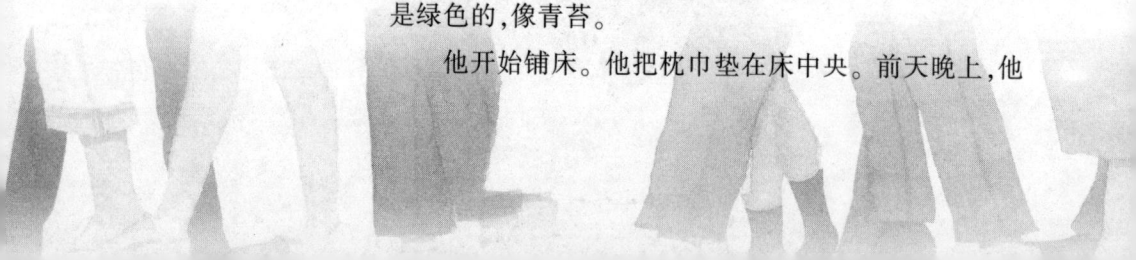

就是这样辅床的,他脱光赵青的衣服,他们亲热了半天,但他没有做。他想起了沙桐那绿色的尸体。

他说:"你想想看,是哪个女孩?"

沙桐说:"我不知想过多少遍了,我不知道是哪个女孩传给我的,和我好过的女孩哪个不像天使一样纯洁美丽?"

他说:"怎么才知道女孩没有病呢?"

沙桐说:"无法知道,防不胜防,你不知道她跟你睡觉前有没有跟其他人睡过,你不知道跟她睡的是什么人。你从她们的身体看不出任何征兆,这种病毒潜伏期很长。你不知道她们的处女膜是真是假。"

他说:"你不是都用避孕套吗?"

沙桐说:"医生说,这种病毒能穿透避孕套。"

他说:"那怎么才不被传染呢?"

沙桐说:"不相信任何女人,不跟任何女人睡觉。你只要相信了一个女人,就会像我一样灭亡。"沙桐伸出他那已经发绿的手臂说:"让护士再给我喷点儿药,我受不了了。"

他把床上的被子搬到另一张床上。

卫生间传来哗啦啦的水声,他的眼前又浮现赵青的裸体,他的身体膨胀起来。

沙桐死后他曾经发誓永远不碰女人,但他无法控制自己的欲望,没有女人活在世界上干什么?他相信自己一定能找到干净的女孩。他终于发现了赵青。他绝不会看错。她的父母是医生,她刚从学校毕业,她的身体一定跟她的眼睛一样清纯。他已经两次把她带到宾馆,但他没有做,他想起了沙桐那绿色的尸体。

他刚跑到卫生间门口,门开了,穿着米色内衣的赵青说:"你偷看?"

他说:"没有。"他把赵青抱在怀里,一边吻她一边说:"我什么都不想。"他拼命把注意力集中在赵青的身体上。

他把赵青抱到床上,脱去赵青的内衣。赵青双手蒙住眼睛,裸身仰在床上。

他脱光衣服,从包里取出一个避孕套戴上。

沙桐说:"医生说,这种病毒能穿透避孕套。"

他又戴上一个避孕套。

赵青双手蒙住眼睛，双腿像麻花绞在一起。

他伏在赵青身上，用手找到赵青的位置，眼前又浮现沙桐那具绿色的尸体。沙桐说："你只要相信一个女人，就会像我一样灭亡。"在身体即将接触的一刹那，他说了句："不行。"跳下床，冲进卫生间，用手处理。最后，他叫了一声。

他回到床上，赵青已经用浴巾盖住了身体。

赵青说："你叫干吗？"

他说："没叫。"

赵青说："你实在难受我就给你。书上说，男人跟女人不一样。"

他说："不行，那样不好，那样太过分了。"

赵青说："你真好。"

他说："我好。"

赵青说："怕我怀孕？"

他说："不是。"

赵青说："我再猜。怕从此甩不掉我？"

他不说话。

赵青说："假如我不在乎呢？"

他说："你不在乎也不行。"

赵青说："为什么？"

他说："我不想伤害你。"

赵青说："伤害？"

他说："你不懂，我如果做了，你就会受伤害。我不做，你就不会受伤害。"

赵青说："假如我情愿被伤害呢？"

他说："那也不行。"

赵青说："你真好。"

他说："我真好。"他的眼前又浮现沙桐那绿色的尸体。雅琴说，那是你的幻觉，尸体是不可能变成绿色的。他说，我看见了，是绿色的，像青苔。

赵青说:"你转过身。"

他转过身。

赵青穿好衣服说:"你真好。"赵青哭了起来。

他说:"从明天起,我要写个长篇,要写三年。"

赵青说:"我见不到你了?"

他说:"我也不知道。"

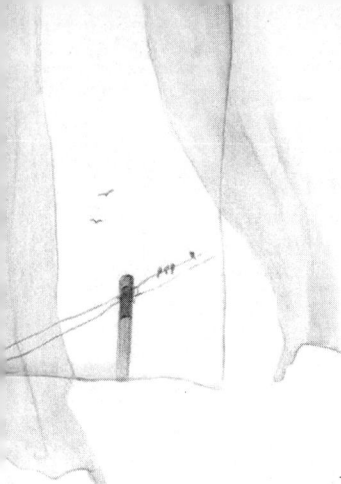

安　详

滕刚情爱小说

陈医生说，我从医三十年了，从没有见过像他那样视死如归的人。

赵一凡住院后一再叮嘱妻子马丽，如果医生说他不行了，一定要告诉他，他有重要的话要对儿女们说。马丽每次都用手捂住他的嘴，不让他说不吉利的话。虽说到现在还没有查出赵一凡得的是什么病，但她问过医生了，医生说赵一凡的病虽然蹊跷，但不至于有生命危险。

实际上一个人什么时候死，他本人往往比医生知道得还要早。愚人节那天早晨，天突然下起了大雨，赵一凡睁开眼睛便对马丽说自己不行了，要马丽赶快把儿子和女儿叫来。马丽赶紧跑到医生办公室告诉值班的陈医生。陈医生给赵一凡做了一系列检查后，示意马丽跟他出去。在医生办公室，陈医生郑重告诉马丽，赵一凡的感觉是对的，他的病情急转直下，快不行了。陈医生说他看了赵一凡的瞳孔，据他的经验，赵一凡的生命至多只有两个小时。马丽脸色苍白，泪如泉涌，她努力抓住身边的电子秤，还是没有坚持住，瘫软在地上，失声痛哭。护士长赶紧掩上门，把马丽扶到椅子上，小声说，你不能这样，你这样病人看到了会难受的，你要陪他度过最后的时光。马丽点点头强忍住泪水用医生办公室的电话给家里打电话。电话拨通了，是女儿接的电话，马丽张口就泣不成声说不出话。护士长拿过话筒把赵一凡不行的消息直截了当地告诉了对方。

马丽用餐巾纸抹干眼泪，刚走到赵一凡床边，眼泪又忍不住夺眶而出。赵一凡拍拍她的肩膀说，不悲伤，不悲伤。赵一凡说了几句安慰马丽的话，就对自己的后事作了详细的安排，连来客在哪里吃饭在哪里住宿都作了详细的安排，马丽只是一个劲地哭。儿子女儿亲友同事学校领导都先后赶到。赵一凡把儿子和女儿叫到床边。说有重要的话对儿女们讲，不过是把平时零碎的教导集中起来说了一遍，说到最后赵一凡已经气若游丝，连睁眼睛的力气都没有了。大家站在床的两侧为赵一凡送行。护士不断给他量血压。赵一凡静静地躺着，面容温润安详，偶尔勉强睁开眼睛看看周围的人又闭上。赵一凡的镇定坦然令在场的人油然而生敬意。他才55岁，死亡又来得这么突然，但他连最起码的痛苦和恐惧都没有，这不是一般人能做到的。

赵一凡又想到了那个发廊妹。他知道身边站着许多人，他知道自己即将升天，他努力不让自己在这个时候想那个发廊妹，但是那个发廊妹还是翩然而至。今年初春，他曾经对好友曾忆沩说过，如果我睡一下老婆以外的女人，我就死而无憾了。话题是由曾忆沩挑起来的。此前他和曾忆沩虽然无话不谈，但他们从未讨论过这个话题，他也不可能把自己最隐秘的愿望告诉任何人。但是那天晚上曾忆沩突然问他最羡慕别人什么。他反问曾忆沩。曾忆沩叹口气说，我最羡慕那些跟老婆以外的女人睡过觉的男人。曾忆沩说，我快60岁了，连老婆以外的女人的手都没有碰过。他想不到曾忆沩会说出这样的话，想不到曾忆沩也有这样的愿望。曾忆沩是他最敬重的人，是他的领导，是最循规蹈矩的人。他一时冲动，就对曾忆沩说了那句话。他已经55岁了，他也没有碰过老婆以外的女人，更不说睡觉了。他三十年来一直有这个愿望，但是一直没有实现。他不知道怎样去找那样的女人，不知道怎样对那些女人下手，不知道怎样对那些女人下了手而又不让任何人知道。他一直没有这样的机会，而自己已年过半百，再不弄就没时间了，生命留给他的时间已经不多了，如果到最后连老婆以外的女人都没有搞过就白活了。他想不到和曾忆沩深谈不久，

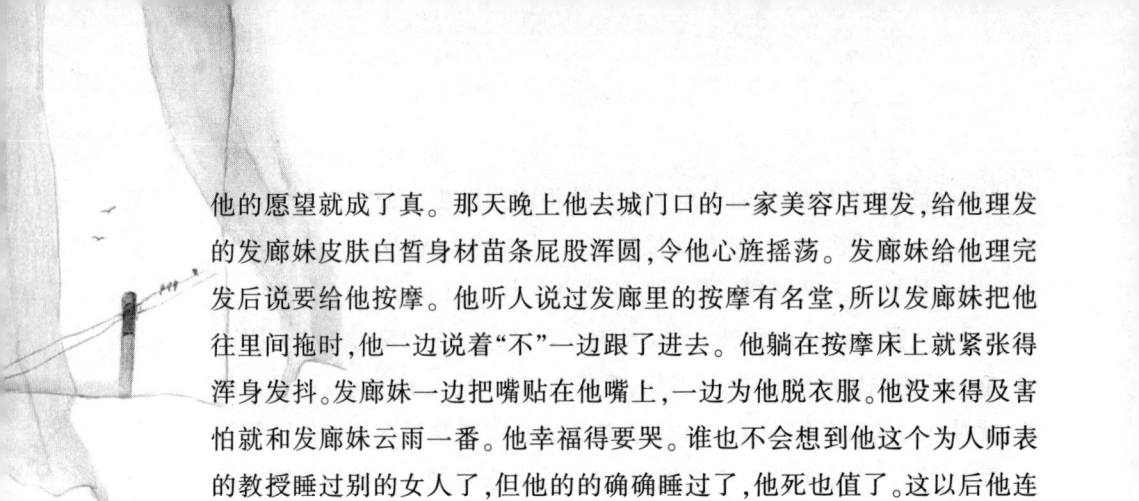

他的愿望就成了真。那天晚上他去城门口的一家美容店理发,给他理发的发廊妹皮肤白皙身材苗条屁股浑圆,令他心旌摇荡。发廊妹给他理完发后说要给他按摩。他听人说过发廊里的按摩有名堂,所以发廊妹把他往里间拖时,他一边说着"不"一边跟了进去。他躺在按摩床上就紧张得浑身发抖。发廊妹一边把嘴贴在他嘴上,一边为他脱衣服。他没来得及害怕就和发廊妹云雨一番。他幸福得要哭。谁也不会想到他这个为人师表的教授睡过别的女人了,但他的的确确睡过了,他死也值了。这以后他连做梦都会想到那个发廊妹。每次想到那个发廊妹他就会热血沸腾,下身就会令人尴尬地挺起来。一个月前他突然生了这个病,医生天天查,查不出病因,他开始很紧张,生怕自己的病跟那个发廊妹有关,但是医生终于什么都没查出。现在他要死了,他不怕,他觉得自己活得很值,他没什么遗憾的了。他玩过别的女人,而别人又永远不知道,他还有什么遗憾的呢?

护士再次给赵一凡量血压。护士的手握着他的手,护士的手柔软而潮湿。发廊妹就是这样握着他的手给他脱衣服的。此刻,在生命的最后时刻,他再次回想起那个发廊妹的呻吟声,突然热血沸腾,血压上升,护士吓了一跳。赵一凡的下体慢慢竖了起来。因为生了褥疮,他裸着全身,只在下身盖了块白色枕巾。他的下体把枕巾顶了起来,像一把撑开了的雨伞。站在一旁的陈医生目瞪口呆,女性们都羞得转过脸去。"雨伞"撑开大约有10秒钟终于熄了。几乎同时,赵一凡咽下了最后一口气。赵一凡面容安详,甚至还留着淡淡的甜蜜的微笑。直到今天,五年过去了,陈医生还常常跟别人提起赵一凡。陈医生说,我从医三十年了,从没有见过像他那样视死如归的人。

较　量

赵波微微一笑，说：
"我没什么可说的。"

　　207 病房离医生办公室只有几步之遥，蒋红走出医生办公室，没有直接去 207 病房，而是拐弯走向四病区。从四病区绕道去 207 还有将近一刻钟的路，她要在这一段有意延长的时间里，决定采用何种策略，让赵波在生命的最后时刻说出她想知道的事。

　　十分钟前医生把她叫到办公室，告诉她，她丈夫至多只能活一两个小时了。虽说赵波的死她有足够的心理准备，他的病迟早会死的，但她想不到来得这么快，这么突然，只剩一两个小时了。她感到恐惧。她不是恐惧他死，而是恐惧他死后，她将永远无法知道他的秘密，永远无法知道这么多年他瞒着她干了什么。她将是一个彻底的失败者。回想她与赵波二十多年的婚姻，简直就是一部战争史，一部侦探小说。在这场旷日持久的战争中，赵波殚精竭虑不让蒋红知道他的隐私，蒋红则千方百计要知道他的隐私，他们较量了二十多年，直到现在，她没抓到一点儿把柄，发现一点儿线索。赵波是个十分古怪的人。他活着的惟一目的似乎就是不让任何人接

秘密情节

近他,了解他。他不处朋友,不跟任何人沟通,不打电话,不用 BP 机,不用手机,不写信,不写日记,不说梦话,他总是独往独来,不留痕迹。人们除了知道他在图书馆做资料保管员,喜欢收集民谣,有糖尿病,有个老婆,家住光辉小区,其余便一无所知了。这世界极少有人像他这样如此煞费苦心地保护自己的隐私。在蒋红看来,他之所以这样,根本目的是要瞒着她,她实际上是他的惟一敌人。她一直在跟踪他,监视他。凭直觉她知道他一定是干了对不起她的事。尤其是 1997 年 6 月,1999 年 10 月,2001年 11 月,他先后失踪了三个月。他说他收集民谣去了。她知道他所谓的收集民谣不过是他精心策划的一个可以让他独往独来的美丽的借口。以往他至多消失两三天,这三个月,他消失这么长时间,到底干什么去了?她知道一个人要是存心不让你知道他在干什么,你真的没有一点儿办法。但她没有放弃,她绝不认输,她相信只要他活着,她终有一天会战胜他。但是,现在赵波将很快死去,将永远消失,她惟一的、最后的希望和机会就在这一两个小时,她必须牢牢抓住这个机会。赵波虽然知道自己会死,但他不会想到死亡来得这么快,他还没有真正面对死亡。如果蒋红现在去病房,把医生的判断告诉赵波,告诉他,他在这个世界只有一两个小时了,他也许会对她说出一切的。人都要死了,还有什么要隐瞒的呢?还有什么必要让活着的人受折磨呢?

蒋红走进病房,赵波那双特工一样的眼睛就一直盯着她。

蒋红坐在床边,犹豫片刻说:"医生说你只剩一两个小时了,我本不想告诉你的,又怕你有什么话要留下。"

赵波微微一笑,说:"我没什么可说的。"

蒋红说:"我尊重你的个性,但我跟你二十多年了,你总不能让我对你一无所知吧?你放心,你告诉我,即使你做了什么对不起我的事,我都不会怪你的。我只要知道就行了。"

赵波说:"我不说,看你有什么办法!你死了这个心吧。"赵波说完,把眼睛和嘴闭上。随蒋红怎么哭怎么说,他就是不睁眼睛,不说话。

在一阵激烈的呕吐和喘气后,赵波咽下了最后一口气。赵波的嘴角挂着一丝只有蒋红才能看出来的笑意。蒋红被赵波最后的笑容激怒了。她看着赵波的遗体,突然灵机一动,擦干眼泪,冲到医生办公室,要求医生对赵波的尸体进行解剖。她说:"我一定要知道他到底干了什么!"在蒋红的鼓动下,医生把赵波的尸体拖进尸体解剖室。

医生剥光赵波的衣服,说:"哇,你丈夫有包皮!"

蒋红说:"这我知道,我要知道我不知道的。"

在蒋红如饥似渴的目光中,医生挥舞着手中的手术刀十分熟练地解剖赵波的尸体。赵波的五脏还冒着热气。

医生说:"他有糖尿病?"

蒋红说:"这我知道。我要知道他到底瞒着我干了什么,我要知道他的隐私!"

医生说:"别急,别急,会找到的。"

医生从赵波身上取下一块块标本,放在显微镜下,仔细研读。

医生突然说:"哇,你丈夫有过性病?"

蒋红说:"真的?他有性病?什么性病?什么时候有的?"

医生又从赵波身上取下几块标本,在显微镜下看了半天,说:"天哪,他有过三次性病,都做过治疗!第一次大概是 1997 年 6 月,是淋病。第二次是 1999 年 10 月,还是淋病。第三次大概是 2001 年 11 月,是梅毒!"

蒋红拍了一下赵波的屁股说:"怪不得要瞒着我!怎么样?我知道了吧,我知道你有事瞒着我!我说我一定会知道的!"蒋红的脸上第一次露出胜利者的微笑。她对医生说:"继续找,继续找,好戏还在后头呢!"

秘
密
情
节

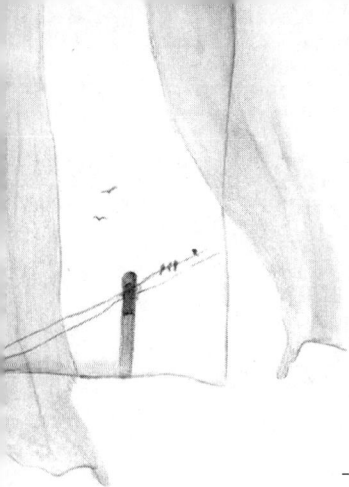

眩　晕

几个月来,他一直秘密跟踪赵瑜,但是一直没有抓到证据。

　　张三从照相馆出来,在路边的公用电话亭给女儿张英打了个电话,拦了一辆的士,直奔女儿宿舍。

　　自从女儿和那个叫赵瑜的家伙恋爱,张三就得了眩晕症,整天头晕、目眩、心烦意乱。实际上女儿成年后他就开始眩晕了。每当女儿告诉他,哪个男人对她怎么怎么好,每当看到男人向女儿献殷勤,他就眩晕,他太了解男人了。凭直觉和经验,他肯定赵瑜是个玩女人的老手,肯定赵瑜有其他女人,肯定赵瑜跟女儿恋爱只是想玩玩她。但是女儿不信。女儿说:"他是真心爱我的,他跟我发过誓,他只爱我一个人。"他知道女儿中了那家伙的邪,他知道恋爱中的女人都是傻瓜。女儿跟自己玩过的女人一样,不见棺材不掉泪,她们都以为全世界的女人都上当,就自己没上当。她们都要等到被抛弃的时候才如梦初醒。他没法说服女儿,没法让女儿相信他的话,但他又不能眼睁睁地看着女儿落入虎口,他只能一次又一次地提醒女儿。有一次女儿被他说烦了,说:"你说他有其他女人,你说他是玩女人的老手,你能拿出证据吗？"

他急得要哭，还要证据？那家伙的那一套他太熟悉了。他也是个男人，他也是个情场老手，他的手段比姓赵的高明多了、隐蔽多了，他根本不需要什么证据，只要一看对方的言谈举止就能知道他是不是玩女人的，就像小偷抓小偷一样，一看对方的眼神就能知道对方是不是同行。但他又不能把自己的经历和经验告诉女儿，他怎么能告诉女儿呢？他惟一要做的就是尽快找到证据，把女儿从火海拯救出来。几个月来，他一直秘密跟踪赵瑜，但是一直没有抓到证据。

今天傍晚，他跟踪赵瑜到中山公园，终于发现赵瑜跟一个花枝招展的女人在湖边约会。赵瑜和那个女人一见面就亲嘴，张三赶紧举起相机，但是快门按不下去，等他把快门修好，这对狗男女已经分开，再也没有亲嘴。最后张三只好拍下这对狗男女坐在椅子上的背影。这也足够了。现在张三坐在出租车上看着这对狗男女的照片，想像女儿看到照片后大惊失色，扑到他怀里号啕大哭的情景，张三的眼睛都湿润了。

张三把照片递给女儿，女儿看了一眼照片，把照片扔在地上说："不会的，不可能。也许赵瑜是碰巧跟那个女人坐在一起的，他喜欢到公园散步。"

张三急得要哭："什么不会，什么不可能，我亲眼看见，我还看见他们抱在一起亲嘴，快门坏了，我没有拍下。你死到临头了还说不可能？人证物证都在，你还不死心还不相信？"

女儿说："爸爸，我知道你的好意，但你不了解我们的感情，你不了解他，他不是那样的人，你不知道他多么爱我，你不会知道的。"

张三眩晕。张三真想甩女儿一个嘴巴。女儿跟自己坑过的女人一样蠢得可怕。他不能再让女儿这样下去了，他不能，为了女儿他豁出去了。

张三说："既然这样，我只有说实话了。本来我是不说的，但我不说你就不会相信，你就会被人家玩弄。爸爸之所以一眼能看出他是玩女人的老手，因为爸爸也是玩女人的老手。"

女儿一脸惊愕。

张三说："我们玩女人的男人毛病是一样的，都有我们的习惯。每次赵瑜在我们家，手机一响，他就连喊'喂、喂'，装听不到，然后就抱怨信号不行出去接。我们家里信号好得很,我每次接到女人来电,怕你妈发现,都说家里信号不好然后出去接。有时手机响了,他一接电话说打错了。有时你妈在场,我接到女人的电话就说打错了,对方就知道有情况了。赵瑜的手机整天响个不停,打个不停,有一次他在沙发上睡着了,手机丢在桌上,我快速翻阅他手机的通话记录、短信接收信箱,居然没有查到一个已拨电话已接电话,没有一个未接电话,没有一个短消息。他手机整天那么忙,手机上居然没有一个号码,也就是说他每拨一个电话,就立即把它删除,每接一个电话他就立即把号码清除了。我也是这样的,怕你妈发现,随时清除号码,尤其是短信,那些女人在短信里什么话都敢说。还有,他离开你,他的手机就关机,就无法接通,就不在服务区,对不对?我们都是这样的,我们到另一个女人身边总是把手机关掉,老关机怕引起怀疑,我们可以把手机调到不在服务区,我们只要把手机电池拿掉,手机就会告诉你无法接通或者不在服务区。他手机一刻不敢离身,他在我们家洗澡,我发现他把手机都带进了卫生间。我明确告诉你,任何一个玩女人的男人,你都可以在他的手机上发现他的蛛丝马迹。你还不信,我可以告诉你,你只要拿他的身份证或手机缴费单到电信局调出他所有打出或打进的电话号码,立马会发现可疑的号码,保准一抓一个准。我跟他一样的工作,他整天喊忙,我告诉你,我们一点儿都不忙,忙是我们的借口。他跟你说话,十句有九句是谎话,你听不出来,我一听就能听出来,因为都是我们常用的谎言。他整天心不在焉,魂不附体,语无伦次,这都跟我一样的。我知道我说这些你会恨我,但我不说,你就上人家的当。我玩别的女人,但是绝不允许人家玩我女儿。”

女儿面色苍白,泪流满面。

女儿说:“你不是一直很爱妈妈吗?”

张三说:“是的,我很爱你妈妈,但我看到漂亮的女人又熬不住。”

女儿说:“你们男人为什么这样呢?”

张三说:“世上只有一个男人对你是真心的。”

女儿说:“谁?”

张三说:“我。你父亲。”

“可我又不能娶你!”张三又一阵眩晕,双手抱头瘫坐在沙发上。

旁 观 者

她是在三十年前一个春天的午夜发现马林有外遇的。

慧芬是在护士给她挂上多巴胺阿拉明后决定对马林说那件事的。这几天她一直为自己不知道什么时候死心烦意乱。她既担心来不及对马林说那件事就突然死去，又担心说出那件事后一时半刻死不掉。她希望说完就咽气，这是她设想了三十年的完美结局。外婆说人死之前自己是知道的，但她的身体一直没有给她明确的信号。她问过医生、护士，也问过马林，他们都要她不要胡思乱想。她知道他们是不可能告诉她的，她只能根据他们的言行去判断。现在她看见输液瓶标签上写着多巴胺阿拉明，知道自己的生命到了最后时刻，因为母亲和姨妈当初就是挂上这种药后很快去世的。她不知道马林被医生喊去干什么了，等马林回到病房，她就让他守在身边，一旦觉得自己不行，就立刻对马林说出那件事，然后乘鹤西去。

她是在三十年前一个春天的午夜发现马林有外遇的。那天她在化验室上夜班，厂里突然停电，她本想回家给马林一个惊喜的，走到离家不远的竹园，看见马林和一个女人走进自家的屋子，她立刻发了疯似的冲过去。冲到家门口，她没有开门，而是调头向竹园奔去。她在竹园和家之间奔了几十个来回，最终没有进去，回到厂里的宿舍哭了一夜。她之所以没有进去，是因为想起了外婆的话。外婆当初对她说，将来发现自己的丈夫有外遇，一定要冷静。如果你注定跟他过一辈子，你就装作什么都没看见，什么都不知道。如果不打算跟他过，你就毫不犹豫地捉奸，毫不犹豫地分手，千万不能说出来后还在一起生活，那样最终受伤害的是你自己。她当然不能忍受马林有外遇。她对他那么好，她把一切都给了他，他居然背叛她，她不想继续跟这样的人一起生活。但她不敢想像自己离婚后怎么办。她没有看过一个离过婚的女人是幸福的。她不想单身，不想面对一个新的男人，不想让女儿有一个新的父亲。她不知道外婆为什么说事情捅破后就不能在一起过日子，但她可以想像那将是一种怎样的折腾，她不愿过那种折腾的生活。不想在一起折腾，又不想离婚，惟一的选择就是装作什么都不知道。天下不知道男人有外遇的女人太多了。如果不是厂里停电，她也许一辈子都不会发现马林有外遇。开始一段时间，她还常常想对马林说，还常常跟踪马林，还常常暗自流泪，后来她干脆不闻不问，完全成了一个旁观者。当她把自己完全放在旁观者的位置时，发现自己成了一个胜利者。因为马林以为她什么都不知道，而她什么都知道，却装着什么都不知道。她仿佛是这场戏的导演，马林和那个女人只不过是她的玩偶，一切都在她的控制中。她觉得自己玩弄了马林，玩弄了那个女人。当然她不会永远不说，她一开始就想好了，她将在临终前告诉他，而且说完就咽气，不给他任何机会，那对他将是最大的惩罚，最大的戏弄，最大的报复。每每想到这个结局她就激动得浑身发抖，这也是支撑她三十年不说的重要原因。

马林走进病房时神情肃然。马林的神情证明她的判断是对的。她对马林说，你坐在我身边，不要离开。马林握着她的手说，我一步都不离开你。马林眼里闪着泪花。她讨厌他的虚情假意。她想像自己说出来后他将是怎样的震惊。不过现在还没到时候，她的身体还没有给她明确的信号，她要等到剩下最后一口气时再说，说完就咽气，不给他一点点机会，她一定要实现这个完美的结局。她闭上眼睛,静候死神来临,等待最佳时机。她迷迷糊糊地睡着了。

她醒来时感觉身体极度虚弱,气若游丝。外婆说得对,人死之前自己是知道的。她看了一眼伏在床边的马林,突然发现自己想在最后一刻对马林说那件事的想法是多么卑鄙、可笑。她为什么惩罚他?凭什么惩罚他?他为什么不能有外遇?她甚至觉得自己对不起他,正因为自己的存在,马林一直过着像小偷一样的生活。她庆幸自己在最后一刻改变想法,她想这一定是死亡给她的启示。她轻轻握了一下马林的手,平静地咽下了最后一口气。

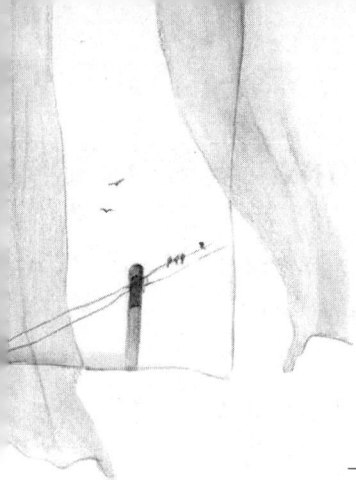

无 线 之 爱

滕刚情爱小说

她甩了张林一个耳光,一边哭着一边冲出歌舞厅。

　　陈红第一次收到神秘的短信息是在 2000 年 7 月 18 日。那天晚上,她正在太平洋百货给张林买羊毛衫,挂在胸前的手机响了一下,她拿起手机看到一条短消息:张林正在三元桥歌舞厅 4 号包厢玩小姐。13412100021。她又气又恼。张林那么爱她,他们下个月就要结婚了,他怎么会去玩小姐?何况张林昨天才去广州,要到下周才回来,怎么可能在三元桥歌舞厅?这个玩笑开得太过分太低劣了。她不知道发短信的人是谁,她从未见过这个号码。她打这个手机,对方关机。她一连发了几个短信息,问,你是谁?没有回音。她从太平洋百货东大门出来,本来是打的回宿舍的,上车的那瞬间,她想,这个人为什么开这个玩笑呢?她改变了主意,要司机去三元桥歌舞厅。来到三元桥歌舞厅,找到 4 号包厢,在包厢门口,听见张林说话的声音,她不敢相信自己的耳朵。她猛地拉开包厢门,看见张林正和一个小姐搂在一起。张林大惊。她甩了张林一个耳光,一边哭着一边冲出歌舞厅。

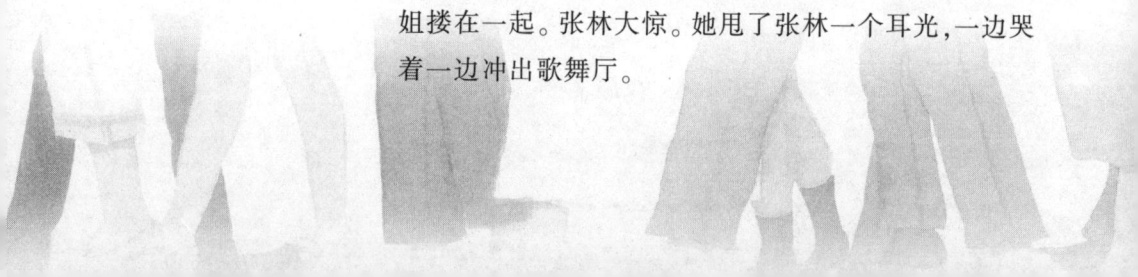

陈红和张林分手后，一直想知道发神秘短信的人是谁。但她无法知道。她认识的人中没有人是这个号码，也没有人知道这个号码是谁。她一有时间就打这个手机，但这个手机始终关机。她不断给这个手机发短信，但从没有回音。

女友向梅说："你不要再费劲了，一定是张林的仇家，不然，谁会干这样的事？"

陈红说："幸亏这个短信，我要是嫁给这个流氓，这辈子就栽了。"

陈红第二次收到神秘的短信息是在 2001 年 1 月 8 日。那天上午她刚在公司的办公桌前坐下，忽然收到一条短信息，还是上次那个号码，13412100021，内容是：王强每周二、四、六下午 4 点左右都去三元桥下面的泰妹美容店鬼混。陈红大惊。王强是她刚见过一次面的男友。她对他感觉非常好，介绍人也说王强的品行非常好，绝对是一个让女人放心的男人。第二天下午她潜伏在泰妹美容店对面的粮店。大约 4 点钟的时候，看见王强从桥上下来，大摇大摆地走进美容店，一个小姐搂住他的腰，放下门帘。

陈红是在第三次收到神秘的短信息后，下决心要知道这个神秘的人是谁的。她太想知道他是谁了，她太感谢他了。那天晚上，她刚从夜校出来，手机响了一下，是短信息，她很紧张。自从和赵若凡恋爱，每次手机响她都紧张。虽说跟赵若凡恋爱她是经过慎重考虑的，赵若凡是她的同事，她跟他同事七年了，她太了解他了，但她还是有些担心。她翻阅短信息，心里"咯噔"一下，果真是 13412100021 发来的：赵若凡正在华清池洗浴中心四楼 3 号包房做欧式按摩。她立即打的来到华清池。她穿上浴衣，来到四楼按摩区，服务生不让她进去，服务生说女子按摩区在三楼，她强行闯过去，推开 3 号包房的门，看见赵若凡一丝不挂地躺在床上，一个只穿着三点式的小姐正骑在他身上。

第二天上午陈红和向梅来到电信局营业部。查询处的赵小姐说，没有公安部门的许可，任何人没有资格查客户的资料。陈红和向梅到公安局找到同学于芳，把事情的前前后后告诉于芳。于芳听了觉得蹊跷，又把这个事情说给科长听。科长听了也觉得蹊跷，就给陈红开了个证明。她们拿着证明来到电信局营业部。赵小姐在电脑上鼓捣半天后说，这部手机是邙州的，但这个客户买的是充值卡，没有客户资料，而且这个客户只发过三次短信，没有打出电话，也没有打进电话，无法知道这个手机的户主。

那天晚上，陈红和向梅一夜未眠。

向梅说："这个人一定很爱你，而且爱得发疯。你想想，一个男人十分爱你，怕你受别人伤害，又不想让你知道他是谁，你身边有这样的男人吗？"

陈红说："我有个邻居，是我高中同学，叫莫飞，他从小就对我好，他说过非我不娶，但我对他没有感觉，拒绝了他。我怀疑过他，但不像，他在广州上班，他的手机也不是这个号码。"

向梅说："一定是他。一个男人爱一个女人是什么事都干得出来的。他难道不会专门雇一个人暗中保护你？"

但这个推测第二天就被否决了，陈红从莫飞母亲那里得知，莫飞春节就要和一个女模特结婚了。

陈红和陈武恋爱时，一直惶惶不可终日，每次手机来短信息她都心惊肉跳。但是，和陈武恋爱一年多，那个神秘的短信息再没有出现，直到和陈武结婚一年后，那个神秘的短信息都没有出现。她时常打那个手机，总是关机。她时常给那个手机发短信，没有回音。她从心里感谢这个神秘的人。

陈红最后一次收到那个神秘的短信息是在 2003 年 7 月 13 日中午。那天中午，她去药店给陈武配中药。从药店出来，她的手机响了，是短信息，她一看，顿觉五雷轰顶：陈武正和向梅在邙州宾馆 401 房间幽会。13412100021。她拦了一辆的士，来到邙州宾馆。她把 401 的房门敲了半天，门终于开了，是向梅开的门，陈武坐在床上奔拉着脑袋。

整个下午，陈红都躺在宿舍的床上泪流满面地给这个神秘的手机发短信息。傍晚的时候，她的手机响了，是家里的电话。母亲说："红儿，你不要紧张，你爸刚才走了，是脑溢血。"陈红全身发麻，瘫在地上。她已经三年不理父亲了。自从知道父亲有外遇，她一直不跟他说话。其实她是爱父亲的。陈红到家时，母亲正准备给父亲换衣服。陈红流着泪给父亲脱西装。她把父亲西装口袋里的东西放在写字台的抽屉里。掏上面口袋时,发现一张手机卡,她一惊,赶紧找来父亲的手机,把这张卡换上去,然后用这个手机打自己的手机:13412100021!陈红喊了声"爸"就昏倒在地上。

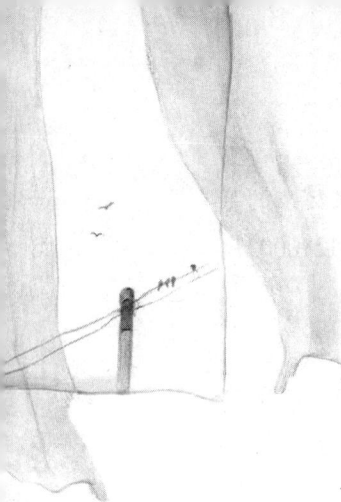

个 人 爱 好

警长用正楷字这样写道:可能死于个人爱好。

一天早晨,将近 6 点的时候,张三家的保姆端着热牛奶来到张三卧室,发现躺在沙发上的张三已经死了。她把手中的牛奶抛向空中,从三楼的卧室跑出来,在楼梯栏杆上张开双臂大声叫喊。住在一楼的张三的妻子和妻妹飞身上楼。证实张三死亡后,她们双双倒在张三旁边的地板上。半小时后警方封锁了现场。法医验尸后认定张三死于他杀。现场没有发现任何线索。惊恐万分的妻子、妻妹及保姆未能提供任何有价值的线索。

近一个月的侦破没有任何进展。

警长带领两个警士再次来到张三家。

警长问张三妻子,张三有哪些个人爱好。

张三妻子说:"他没有任何个人爱好。"

警长说:"什么爱好都没有?不抽烟?"

"不抽烟。"

"不打牌?"

"不打牌、不抽烟、不吸毒、不唱歌、不跳舞、不下棋、不喝茶,他没有最起码的个人爱好。"张三的妻子显然

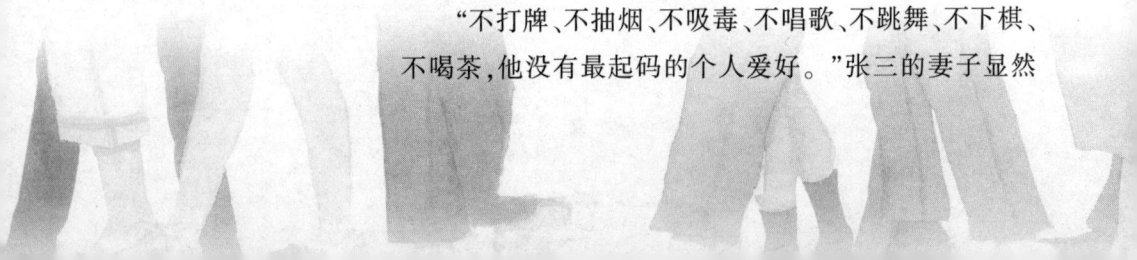

有些激动了。

警长说:"这倒少见。一个没有个人爱好的人,破案是有难度的。"警长不相信,他命令两个警士把小楼搜个遍。

一位警士在张三卧室的墙上发现一幅字,上书:

永远只爱你

张　三

警长问怎么回事。

张三妻子说:"那是他的亲笔手书,结婚当天赠我的。"

另一位警士在张三的书柜里发现一张没有填完的个人履历表。在个人爱好一栏里,张三用正楷字写道:我喜欢女人。

警长对这一线索表示了浓厚的兴趣。

张三妻子说:"不可能。他肯定是写着玩的,他那么爱我。他不可能有这种爱好,我比谁都清楚。他身体不好,就是我们夫妻每年也只能做那么一两次,每次他都那么一两下,他拿什么去喜欢女人?"

但是警长坚信,张三绝不可能无缘无故写这句话,这是张三凶杀案惟一的线索。

根据张三个人爱好这一线索,警方到电信局调出张三这十一年来打进、打出的所有电话号码。根据这些电话号码,警方查证,在这座方圆800公里的城市,张三有26个情人。也就是说十一年来张三一直跟包括妻子在内的27个女人同时恋爱,而其中的任何一个女人都以为张三只有她一个女人。

但是这一重大线索对破案没有任何帮助。因为自从张三同时与27个女人恋爱的事情大白于天下后,任何时候,任何地方,只要一提到张三,一张口她们就哭,哭得死去活来,哭得悲天恸地。以至于她们无法向警方提供任何证词。她们绝不是不配合警方,纵使她们有千万条线索,她们也说不出来。因为她们一张口就哭,哭得丧失语言和行为能力,哭得警方手足无措。警方用尽各种办法,无法让她们不哭。

整整一个冬天过去了,警长指望时间会淡忘一切。当警长再次向这

秘
密
情
节

26 个女人获取证词时，她们一张口就大哭，哭得死去活来。那是警长有生以来见过的最撕心裂肺的哭。警长身为一个男人，对张三能把 26 个女人弄到这个程度多少有点儿艳羡。

张三凶杀案成为一宗悬案。

在张三案宗的死亡原因一栏里，警长用正楷字这样写道：可能死于个人爱好。

昨 日 再 现

> 子川一边把船往岸边划,一边说:"她疯了,她真的疯了。"

傍晚,子川坐在丽马湖公园南岸的一张长椅上晒太阳,一个穿米色风衣的老太从假山那边走过来。

"子川。"老太低声喊道。

子川抬了一下眼皮,又把眼皮合上。

"子川。"老太又喊了一声。

子川睁开眼睛,看看老太,又看看左右,说:"是你叫我吗?"

"是我。不认识我了?"老太说。

"不认识,刚才是你喊我名字吧?"子川说。

"是我。你仔细看看,我是谁?"老太把脸凑到子川眼前。

"声音有点儿熟。"子川说。子川用手遮住眼睛上方的阳光,突然跳起来说:"张蓓!天啦!张蓓!你从哪里冒出来的?吓死我了!"

"我吓死你了?"张蓓说。

子川环顾左右,说:"我们去湖边。"

子川把两只手抄在袖筒里快速向湖边走去,张蓓

秘密情节

紧跟在子川后面。张蓓伸手去挽子川的手臂,被子川甩掉了。张蓓又伸手挽子川的手臂,子川又甩掉了。

"你找我干什么?"子川说。

"不干什么。"张蓓说。

子川继续往前走,张蓓紧跟在后面。

"对不起。"张蓓说。

子川不说话。

"对不起。"张蓓说。

子川不说话。

"我知道我不该来找你。"张蓓说。

"你知道不该来找我,为什么来找我?"子川停下来,望着张蓓说。

"我老得让你害怕了吧?"张蓓说。

"何止害怕,是发抖。你知道我们多大了?"子川说。

"我60,你73,明天是你的生日。"张蓓说。

"你怎么知道我在这里?"子川说。

"你天天下午来这儿晒太阳,我也天天下午来这儿。"张蓓说。

"你一直跟踪我?"子川说。

"我没跟踪你。"张蓓说。

"你不是去淮阳了吗?"子川说。

"我是去淮阳了。但第二天我又坐船回邙州了。"张蓓说。

"你不是答应我永远待在淮阳吗?"子川说。

"我是答应你,可我……"张蓓说。

"你没嫁人?"子川说。

"我没嫁人。"张蓓说。

"天啦。你真没嫁人?这么多年了,多少年了?将近三十年了,我不是要你嫁人吗?你不是答应我嫁人的吗?"子川说。

"我不嫁人。"张蓓说。

"你就这么一直跟踪我?三十年?"子川说。

"我没有跟踪你。"张蓓说。

子川转身向湖边走去,张蓓紧跟在后面。

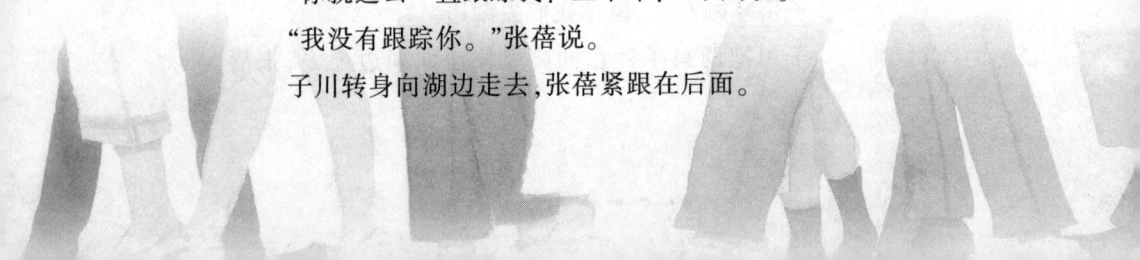

"对不起，是我食言了，我答应永不见你的。"张蓓说。

"你靠什么生活？"子川说。

"你给我的钱，还有我舅舅，一直接济我。"张蓓说。

"你舅舅知道我们？"子川停下来说。

"不知道，没人知道。"张蓓说。

"真的没人知道？"子川说。

"我向你保证过的。"张蓓说。

"你向我保证？你不是保证你永远在淮阳吗？你不是保证嫁人吗？你不是保证永不见我吗？"子川说。

"我见你没有任何意思。"张蓓说。

"知道你这叫什么吗？"子川说。

"叫什么？"张蓓说。

"背叛。"子川说。

"背叛？"张蓓说。

"对，背叛。你想想看，我们说的事你哪样做到了？你这样要出事的，要出大事的。张蓓，你不要误会我对你这个态度，你不嫁人绝对是不对的，早知道你不嫁人，我当初就不那样跟你了断了，我也许会跟你结婚，无论付出多大代价。现在我们多大了？我已经是儿孙满堂的人了，要是让他们知道了，让别人知道了，那是什么后果？我怎么办？"子川说。

"我只是想见一见你，没其他意思，见过了，就不再见了。"张蓓说。

"你住在哪里？"子川说。

"老街。"张蓓说。

子川继续往前走。张蓓紧跟在后面，张蓓伸手去挽子川的手臂，子川也伸手挽住张蓓的手臂。

"我还做了件背叛你的事。"张蓓说。

子川不说话，继续走路。

"我说了你不要害怕，跟你没关系的。"张蓓说。

"你说啊，你反正没好事干。"子川说。

"我有孩子。"张蓓说。

"喔。"子川说。

"我有儿子,也有媳妇、孙子,也是儿孙满堂。"张蓓说。

"你不是没有嫁人吗?"子川停下来说。

"我是没嫁人,我说了你一定会生气,但你不要怕,我只是想让你知道,我没有其他意思。"张蓓说。

"你越说越玄乎了,你说啊。"子川说。

"他们是你的后代。"张蓓说。

"我的后代? 什么我的后代? "子川说。

"你送我到淮阳时,我已经有了你的孩子。"张蓓说。

子川不说话。

"我没有告诉你,告诉你你不会答应的,我想要你的孩子。"张蓓说。

"张蓓,你真是疯了,你知道我们多大了? 你这个时候告诉我这个? "子川说。

"我只是告诉你,没其他意思。"张蓓说。

"你真是疯了。"子川说。

"这跟你无关,我只要有你的孩子,就能活下去。"张蓓说。

子川把停在湖边的船拽过来,说:"我们上船吧。"子川搂着张蓓的腰把张蓓扶上船。

张蓓坐在船头。

"你是个疯子。"子川一边划船一边说。

"我背叛了你。"张蓓说。

"你背叛了我。要是让别人知道了,那还了得。"子川说。

"我不会让别人知道的。"张蓓说。

"他们知道吗?"子川说。

"谁?"张蓓说。

"你的子孙知道我们吗?"子川说。

"不知道,我怎么会让他们知道,奇怪,他们就没有问过。"张蓓说。

"你真是疯了。"子川说。

"我说了你又要生气,你不要怕,我不会让你有麻烦的。有时候我真的想告诉他们,他们有一位伟大的父亲和爷爷,有时候你在电视上讲话,我真想告诉他们,你是谁。"张蓓说。

"你疯了,你迟早会说出来的,你真的疯了。"子川说。

"人一老,就糊涂了,老有些奇奇怪怪的想法,老想让人知道自己的过去。"张蓓说。

"你疯了,是老糊涂了,迟早要出事的。"子川说。

"还记得我们第一次见面吗?"张蓓说。

"记得,在船上,对了,你船划得好,你来划吧。"子川说。

"我也许划不动了。"张蓓说。

张蓓走过来,把手提包递给子川,拿过划桨。子川站在张蓓的后面,捧住张蓓的屁股,把张蓓抛进湖中。

张蓓的头冒出水面,又沉下去,冒出水面,又沉下去。

子川一边把船往岸边划,一边说:"她疯了,她真的疯了。"

秘密情节

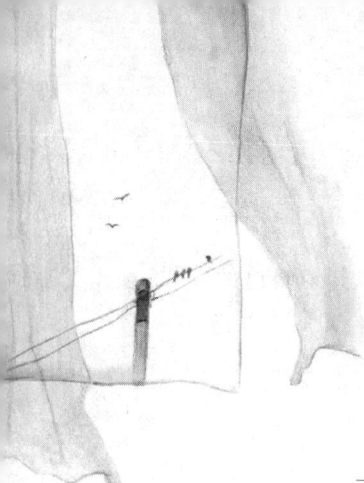

玫 瑰 花 开

张玲犹豫了一下，没有下车，她还没有找到合适的借口。

滕刚情爱小说

132

张玲刚登上 27 路无人售票车就发觉自己编造了整整一个上午的借口破绽百出，经不住前夫的推敲。但她没有下车，她在后排找了一个靠窗的位置坐下。她想好了，如果到四牌楼还想不出新的无懈可击的借口，她就不下车，就坐在车上继续搜肠刮肚，直到想出新的借口。如果到傍晚还想不出新的借口，她就打道回府。总之，绝不能让前夫看出破绽。

张玲打量了一下周围的乘客，没有发现熟悉的面孔。尽管戴了宽边墨镜，罩了头巾，但她还是担心别人会认出她，担心别人知道她的行踪。她害怕再度成为人们的焦点。去年她的婚变是这座小城的热门话题。直到现在还常有人问她，为什么和赵刚离婚。她从没有对任何人解释过。其实她离婚的原因很简单。当初她曾经对女友向梅说过，谁能开启我的心灵之门，我就跟他跑。说这话的时候，张玲和赵刚已经结婚十一年，张玲已经是一个 31 岁的少妇。她说这话是因为她知道她的心灵之门永远不可能有人打开。

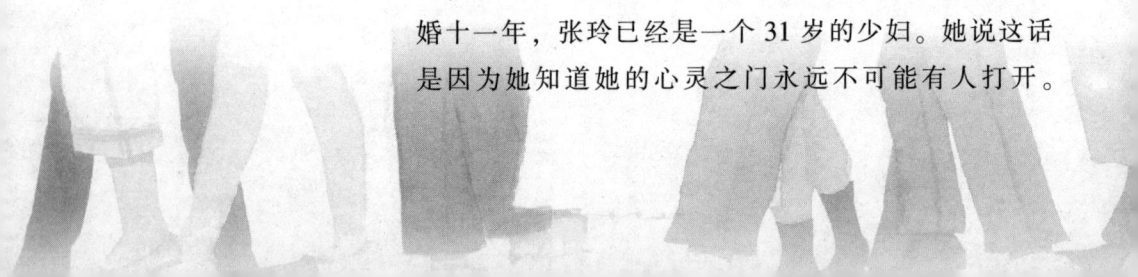

每个女人的心灵只有一把钥匙。既然赵刚一开始就没有找到这把钥匙，那就意味着她的心灵之门永远对他关着。张玲想不到她 38 岁、结婚十七年的时候，一个叫做马文的男人居然轻而易举地打开了她冰封了近二十年的心灵之门。一个女人心灵之门一旦打开，任何力量都挡不住。她不顾一切地顺着心灵的洪流，淌入了这个男人的怀抱。

　　张玲与马文结婚后才知道自己做了件多么荒唐可笑的事，才知道命运跟她开了一个玩笑。她当初听人说过男人性能力的差别，但她不知道差别这么大，只有跟两个男人上过床的女人才知道这种差别有多大。马文每次只有几分钟甚至几秒钟就戛然而止了，马文每次在她的身体刚刚有感觉时就骤然而止了，而前夫赵刚每次至少持续一小时，每次都会让她达到几次高潮。可笑的是，马文不知道这个差别，马文每次做完后都像领袖一样挥一挥手，仿佛整个世界都被他征服了。张玲想不到这个打开她心灵之门的人，不能打开她的肉体之门，想不到这个能到达她心灵深处的人，不能抵达她肉体深处。张玲不是那种把性看得很重的女人，她是那种把心灵看得超越一切的女人。但她毕竟是一个有过十几年愉快性经历的女人，她的理性能让她接受这个事实，她的身体无法忍受。开始她还说服自己接受这个事实，她甚至自我解嘲地认为，世界上的事情不能两全，有了心灵的愉悦就不可能有肉体的愉悦。但是随着时间的推移，她的身体越来越接近发疯的边缘。可怕的是马文特别喜欢做。每次一做，她的身体就像被点燃了没有爆炸的炮仗，全身滞胀、头皮发紧、腰酸、腿抽筋、口干，她就想吵、想喊、想砸东西，但她又不得不克制自己。

　　她是在离婚三个月后的一天傍晚去前夫那里看女儿的。女儿还没有放学，她刚坐下赵刚就把她往床上拖，她踢他蹬他骂他，前夫还是强奸了她。她想不到前夫居然会这样。她知道她的抵抗是假的，她知道她骨子里是渴望前夫的身体的。她被马文点燃了迟迟没有爆炸的身体，终于被前夫引爆了，她身体终于从地狱升到了天堂。但是回去后她的身体又被马文点燃了，直到赵刚引爆，她的身体才能恢复正常。以后她隔三差五去看女儿。她知道她看女儿是借口，她知道她这样做无耻，但她没办法。每次赵刚都一声不吭地强暴她。怕赵刚看出她的心思，她每次都像演

133

秘密情节

戏一样顽强抵抗。女儿住校后，她不能以看女儿为借口了。她只能不断编造新的借口。每次编借口她都煞费苦心，每次编借口都怕赵刚看出破绽。今天一早她就想了个借口，回家找毕业证书。但她上车时发觉这个借口是站不住脚的。她要毕业证书干什么用呢？她已经根本不需要毕业证书了。她第一次发现已经没什么借口好编了。现在她重新想到的借口，是回去找母亲留给她的胸锁。但她不知道那个胸锁藏在什么地方。如果她回去找不到胸锁，赵刚会起疑心的。她绝不能让他起疑心。如果赵刚看出破绽，她将无地自容。她想，应该有更好的借口的，十七年的婚姻不会这么快就把借口用完了。

　　无人售票车停靠在四牌楼站台。张玲犹豫了一下，没有下车，她还没有找到合适的借口。她看了一下手表，她只有两个小时的时间了。她想如果下一次到站还想不出来，她就回家。

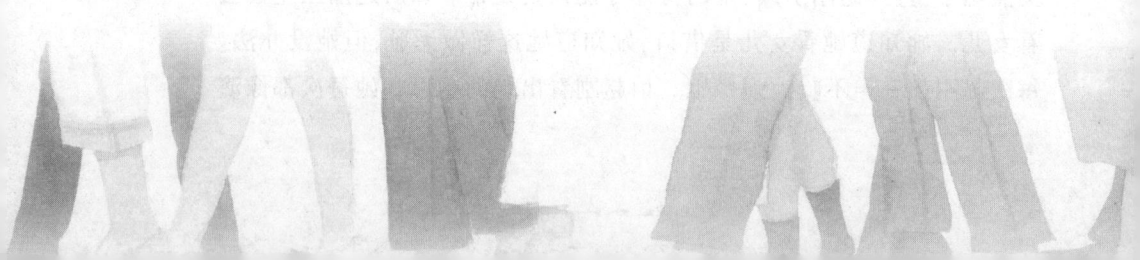

上下十一年

书里夹了一张便条，上书：上下十一年，一部侦探片。

1990 年 7 月 16 日晚，张三和向梅在距离邙州 80 公里的望江宾馆 401 房间发生了第一次性关系。张三系好裤子就对向梅说："我们的关系就此结束。"向梅哭了。张三从来是说一不二的，一向草木皆兵的张三能跟她睡觉已经很不简单了。但她太喜欢张三了，所以她只有哭。

她一哭，张三有些心软。

张三说："要想人不知，除非己莫为。普天下偷情的男女都以为自己做得天衣无缝，最后哪一对不大白于天下，成为天下人的笑料？男女之事，再纯真，一经他人发现，这种更高的感情靠拢就被说成通奸、第三者、奸夫淫妇，难听死了。有名气的、有身份的还会成为绯闻、丑闻。不仅我们两个最后被弄得人不像人，鬼不像鬼，我们双方的家庭，我们的子女，都会陷入黑暗的深渊！要想长期好可以，必须制定非常严格的纪律，只有严格遵守纪律，才能天衣无缝，天长地久！"

向梅说:"只要你跟我好,你要我怎么做我就怎么做。"

1990年7月16日晚,张三和向梅在望江宾馆401房间研究制定了他们今后必须严格遵守的十二条纪律:

一、绝不把这件事告诉任何人。再幸福再痛苦都不要对任何人讲。

二、伪造身份证、结婚证(用于宾馆开房间、租房)。

三、从今天起,张三喊向梅罗密欧,向梅喊张三朱丽叶,以防平时失语或说梦话被法律上的配偶发现(1993年一个夏天的晚上,丈夫强奸向梅,在高潮即将来临时,向梅大喊朱丽叶,未引起丈夫怀疑)。

四、每次做爱张三必须使用避孕套,确保向梅不怀上张三的孩子。

五、所租房屋离邝州至少40公里。

六、不给对方家中、单位打电话,不打对方手机,不呼对方BP机,不给对方写信,不给对方送任何礼品,不在单位、家中和身上留任何有痕迹的东西。

七、用假身份证在市工行地下室租用电子密码保险柜。将假身份证、假结婚证、避孕套等存放在保险柜里。双方约会惟一的方式是将约会便条放在电子保险柜里,看完即毁掉。

八、不在公共场所露面。即使路上相遇也形同路人。不让任何人看到上宾馆的具体楼层。如预定的宾馆房间是四楼,乘电梯时要乘到六楼,然后从六楼走到四楼。不同时走进或离开宾馆房间,不同时走进或离开出租屋,双方前后间隔至少半小时。

九、没有特殊情况,约会时间一般定在上午10:00~12:00(这个时间不会引起别人怀疑,警方也不会到宾馆查房)。

十、禁止双方使用口红、香水等任何化妆品和洗发液。

十一、每次做爱后,双方都要帮对方清洗打扫身体,绝不把毛发体液等任何可测出DNA的东西留在对方身上。

十二、一方发生空难、车祸、大病、失踪、死亡等意外事件,另一方不要有任何举动。

2001年7月19日晚,张三和向梅在距离邝州80公里的望江宾馆401房间,发生了第一百次性关系。在周围偷情男女纷纷东窗事发的形势下,由于他们严格遵守纪律,他们的事至今人不知鬼不晓。为纪念他们发生关系十一年,庆祝他们突破一百次大关,他们破例给对方赠送了纪念品。张三送了本《福尔摩斯探案集》给向梅。书里夹了一张便条,上书:"上下十一年,一部侦探片。"向梅也送了本《福尔摩斯探案集》给张三。书里夹了一张便条,上书:"上下十一年,甘为地下党。"根据纪律要求,张三用打火机烧毁了便条。向梅舍不得把便条烧掉,她把便条放进口中,吞了下去。

秘密情节

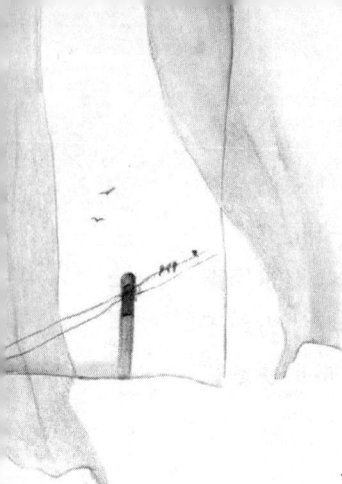

给我一片药

给我一片药。她说。她用双手按住太阳穴。

滕刚情爱小说

138

她正跪在地板上擦地板，他拎着皮箱从房间出来，走到她身边，把皮箱放在地板上，在她身后的折叠椅上坐下。

早饭做好了，在碗柜里。她一边擦地板一边说。

早饭来不及吃了，我要赶八点的火车。他说。

赶火车？她转过身，看看他，又看看皮箱说，赶火车去哪里？

文清，我想了一夜，决定我们还是分手。我们不能再这样折腾下去了，我不想再这样折腾下去了。你不要再说什么，说了也没用，我已下了决心。他说，他用手摸了一下她的头。

她瘫坐在地板上。真的要走？她说。

真的。他说，他又摸了一下她的头，你自己要保重，你身体不好，我会常来看你的。

到她那里？她说。

不到她那里，到邳州。他说。

我知道你是到她那里，你一定是到她那里，我知道。

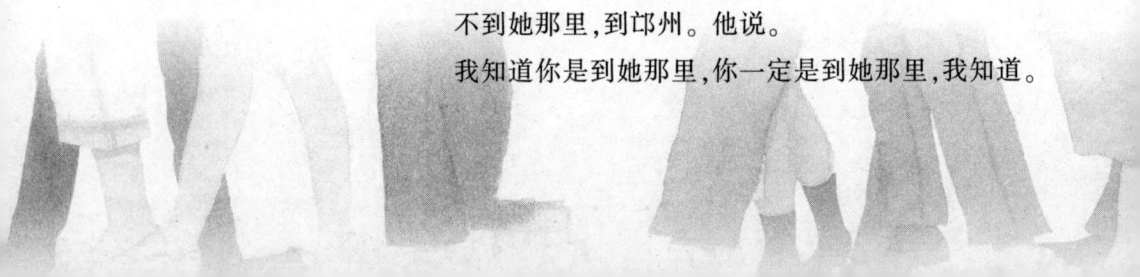

她的眼睛突然紧闭,脸部突然变形,他赶紧用左手托住她的后脑勺,用右手掐她的人中。

给我一片药。她说。她用双手按住太阳穴。

他起身从博古架上取下白色药瓶,倒出一粒白色药片,放进她嘴里,她头一仰,吞了下去。

你不能这样,文清,你不能这样,你要学会接受现实。他说。

我哪里不如她?我到底哪里不如她?她说。

跟她没关系,我说过多少遍了,跟她没关系,是我自己想走,是我讨厌你,是我想一个人过,我这样说,行了吧。他说。

你不要骗我了,我知道是因为她,我知道。你说,我怎么才能留住你?你如果嫌我个子没她高,我可以增高,增到跟她一样高。你如果嫌我皮肤没有她白,我可以把皮肤漂白。你如果喜欢她眉心那颗黑痣,我可以在眉心文一颗。你如果嫌我乳房没有她挺,我可以做隆乳手术。你如果嫌我生过孩子没有她紧,我可以做紧缩手术。你如果嫌我没有她放荡,我可以像她一样放荡。你如果喜欢她那闽南话,我也可以学闽南话。我不知我哪里不如她,真的,我想不通她哪里跟我不一样?她跟我不一样的只有那张脸,你如果喜欢她那张脸,我可以去整容,整得跟她一模一样。只要能留住你,你要我做什么我就做什么。她哭道。

你说什么啊,你越说越没边了。他说。他站起来,拎起皮箱。我不让你走。她抱住他的皮箱。她的脸再度扭曲变形。给我一片药,她说。她用双手按住太阳穴。

他从博古架上取下药瓶,倒出一粒白色药片,放在她手心里,她把药片放进嘴里,头一仰,吞了下去。

你说,我怎么才能留住你?你只要说得出来,我都做得到。你要是嫌我嘴穷,我保证以后绝不多说一句话。你要是嫌我对你盯得死,我保证以后不盯你,你在外面玩到什么时候我都不会说一句,都不会给你打一个电话。你要是嫌我对你妈不够孝顺,我保证以后对她百依百顺。你要是讨厌我吃咸肉,我保证以后不腌咸肉。我现在头疼,我现在头昏,我有些话可能没说到,我没说到的你提醒我。我知道我脾气不好,但我可以改。早知道要扔下我,你当初就不要娶我,我当初就不会嫁你。可我已经嫁给你了,你就不能扔下我,你知道没有你我没法活。她说。

你越说越离谱了。他说。他看了一下手表,站起身,她抱住他的腿,她的脸突然扭曲起来,她用左手搂住他的腿,右手按住太阳穴。给我一片药。她说。他转身到博古架上取下药瓶,倒出一粒药片,放在她手心里,她把药片放在嘴里,头一仰,吞了下去。

要不,你把她接到我们家来,我保证不说任何话,只要你不走。她说。

你说什么啊。他说。

要不,让她做你小老婆,我绝不会说个不字,只要你不走。她说。

他用双手掰开她的手,弯腰拎起皮箱。

要不,她做大老婆,我做小老婆。她说。

你不要再纠缠了,我说过了,你说什么都没用了。他说。他向门口走去。

要不,我跟你同去,我给你们做保姆。真的,只要能跟你在一起。她说。

他跨出门,伸手拦住一辆的士。

给我一片药。她跪在地板上,双手按住太阳穴,对着他的背影大声喊道。

全世界都知道

她苦笑一下，心想，不梳了，全世界都知道，还梳什么头。

吴秀梅已经很久没有吃到红星饭店的小笼包了。不是舍不得买，也不是买不到，是没空。自从搬到三元桥，从家里到单位坐公共汽车也要一个小时，早晨仅有的那点时间全耗在路上了。今天，邻居王家凤抓小偷，把她从梦中惊醒，她翻来覆去睡不着，看一看表，时间还早，便翻身下床，趿着拖鞋来到红星饭店。

队伍不长，吴秀梅只排了十分钟就买到了包子。本想先弄一个解解馋的，想想大庭广众的，吃相不好看，只好把口水咽了下去。她拎着包子，走出饭店大门，一头撞见于红梅。于红梅搂着丈夫朝她挤了一下眼睛，她一阵恶心，赶紧转身走下台阶。于红梅太不知羞耻了，谁都知道她丈夫有外遇，她居然这样搂着丈夫，还跟人挤眉弄眼的，仿佛自己是全世界最幸福的女人。

同样丈夫有外遇，公司里两种女人给吴秀梅的感觉大不一样。一种女人是全世界都知道她们的丈夫有外遇，她们本人也知道，这种女人一般比较低调，即使偶尔有所放肆，那也是看破红尘，破罐子破摔，并不叫人讨厌。另一种女人就是像于红梅这样的,全世界都知道她们的丈夫有外遇,就她们本人不知道。这种女人都很张扬,自己整天被人笑,还整天笑这个女人丈夫有外遇,那个女人丈夫花心。吴秀梅看到这样的女人就想吐,平时看到她们都躲得远远的,谁知今天一早就撞见于红梅,弄得自己连包子都不想吃了。

吴秀梅匆匆赶到家,把包子扔进厨房,正准备去卫生间漱洗,电话铃响了,吴秀梅拿起话筒,是赵股长。赵股长说:"计生办上午到公司检查妇女节育情况,你弄一张纸写好,贴在门口的布告栏上。"吴秀梅说:"怎么写呢?"赵股长说:"这简单,你把已婚妇女列一份名单,没有上环的在名字后面画个圈,上了环的在圈里画一点。"吴秀梅看了一眼手表说:"怕来不及了。"赵股长说:"你迟一点来不要紧。"

吴秀梅到儿子书包里拿了一支圆珠笔,一张信纸,到柜子里翻出职工通讯录,伏在客厅的餐桌上写下"邱州联合商贸有限公司妇女节育情况一览表",头脑里突然闪出一个念头,把公司里的女人分三类写。把全世界都知道本人不知道的放在第一类,把全世界都知道本人也知道的放在第二类,把丈夫没有外遇的放在最后,这样的名单往布告栏一贴,明眼人一眼就能看出来。一种恶作剧心理使她激动得不能自已。她在通讯录里把第一类女人找到,写下,一共16个。又把第二类女人找到,写下,一共31个。最后在通讯录上找第三类女人。她找了两遍,发现已婚女人只剩自己一个人了,也就是说公司所有女人的丈夫都有外遇,就她的丈夫没有,她的头"嗡"的一下,第一个判断就是自己跟第一类女人一样,全世界都知道自己的丈夫有外遇,只有自己不知道。理由很简单,不可能公司所有女人的丈夫都有外遇,就她丈夫没有,这不可能,这不真实。虽说她一直知道公司里女人丈夫有外遇的很多,但她从没有像这样做过统计。她一直以为自己的丈夫没有外遇,现在看来丈夫欺骗了自己,自己欺骗了自己。想到全世界都知道自己丈夫有外遇,就自己不知道。想到自己整天被人笑,还整天笑这个女人丈夫有外遇,笑那个女人丈夫花心,她感到无地自容。她拿起电话给同事刘芳打电话。她说:"你们一定有什么事瞒着我。"刘芳说:"什么瞒着你?你一大早说什么?"她说:"我丈夫有外遇对不对?全世界都知道,就我一个人不知道,对不对?"刘芳说:"谁说你丈夫有外遇了？"她说："你们不会对我说真话的,我刚才统计过了,公司所有女人的丈夫都有外遇,就凭这一点,我就能断定我丈夫有外遇。"她又打通丈夫赵刚的手机。她说："你立刻回来,我有事问你。"赵刚说："什么事这么急,我功才练了一半。"她说："你不要问,你回来就知道了。"

　　她正看着那份名单发呆,赵刚气喘吁吁地回来了。赵刚说："什么事这么急？"她说："没事。"赵刚说："没事？没事你叫我回来干什么？"她说："不干什么。"她在看见赵刚的一瞬间改变了主意,她不问他了,他不会承认的,她不需要他承认,就凭公司所有女人丈夫都有外遇,她就能断定赵刚一定有外遇。她嗳了口气,拿起笔在于红梅上面写上吴秀梅,在吴秀梅后面画了一个圈,在圈里画了一点,把名单叠好放进坤包,起身向门外走去。赵刚说："你去哪里？"她说："上班。"赵刚说："上班？你就这样去上班？你头还没有梳,你衣服……"她苦笑一下,心想,不梳了,全世界都知道,还梳什么头。

秘
密
情
节

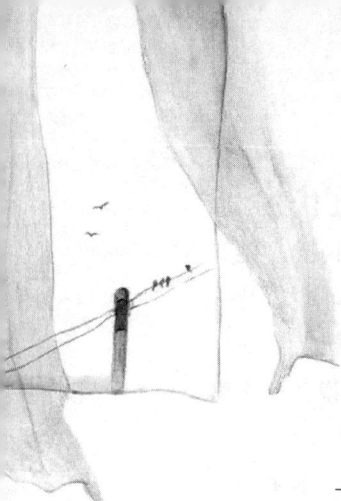

花儿为什么开放

> 他无能为力，度日如年，每天晚上只能靠武打片打发难挨的时光。

滕刚情爱小说

　　张三一下班就去桥头的音像店租光碟。店主问他看什么片子，张三说还看武打。店主随手从柜台下方的抽屉拿了一张光碟给张三。张三看了一眼片名，花儿为什么开放，觉得怪怪的，像是言情片的名字，想想店主知道他只看武打，不会拿错，装进口袋，出了音像店。

　　从音像店到家一直往东走，穿过两条马路就到了。张三没有往东走，而是反方向绕着南山公园的围墙走。张三有意延长回家的路，是因为他不想回家。他和妻子赵芳已经几个月不说话了。关于他和赵芳的婚姻危机有多种说法，只有张三知道他和赵芳的问题出在赵芳的性冷淡上。从新婚之夜开始，赵芳就拒绝做爱、厌恶做爱。结婚十一年了，他们勉勉强强做爱还不到三十次，每次做爱都像强奸，弄到最后连张三对性生活也失去了兴趣。虽说他们感情基础不够牢，性格有些差异，但都是次要矛盾。一对夫妻没有和谐的性生活，没有灵与肉的交融，哪来感情哪来爱？怎么可能不烦躁不苦闷不吵嘴不打架？挽救他们的婚姻，首先必须治好赵芳的性冷

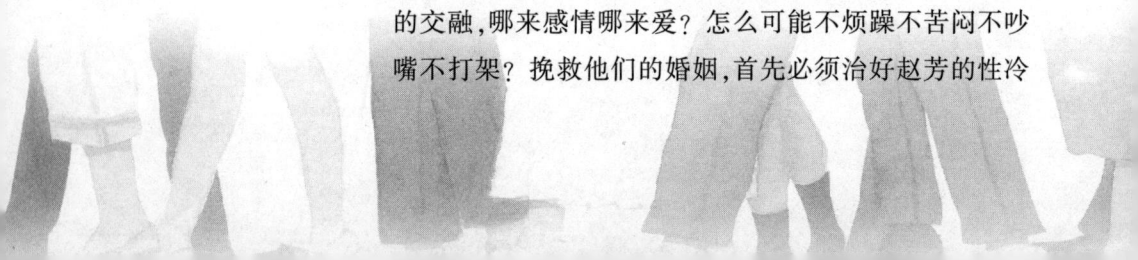

淡。张三曾多次劝赵芳去看医生，他甚至从游医那儿买过治性冷淡的药，但是赵芳都拒绝了。他无能为力，度日如年，每天晚上只能靠武打片打发难挨的时光。

张三匆匆吃了晚饭，就到房间看武打。赵芳把吸尘器拖到房间，故意把吸尘器的声音弄得很大很大。张三恨不得甩她一脚。张三把光碟放进影碟机，打开电视，屏幕上由远到近推出片名："花儿为什么开放"，然后就是一对外国男女做爱的画面。张三大惊。他想不到会是这种片子，他想关掉，但他没有关。他从没有看过这样的片子，他想也许这就是朋友们常说的 A 片。他用身体挡住赵芳，全神贯注地看片子，看得心跳脸热，呼吸急促，难以自持。他看看身后，发现吸尘器躺在地毯上嗡嗡乱叫，赵芳正坐在床头看着电视。赵芳满脸通红，眼睛发痴。张三刚试探着把手搭在赵芳肩上，赵芳就像中了弹的敌人倒在了床上，张三扑了上去……多年的恩怨顷刻间烟消云散一笔勾销。张三刚从赵芳身上倒下，赵芳就用脚拇指关掉电视说："流氓！下流！赶快把它还掉。"张三一边穿裤子，一边笑道："我不知道，我真的不知道，一定还。"张三当然不可能还。他太感谢店主了。也许店主拿错了片子，但是这一阴差阳错，使他的妻子第一次有了激情，使他们第一次享受到性快感，使他们死亡的婚姻露出了曙光。第二天张三到店主那儿谎称片子丢了，交了一点儿赔偿金，就把片子占为己有了。

这以后张三隔三差五把片子拿出来放，每次一放片子，赵芳就有了激情，他们就轰轰烈烈地做爱。他们的生活从此充满了欢声笑语，他们不再横眉冷对，不再闹离婚。偶尔为一点儿小事赵芳也会跟张三吵，吵到不可收拾时，张三把碟片往影碟机里一推，说："你再吵，你再吵。"赵芳就不吵了，就像中了弹的敌人倒在了床上。赵芳不像从前那样面黄肌瘦了，胖了许多，脸色也又红又润。张三虽然瘦多了，但人却更精神了。邻居看他们这么快和好也觉得奇怪，但是没有谁去追根溯源。赵芳有时候也担心看这样的片子不好，张三说："这要什么紧？难道我们不能追求幸福吗？这是我们俩的秘密。没人会知道我俩的秘密的。"赵芳很善良，她觉得他们活得太幸福了，他们不应该偷偷享受这种幸福，应该把这个秘密告诉所有人，让所有人都幸福起来。但是张三不让她这样做。

张三和赵芳是在结婚十二周年纪念日那天夜里被抓到派出所的。那

秘密情节

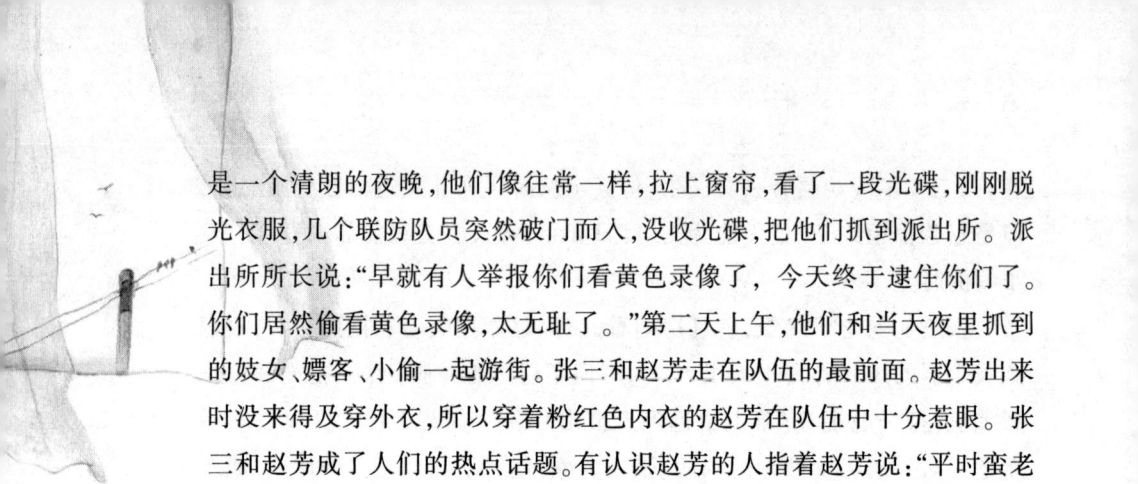

是一个清朗的夜晚,他们像往常一样,拉上窗帘,看了一段光碟,刚刚脱光衣服,几个联防队员突然破门而入,没收光碟,把他们抓到派出所。派出所所长说:"早就有人举报你们看黄色录像了,今天终于逮住你们了。你们居然偷看黄色录像,太无耻了。"第二天上午,他们和当天夜里抓到的妓女、嫖客、小偷一起游街。张三和赵芳走在队伍的最前面。赵芳出来时没来得及穿外衣,所以穿着粉红色内衣的赵芳在队伍中十分惹眼。张三和赵芳成了人们的热点话题。有认识赵芳的人指着赵芳说:"平时蛮老实的,想不到这么下流。"有知道细节的人说:"他们很鬼呢,还在黄片上贴了花儿为什么开放,障人眼目。"旁边的人就一阵嬉笑。

赵芳回家后买了一瓶农药喝了下去。

在医院抢救室,赵芳对张三说:"我没脸活下去了。"

张三说:"他们怎么发现的呢?我们每次窗帘拉得好好的。"

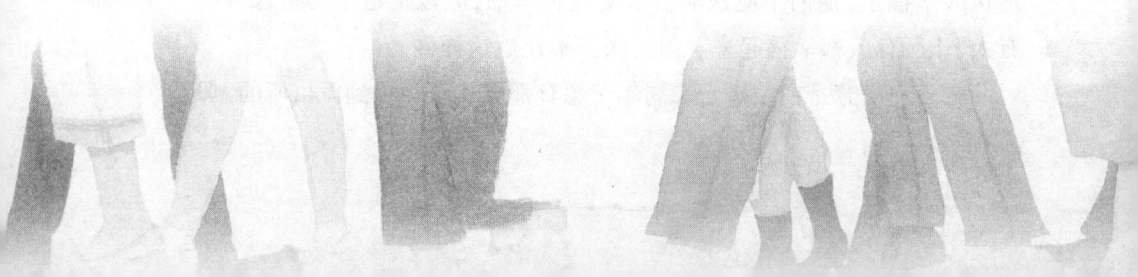

第 五 辑

秘 密 情 节

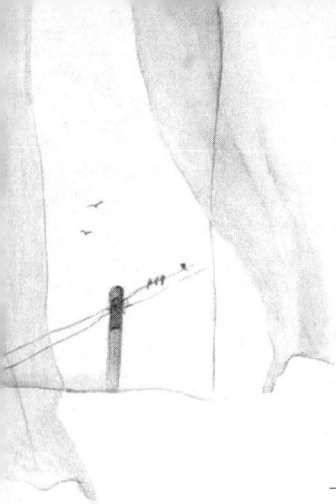

惊　蛰

滕　刚　情　爱　小　说

148

张家桥笑道:"我带你来是要讲他的故事给你听。"

3月下旬,张家桥的生活中又出现一次危机。他把丫环佳慧的肚子弄大了。以往他把女人的肚子弄大了,根本不当一回事。她们把孩子生下来也好,打掉也好,跟他没有一点儿关系。但这回不行。他必须让佳慧把孩子打掉。这个孩子是他在母亲死去的第二天晚上在佳慧肚里埋下种子的,如果佳慧把孩子生出来,家里人就能推算出他在服丧期间和佳慧干过那事,那他将无脸在这个世界活下去。但是他跟佳慧说了几次,佳慧执意要把孩子生出来,他没有办法,只好把佳慧带到郊外的望谷寺。

他们坐着轿子来到望谷寺,已经是晚上10点了。张家桥把轿夫打发走,挽着佳慧来到后门。开门的是智空和尚。张家桥把赏银塞在智空手里,说:"你出去一下。"

智空跨出门槛,刚走到井边,张家桥追上去说:"里面有热水吗?"

智空说:"有,西屋的暖壶里有。"

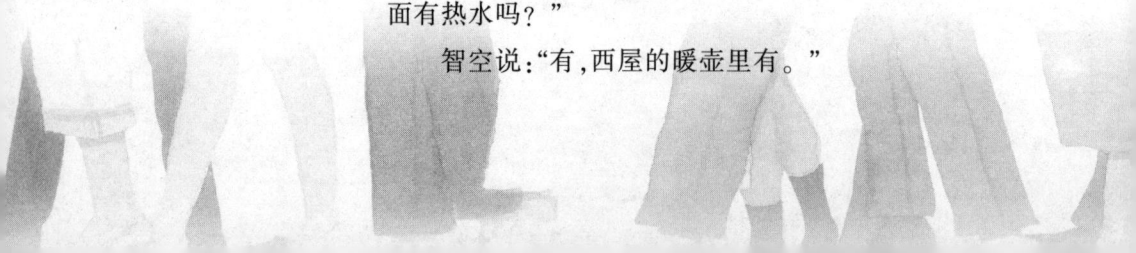

张家桥说："你在外面转一个时辰再过来,懂吗？"

智空说："懂了,老爷。"

张家桥返身走到门口,挽住佳慧的手跨进门槛,转身关上门。

佳慧站在门右侧的屏风旁边,把庙堂后厅打量一番,最后把目光锁在墙上的那幅画上。这是一幅水墨人像画,画上的男子双手握剑,左眼戴着眼罩,右眼半睁着。佳慧把身体移动几次,发现她站在哪个方位那只半睁着的眼睛总是盯着她看,她打了个寒战,转身问张家桥："老爷,他是谁啊？"

张家桥没有答话。他进来后发现烛台上的火苗左右摇摆,以为西边的窗子没关好。他把西边的窗子关好,回到烛台前发现火苗前后摇摆,他跑到前厅把大门关好,回到烛台前发现火苗开始上下晃动。他看看屋顶,又看看火苗,不明白火苗为什么上下晃动。

佳慧走到张家桥身边,用手拽一下张家桥的膀子说："老爷,问你呢,墙上这个人是谁？"

张家桥转身看了一眼人像,把佳慧的手拿在手里把玩会儿说："知道为什么带你到这里来吗？"

佳慧嘟嘴说："不知道,人家哪里知道,你这几天鬼乡兮的,谁知道你葫芦里卖的什么药？"佳慧感到那只眼睛还在盯着她,转身指着人像说："他是谁啊？"

张家桥意味深长地看了一眼人像,说："我今天就是带你来见他的。"

"见他？"佳慧一把抱住张家桥说,"我不见他,我不要见他,这个人太怕人了。"

张家桥用手拍拍佳慧的脸说："别怕,他是好人,他已经归天了。"

"归天了？"佳慧惊讶道,"归天了你还带我见他？"

张家桥笑道："我带你来是要讲他的故事给你听。"

佳慧说："他是谁？"

张家桥说："他死前是这里的和尚。他做和尚前是蚌埠一个大户人家的老爷,很有钱,比我有钱多了。人家那么有钱,为什么不远万里到这里来做和尚？"

佳慧说："为什么？"

秘
密
情
节

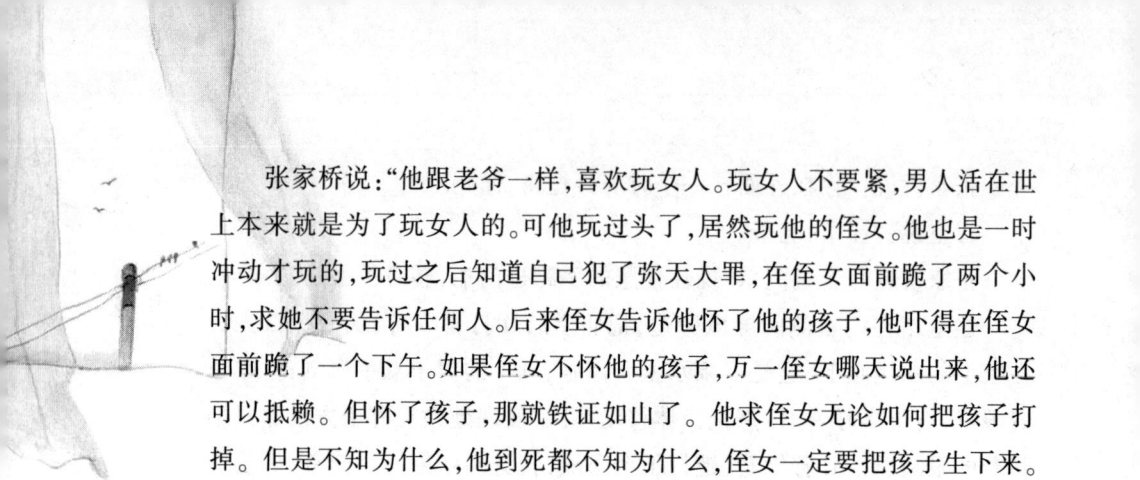

张家桥说："他跟老爷一样,喜欢玩女人。玩女人不要紧,男人活在世上本来就是为了玩女人的。可他玩过头了,居然玩他的侄女。他也是一时冲动才玩的,玩过之后知道自己犯了弥天大罪,在侄女面前跪了两个小时,求她不要告诉任何人。后来侄女告诉他怀了他的孩子,他吓得在侄女面前跪了一个下午。如果侄女不怀他的孩子,万一侄女哪天说出来,他还可以抵赖。但怀了孩子,那就铁证如山了。他求侄女无论如何把孩子打掉。但是不知为什么,他到死都不知为什么,侄女一定要把孩子生下来。他是个善良之人,不可能对侄女下毒手,但是如果事情败露他又无脸在这个世上活下去,他没有办法,只好逃出来做和尚。"

佳慧说："后来呢?"

张家桥说："后来他向蚌埠过来的人打听他家的情况,得知侄女生了个女儿,他女儿知道这个孩子是父亲埋的种,用剪刀自尽了,他兄弟也就是他侄女的父亲,当时就气瞎了眼,他弟媳妇撞了三次墙。为了惩罚自己,他用匕首戳瞎了自己的左眼。"

佳慧赶紧抱住张家桥说："老爷,不讲了。"

张家桥说："你知道他怎么死的吗?他自杀之前跟我说过他打算怎么死,我以为他在讲故事,结果他真的那么死了。他在山顶上的一棵大树下栽了十八把刀,然后爬到树上俯身跳下。"

佳慧说："老爷,别说了,太怕人了。"

张家桥说："现在该说到我自己了。是的,我玩的女人够多,我玩一千个女人一万个女人都不要紧,但不能在服丧期间玩女人,更不能在老太太没有下葬时就玩女人。尽管那天我是因为恐惧才跟你做那事的。因为守夜的时候老太太脸上的蒙脸布被风吹掉了,我去把蒙脸布给老太太盖上,老太太的脸把我给吓着了,我没有办法,只好跑到你厢房跟你做那事。因为只有做那事,我才能摆脱恐惧。但这不是理由,再多的理由,在服丧期间干那事都是大逆不道的,所以绝不能让任何人知道,知道了我将无脸在这个世界活下去。但我跟你说了多少遍,你就是不理解,你不理解在服丧期间干那事意味着什么,现在我跟你讲这个人的故事,你应该知道后果了吧。人家不过是玩玩侄女,我在服丧期间偷情,比他严重多了。"

佳慧说:"这是我自己算出来的,他们不一定能算出来。"

张家桥说:"能算出来,大奶奶专门喜欢算这个。你只要把孩子生出来,他们根据孩子的出生日期,就能推算出我在服丧期间跟你干过那事。所以你必须把孩子打掉,你把孩子打掉就永远没人知道了。"

佳慧说:"老爷,我真的不想打。"

张家桥说:"你坚决不打,我也没办法。我只有逃到无人知晓的地方,只有做和尚,只有捅瞎眼睛,只有栽十八把刀。"

佳慧说:"老爷你不要那样说,我打好了。"

张家桥说:"打吧,我保证让你再怀一个。"

佳慧说:"你保证?"

张家桥说:"我保证。"

佳慧说:"那就打。"

张家桥拍拍佳慧的脸奔到西屋把暖壶拿过来放在烛台边,又奔到前厅拿来一只供碗,把暖壶里的水倒进供碗,然后从口袋里掏出一个铁葫芦,把铁葫芦放在火苗上烤了会儿,把葫芦里的药倒进供碗,把碗递在佳慧手里说:"这是马天师给我的秘方,他说喝下去几秒钟就能打掉。"

佳慧说:"现在就打?"

张家桥说:"现在就打。"

佳慧捧过碗流着泪说:"老爷,我真的不想打。"

张家桥说:"你真的不想打,我不会勉强你。"

佳慧把药喝下去,说了声:"老爷,我肚子疼得厉害。"就捂着肚子瘫在地上。

张家桥蹲下身子捧着佳慧的脸说:"马上就好,马上就好。"

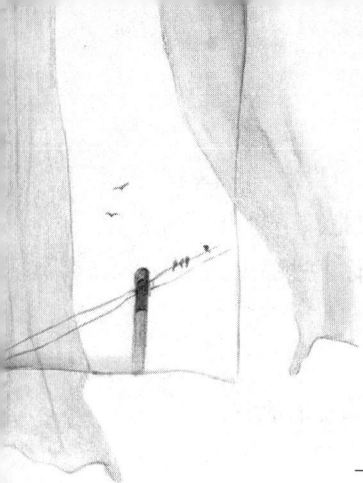

性　别

当他发现王梅皱起了眉头，便停止了说话。

　　1998 年某个夏日的中午，张三在他潮湿的寓所里接到婚姻介绍所赵阿姨打来的电话，要他立刻赶到婚介所与女方会晤。张三洗了脸，搽了香，兴冲冲地登上门口的无轨电车。

　　张三上周二到婚介所登记的时候，婚介所的阿姨们受宠若惊。张三是婚介所开业十年来最漂亮的男性客户，她们担心张三在现有的女性客户档案中找不到合适的对象。但是仅仅几分钟，张三就在档案室认定那个叫王梅的女子。张三指着王梅的全身照连喊："绝色佳人，绝色佳人。"看了王梅的个人履历表，张三又说："门当户对，志同道合。"张三的选择让阿姨们颇感意外。这个王梅 1996 年就来登记了，至今没有男性看中，真是情人眼里出西施。赵阿姨连声说："人家肯定同意，人家肯定同意。"上周五赵阿姨把信息反馈给张三，说女方看了他的照片和个人履历表后，同意见面。赵阿姨说，我会尽快安排你们见面的。

　　张三一到婚介所，赵阿姨就挽着张三来到财务科，

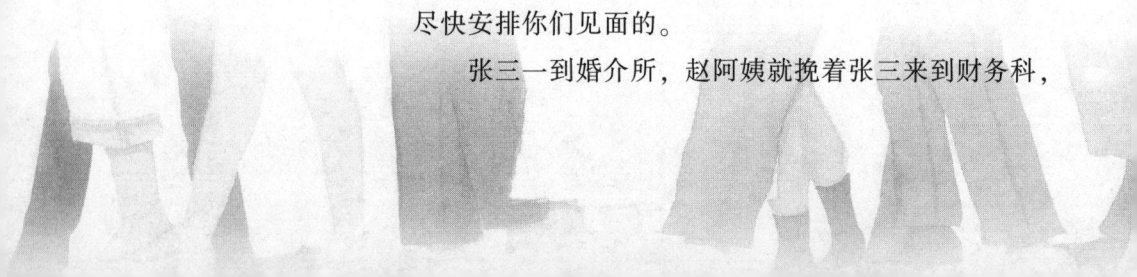

让张三交了见面费。赵阿姨说:"你是男性,这个费用应当由男性出。"赵阿姨把张三领到三楼一间灯火通明的办公室,说:"你们就在这儿见面,她半个小时以后到。你是男性,所以你要等半个小时。"赵阿姨给张三倒了杯纯净水,说:"我们对照了你们的个人履历表,你们真是天生的一对,地造的一双。你们的相貌、身高、学历、职业、性格、爱好、志向、地位、收入、财产、家庭背景、生辰八字都十分般配。"赵阿姨掩上门,就下楼等王梅去了。

尽管事先看过照片,王梅进来的时候,张三发现活的王梅比照片上的还要靓,特别是胸部,比较丰满。张三选择女人有三个标准,脸蛋、身材、胸部。特别是胸部,如果不挺,他会掉头就走的。因为他是男性,所以他先说话。已经有七次恋爱经验的张三对这种开场白已经很熟练。一般情况下,他在五分钟之内就能把对方逗得笑起来。但是张三从宏观说到微观,从历史说到地理,从实话说到故事,从友谊说到爱情,王梅都面无表情。当他发现王梅皱起了眉头,便停止了说话。

王梅说:"因为你是男性,所以我们必须首先弄清几个问题,否则一切都是废话,都是浪费时间。"

张三不懂王梅说这话是什么意思。

王梅问:"你有包皮吗?"

张三大惊,满脸通红。他想不到王梅会问这个问题,他不知道怎么回答。

王梅又问:"你有包茎吗?"

"……"

王梅继续问:"你的阴茎长度和直径正常吗?"

王梅站起来问:"你有早泄、阳痿等性功能障碍吗?"

张三目瞪口呆,脸色煞白。

王梅喝了口纯净水,说:"包皮不能上翻,龟头不能露出,医学上称为包茎。包皮能够上翻露出龟头,但平时总被包皮包裹着,医学上称为包皮过长。包茎、包皮过长就会滋生结石、尿垢,由此形成的细菌,不仅使男性本人患上一系列疾病,更会使女性患上阴道炎、宫颈炎等妇科疾病,甚至会诱发女性宫颈癌。而且,包茎、包皮过长的男性性功能往往低下,容易早泄。至于阴茎短小的男性,他的性能力肯定不行,他们肯定不能履行丈夫的职责,更不能让女性达到性高潮。至于早泄、阳痿这两个媒体常用词,我想不要我说,稍微有点常识的人都知道,这样的男性会给女性带来怎样的痛苦!”

王梅坐下来说:“权威报告显示,男性公民有35%有包茎、包皮过长,27%阴茎短小,30%患有早泄、阳痿。如果你是35%中的一员,是27%中的一员,是30%中的一员,我们就没有继续谈下去的必要。我有权事先知道这些。我有权选择优良品种。我为什么要跟一个有问题的男性恋爱或结婚呢?”

张三做了个深呼吸,说:“前两个问题我可以回答,但你怎么相信我呢?另外的问题,就是男性自己,也要结婚之后才能知道。”

王梅说:“这就是问题所在。当女性知道男性有问题的时候已经迟了。女性和男性有别,结婚之后或者未婚同居,如果发现男方有问题,最终受损害的是女性。自古以来多少女性哑巴吃黄连?女性择偶标准很多,但首要的择偶标准是男性的性器官及性能力,我们为什么不一开始就选择正常的、健康的男性呢?我知道你不太好回答这个问题,难道你不好回答我们就可以置之不理吗?”

张三无法回答王梅的问题,所以只有起身告辞。赵阿姨看他脸色不好,问他怎么样。他没说话。走出婚介所,回忆王梅的话,张三觉得王梅说得很有道理。但这个问题的确没办法。张三想,做男人真烦。

失　　眠

医生发现张三一只眼睛闭上了。另一只眼睛仍睁着。

1993 年 7 月 18 日晚,在上海一家医院,主治医生马良捧着一台理疗仪来到网络频道编辑张三的病房。这个瘦弱而面带土色的中年人此刻正仰在床上看天花板。据说这个人已经失眠一百天了。一个星期前,他的妻子把他送到这家医院。他妻子为了治疗他的失眠,通宵达旦为他按摩太阳穴和涌泉穴,结果也患上了严重的失眠症。他妻子对医生说,我吃两颗安定就能进入梦乡,而我丈夫,无论用什么方法,吃什么药,都睡不着。她要求医生不择一切手段让她丈夫先睡一觉。她流着泪说,再不睡觉,她丈夫会崩溃的,会死的。但直到现在,医生都无法让张三入睡,医生显然没有遇到过如此顽固的失眠症患者,他们连不该使用的药都试过了,病人始终无法入睡。所以,当马良捧着理疗仪来到张三病房时,他觉得自己像个卖狗皮膏药的,为了让病人相信这个治疗肯定有效,他不得不捧着理疗仪的说明书读了一遍。

医生读罢说明书,张三问医生:"我老婆呢?"

医生说:"请大仙去了。"

张三请医生在他的床边坐下，说："看你们这样忙，我觉得好笑。说实话，你们不要再费劲了，我的失眠你们根本没办法。我失眠是因为女人。"

医生一惊。

张三说："我同时爱着两个女人，一个是我老婆，一个是通常被人们称做情人的女人。我怎样才能同时拥有这两个女人？失去其中一个我活着又有什么意义？自从我认识向梅以后，我每时每刻都在想这个问题，这个问题我一天想不通，我就一天睡不着。你们能帮我想通这个问题吗？"

张三坐起来，喝了口静心口服液，说："我知道，一个男人不可能拥有两个女人。但你没见过向梅，她是世界上最优秀的女人。假如不能拥有这个女人，我在这个世界就白活了。我不能仅仅因为自己有了配偶，就跟人家分手，这不是理由！为什么一个人有了配偶就不能拥有其他女人呢？如果她离开我，她必然落入别的男人的魔掌。男人没有一个好东西。一想到她那么美丽的身体，那个曾经属于我的身体，让别人去玩弄，我就失眠，我不敢想像那样的事情。"

滕刚情爱小说

156

张三躺下来继续说："至于我老婆，你们都看到了，她也是世界上最优秀的女人。她对我太好了，我一旦跟她离婚，她就会落入别的男人的魔爪，我不能想像这个属于我的女人离开我后会是什么样子，你知道男人没有一个好东西，我不能容忍其他男人玩弄她。我不能仅仅因为有了别的女人，就跟我老婆离婚，那不是理由！我想不通，一个人有了别的女人，为什么不能同时拥有老婆呢？我一想到我跟我老婆离婚后，我老婆可能出现的不可预料的事情，我就失眠。"

张三望着天花板，神情呆滞。

医生听懂了张三的内心独白，知道了张三失眠的原因，帮张三盖好被子，再次尝试催眠术。医生哼了一曲摇篮曲，握着张三的手，轻声说："放松，深呼吸。想像大海——波涛——船——小岛。小岛上的别墅。男主人在客厅里抽烟。两个女人住在楼上。一个住东面，一个住西面。两个女人在走廊上抽签。抽到红色签的今晚到丈夫房间。"

医生发现张三一只眼睛闭上了。另一只眼睛仍睁着。

医生贴着张三的耳朵，轻声细语地说："新婚姻法刚公布，男人可以纳妾啦。"

张三呼声如雷。

阳　痿

张三是个热爱生活、
想像力十分丰富的人。

清明节的前一天晚上，张三突然决定到马路对面的宾馆开房间跟老婆做爱。张三是个热爱生活、想像力十分丰富的人，即使是常人生活中最千篇一律的性生活他每次都把它做得有声有色。张三每次和老婆做爱都要变换姿势，他们已经尝试过中国古代房中术中的所有姿势。每次做爱都要变换地点，他们已经在家中所有空间做过爱，但他们至今尚未到宾馆开房间做过爱，所以当他看到电视上情人在宾馆房间做爱，突然决定到马路对面的宾馆开房间。他说："到宾馆开房间做爱一定很刺激、很浪漫。"被爱情滋润得一脸红润的老婆欣然应允。两口子看完新闻联播，就手拉手来到马路对面的宾馆。

张三在总台用身份证登记了房间，交了押金，拿了一把钥匙，搂着老婆来到 401 房间。

张三打开房门，在门锁上挂上请勿打扰，关上门，扣上保险栓，拉上窗帘，老婆已经脱光衣服躺在床上了。张三脱光衣服，张开双臂，说："啊，跟老婆幽会！"就扑到老婆身上。

张三正准备进入老婆身体，房间里忽然响起杂乱的脚步声，张三一惊，抬头一看，几个身材高大的人手拿电筒和电棒站在床边。张三赶紧拿被子盖住老婆的身体，又拉来一条枕巾盖住下身。

张三说："你们干什么？你们怎么进来的？"

戴袖章的说："分开，分开，少啰嗦，拿证件。"

张三拿出身份证。戴袖章的指着张三老婆问："她的身份证？"

张三说："她没带，她是我老婆。"

戴袖章的说："凭什么说她是你老婆，你们的结婚证呢？你们在总台为什么只登记一个人呢？你们一钻进宾馆，我们就盯住你们了。"

张三说："我们家就在对面，我可以回去拿给你们。"

戴袖章的说："你们家在对面到宾馆开房间做什么？"

张三说："做爱！做什么？难倒我们没有权利到宾馆开房间吗？你们不信，我可以带你们去我家。"

戴袖章的又盘问了张三的老婆，确认他们是夫妻后说："以后到宾馆开房间一定要带结婚证，不带结婚证，就是乱搞男女关系就是嫖娼，要罚款的，要逮捕的。荒唐，开房间做爱！你们继续做吧。"

张三说："你能告诉我你们是怎么进来的吗？我门关得好好的，还上了保险栓。"

戴袖章的说："这你就不用问了，我们想什么时候进来就什么时候进来，想怎么进来就怎么进来。"说完便扬长而去。

张三到门口把锁望了半天，又检查了保险栓，说："奇怪，他们怎么进来的呢？即使有钥匙也进不来，保险扣扣得好好的。"

张三上了床，和老婆温存一番，正准备进入老婆身体，突然说："等等。"张三起身又去检查了一下门锁，想想不行，又用写字台抵住门，觉得还不行，又把电视机搬上写字台。张三忙完这一切，来到床上，发现自己下身怎么也竖不起来。老婆说："你怎么了？你怎么了？啊？"张三和老婆都知道，张三的这种情况叫做阳痿。张三说："不行，我一做，就想到会有人闯进来，就不行了！"

老婆说："你门不是关好了吗？人家走了不会再来了！"

张三说："不行，不行，我刚才门锁得好好的，还上了保险栓。"

张三跟老婆说："我们还是回家做吧，宾馆不行，我们以后再也不到宾馆了，太可怕了！"

张三回到家，迫不及待地把老婆抱到床上，正准备进入老婆身体，突然起身说："等一等，我看看门关好了没有。"张三起身关好门，想想又走回头，检查了客厅的门。张三关好房门，扣上保险栓，回到床上，已经不行了。老婆说："你怎么啦？啊？这是在家里，又不是在宾馆，把人家难受死了。"

张三说："不行，不行，我一准备做这个就想到会有人闯进来。我把门上了锁，上了保险栓，他们怎么进来的呢？"

张三又说："你不要急，我再想想办法。"张三又用沙发抵住门，想想不行，又找来几根洋钉，用榔头把门钉上。他觉得这样做应该万无一失了。但是回到床上，张三还是做不起来。

张三的阳痿由此开始。

以后张三每次做爱前都要起身检查门锁。每次检查完门锁，张三就阳痿了。

张三一边四处求医，一边对家里的门、窗进行加固。他把家里所有的门都换成了不锈钢防盗门，把所有的锁换成了指纹锁，把所有的窗子都装了不锈钢防盗窗。他甚至在卧室做了两道门。

但是这一切都无济于事。

张三的阳痿更严重了。

张三是在一个春天的早晨来到上海这家男性专科医院的。这家医院在报纸登了整版广告说："一次治愈阳痿，无效退款。"张三不肯去，他不知去了多少医院，不知吃了多少药，没用。但是老婆坚决要他去。老婆说："不能做爱，毋宁死！"

专家对张三进行常规检测后说："你这是典型的阳痿了。阳痿分器质性阳痿和心理性阳痿，好在你是心理性阳痿，你放心，我们采用四联疗法，保证你一个疗程就重振雄风！"

张三说："好笑，我的阳痿你根本无法治疗。你能保证我做爱时没有人闯入我的房间吗？你当时不在场，我关了门，还上了保险栓，他们神不知鬼不觉地闯进来了。"

医生目瞪口呆。

早　泄

滕刚情爱小说

你能让现代的女子像古代女子那样吗？我真是太生气了！"

一家男性专科医院，在开业一周年这天傍晚，接待了一位面色苍白、神情呆滞的早泄症患者。

在经过一系列检测后，医生说："按照国际标准，你是典型的早泄症了。不过你不要担心，我们已经攻克了早泄症。只要你好好配合，我们的中西医组合疗法，将保证你一个月内雄风大振，每次性交时间可达40分钟以上。"

病人冷笑一声说："我说了你不要生气，你不可能治好我的早泄。我的早泄原因不在我，在女人。现在的女人太不像话了！"

医生目瞪口呆。

病人说："你知道我在什么情况下早泄吗？第一，如果女方主动要求做爱，甚至动手动脚。第二，如果女方自己脱衣服，而不是由我来脱她的衣服。第三，如果女方把衣服全部脱光。"

医生做了个手势，示意护士回避。

病人继续说："第四，如果女方做爱时坚持要开着

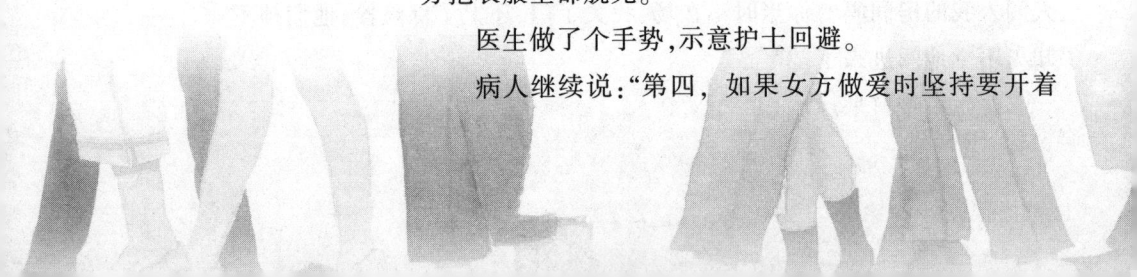

灯。第五,如果女方做爱时眼睛瞪着而不是紧闭着。第六,如果女方做爱时口中发出莫名其妙的声音。"

医生开始拿笔记录。

病人又说:"第七,如果做爱时女方在上,我在下。"

医生无言以对,脸色煞白。

病人站起来,挥舞着手臂说:"现在的女人越来越不像话了,哪里像个女人? 自古以来,女人就是女人,女人就应该害羞、含蓄、难为情,尤其在做爱问题上,更应该千呼万唤始出来,犹抱琵琶半遮面。现在的女人真是太过分了。1998年一个女友打电话约我做爱,这倒罢了。你知道她怎么了? 她居然拎了一台四喇叭录音机,上床前,脱光衣服做了一套广播体操,说是做准备活动,哪里是女人? 太过分了!"

医生目瞪口呆。

病人说:"五六十年代出生的女人还好,她们起码知道把眼睛闭上,把窗帘拉上,把灯关上,70年代以后出生的,简直太不像话了,连起码的拒绝、害羞、半推半就都没有,哪里是在做爱,哪里是在繁衍子孙传宗接代? 简直是在拍黄色录像!"

病人把空白处方笺退给医生,说:"所以我说,我的早泄你治不好。除非你能改变女人。你能让现代的女子像古代女子那样吗? 我真是太生气了!"

秘密情节

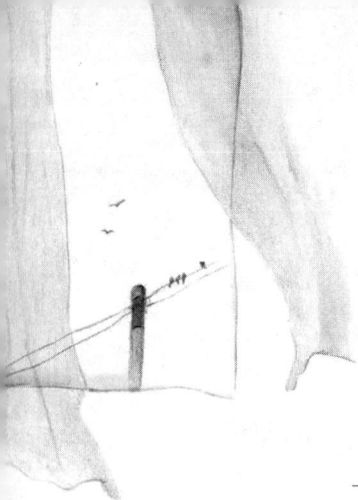

缘　分

他掉头看于娜,于娜的眼睛充满了仇恨。

　　赵玄真正懂得什么叫缘分是在大四那年秋天。那天下午,来自美国的欧文教授到学校礼堂发表演讲。赵玄是欧文的忠实追随者,所以尽管那天下午有课,他还是和在外语系读书的女友魏欣挤进了礼堂。

　　欧文教授题为"人类婚姻走向"的演讲博得全场一阵又一阵掌声。最后一个提问的是赵玄的老乡马超。马超说:"请问欧文教授,我选择什么样的女性结婚,才能拥有幸福的婚姻?"马超的提问立刻引起全场哄笑,这个问题问得太天真了。

　　欧文教授一本正经地说:"很简单,当你和你喜欢的女性发生第一次性关系后,你对她没有厌恶感,她就是你理想的配偶,跟她结婚你就会幸福。"

　　欧文教授的回答令大家目瞪口呆。尽管大家对美国人的大胆开放早有领教,但没想到欧文教授会说出这样荒唐的话。魏欣羞得把头埋在地下。赵玄没有惊讶,他突然想起第一次和魏欣上床,在事后的那一瞬间他对魏欣有一种难以言说的厌恶感,他当时也觉得奇怪,但

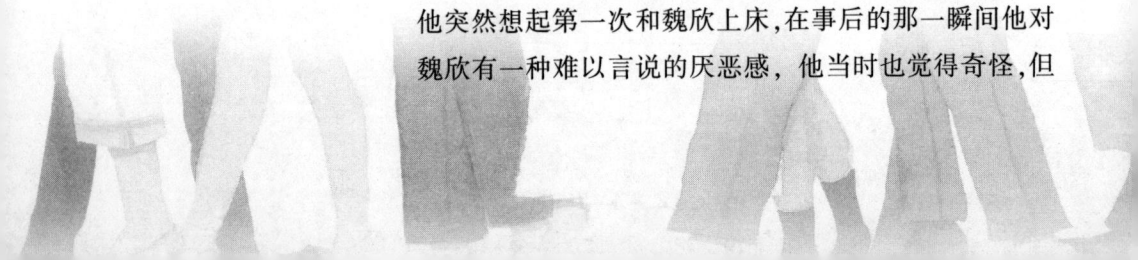

没有深究,现在欧文教授说出这样的话,肯定有他的道理。

欧文教授见大家目瞪口呆,进一步解释说:"我们有过这方面经历的男人都知道,当你好不容易把你喜欢的女人弄上床,你只要留意就会发觉,在事后的那一瞬间你对女方都会有稍纵即逝的厌恶感。这种反应在生物学上叫本拉比反应。为什么会有本拉比反应,生物学家至今没有搞清楚。当然也有男人和自己喜欢的女性第一次上床后,没有厌恶感,没有本拉比反应,但这种情况只有1%。这个比例和另一个比例是完全一致的,那就是人类只有1%的婚姻是幸福的。根据对这1%幸福婚姻拥有者的调查,当事人男性在和女人第一次上床后对女方都没有厌恶感,也就是我刚才所说的,当你和你喜欢的女性第一次上床后,你对她没有厌恶感,你和她结婚你们就会幸福。但你很难遇到这样的女性,只有1%的机会,用你们中国的话说这叫缘分,缘分难寻,千年等一回啊!"

马超说:"跟人家上了床,却不跟人家结婚,这不是不道德吗?"

欧文教授反驳道:"明知不会幸福,还要跟人家结婚,这不是更不道德吗?你们中国人的婚姻之所以被世人誉为世上最完整也最破裂的婚姻,一个重要原因,就是那些男性都是因为跟女人上了床才迫不得已娶了她。女性跟哪个男人上一回床,就以为自己是他的人了,你要是不娶她她就跟你闹。"

当天晚上,赵玄就以没有缘分为由跟魏欣分了手。魏欣说:"你早知会跟我分手,就不应该跟我上床,你骗了我!"魏欣甩了赵玄一个耳光就离开了他。

在赵玄那批同学中,真正迷信"欧文缘分说"的只有赵玄。赵玄毕业后,先后和九个女孩谈过恋爱,九个女孩都使他魂不附体,都是他见过的世界上最优秀的女孩,但是赵玄和她们上床后,发现自己对她们都有厌恶感,发现自己跟她们没有缘分,只有和她们分了手。他知道要找到和自己有缘分的女孩很难,但他绝不会放弃这种追求,他一定要找到幸福的婚姻。

因为只有上床后才知道和对方有没有缘分,所以每次和那些女孩分手后那些女孩都不肯,都大打出手,都说他玩弄她们。有的还闹到他的单位。赵玄这种不正常的恋爱也引起周围人的高度警惕。单位

秘
密
情
节

领导找他谈过话。领导说，你不跟人家结婚，就不能跟人家上床，你这样是不道德的。派出所的吴所长也找他谈过话。吴所长说，你再以谈恋爱为借口玩弄女性，我就把你抓起来。他不敢对他们说欧文的缘分论，他们是不可能理解的。

为避免别人误解和没完没了的麻烦，赵玄这次恋爱不仅是在秘密状况下进行的，而且没有告诉女方自己的真实姓名、单位、住址，他想和她上床后，如果有缘分再告诉自己的真实身份也不迟。如果没有缘分，跟她分手后她将永远找不到他，别人不会发现，他也可以避免女方没完没了的纠缠。

这个女孩叫于娜，在外贸公司工作。他们是在一家咖啡馆认识的。她是赵玄遇到的最优秀的女孩。赵玄怕自己跟她没有缘分，怕失去她，一直没敢跟她上床，只保持浅表性的亲热。但是春节一过，于娜找他谈了一次话。于娜说："你娶不娶我，要在正月十五前给我一个明确的答复，我25岁了，我妈不让我拖下去了。"因为只有和她上床后才能给她明确的答复，他当时没能答复她。后来于娜天天催问他，眼看要到正月十五了，他决定和于娜上床。

元宵节那天晚上，他和于娜在临河的一家旅店里发生了性关系。在事后的那瞬间，他发现自己对于娜没有一丝厌恶感，激动得热泪盈眶，他连声说："缘分，缘分。"他正要向于娜求婚，门突然被撞开了，几个手拿电筒和电棒的人冲了进来。戴袖章的一边用手捂住赵玄的嘴一边说："把他们分开，把他们分开。"赵玄被捂着嘴拖到卫生间。戴袖章的低声问："你的身份证呢？"赵玄说："在上衣口袋里。"旁边的人到外面的茶几上找来赵玄的身份证、工作证。戴袖章的问："跟你睡觉的这个女人叫什么名字，在哪个单位？"赵玄说："她叫于娜，在外贸公司工作。"外面进来一个人说："女的说他叫王亮。"戴袖章的说："好，嫖娼。"戴袖章的把赵玄拖到外面，指着赵玄问于娜："他叫什么名字？"于娜说："他叫王亮。"戴袖章的把赵玄的身份证扔给于娜，于娜看了赵玄的身份证，大惊。戴袖章的说："说你们不认识吧，跟我们去联防队。你们一个卖淫，一个嫖娼，女的罚三千，男的罚五千。"赵玄对于娜说："我等会儿跟你解释。"于娜说："呸，你这个流氓！"赵玄转身对戴袖章的说："你们听我慢慢解释，我们不是卖淫嫖娼，我们是正儿八经的恋爱，我怕跟她没有缘分，一直没有告诉她真实姓

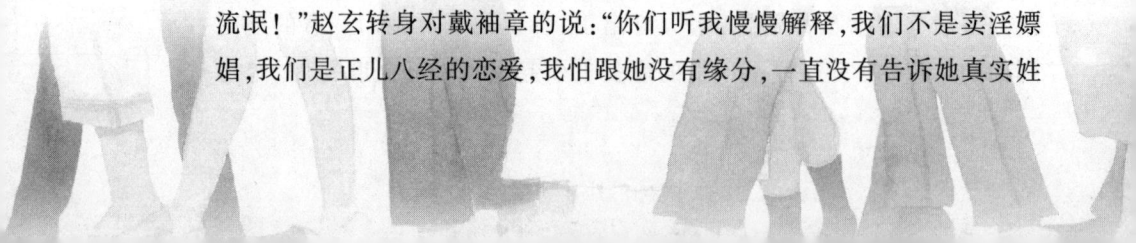

名。"戴袖章的说："听着,你有权保持沉默。但我告诉你,根据我们邝州公安部门的规定,只要有下列两种情况,就视为卖淫嫖娼。一、抓获时双方都光着身子;二、男女双方只要有一方不能说出另一方的真实姓名。你说这两条你们哪一条不符?"戴袖章的命令手下把赵玄往外拖。赵玄一边挣扎一边说："我好不容易找到我的缘分,找到永恒的爱情,却被你们说成嫖娼。"他掉头看于娜,于娜的眼睛充满了仇恨。

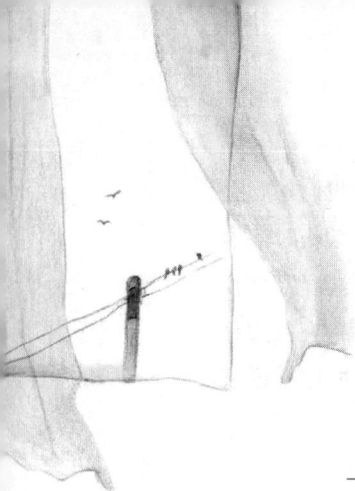

仪　式

滕
刚
情
爱
小
说

166

要你们只做个仪式,你们
怎么能当真呢?

　　天没亮,父亲就从乡下打来电话,告诉我母亲去世
了。父亲问我能不能今天就结婚。我说大概不行,我跟
向梅谈了还不到半年,还没有正式谈过结婚的事,何
况在这个时候,时间又这么急。父亲说,这是你妈的
遗嘱,你也应该尽一回孝心了。你妈也是为你着想。
你不趁这时候结婚,你三年之后才可以结婚。三年之
后你多大了?你跟人家说一下,请她帮个忙,很简单,只
做个仪式。我答应父亲去做向梅的工作,成与不成都回
个电话。

　　我到向梅家的时候,天已经亮了。听我说明来意,
向梅哭了。后来向梅的母亲也哭了。向梅的父亲穿着囚
服一样的睡衣双手反剪在背后在客厅里来回踱步。很
显然,他们是为难的。他们当然不愿意向梅在这个时候
用这种方式跟我结婚。但是这个时候不跟我结婚,要到
三年之后才能结婚。何况向梅早已跟我同居了。我说:
"我不为难你们,事情就是这样。这是我母亲的遗嘱,我
做儿子的不能不尽孝心。我母亲人很好,从不对别人提

要求,所以我想请你们帮个忙。"向梅和她的母亲还是哭。向梅的父亲突然提高嗓门说:"你们不要光是哭,人家小张在等你们回话。"他转身问向梅想不想嫁给我,向梅点点头,放声大哭。她父亲说:"你既然肯定嫁给他,就应该跟人家回去尽这个孝心。我们城里不这么做,但你既然想嫁给人家,就应该按人家的规矩办。"向梅拿了一身换洗衣服和一支口红,就跟我走了。

在车站,我给父亲打了电话。听声音父亲很高兴,他让我顺便从车站带一挂一万响的鞭炮回去。我们乘的是上午9点钟的公共汽车。省城离乡下200多公里,我们要坐7个小时的公共汽车。我对向梅说,感谢你帮了我这个忙,让我尽了孝心,这样对谁都有交代。我说,如果你不答应,我还真不知道怎么办。向梅搂着我说她怕。我问她怕什么。她说不知道。我说你见了我妈就知道了,她一点儿都不让人怕。我估摸她一定是怕在死人身边举行婚礼。我告诉她,仪式很简单,我见过,我们那儿这种情况下结婚的很多。我说在病人没死前结婚,叫冲喜。人死后结婚,那叫孝里冲。向梅双手冰凉冰凉的,身上却滚烫滚烫的。我紧紧搂着向梅,想,世界上的事真是说不清,如果不是我妈死,我和向梅也许不会成为夫妻。我安慰向梅说,三年之后,我带你去新马泰遛一圈,算是补办婚礼。我一再叮嘱她,你马上就是张家的儿媳了,言谈举止都要入乡随俗。

我们到龙沙村的时候,天已经黑了。站在村外马路上等我们的大舅,吩咐他孙子拿了鞭炮回去报信。一会儿工夫,就响起了鞭炮声。

我和向梅进了屋子。母亲头朝南脚朝北躺在堂屋正中的门板上,身上穿着她生前出门才穿的花布棉袄,那是我在省城给她买的。靠窗的木架上停着一口漆黑的棺材,屋梁上挂着一只1000瓦的大灯泡,东房间的门上贴着红双喜,那一定是我的新房了。听到母亲的死讯,我就一直克制着自己。但是看到母亲,看到母亲慈祥的遗容,我还是忍不住失声痛哭。向梅也哭起来,然后周围的人都哭了起来。后来,我和向梅被人扶起来,让我们向母亲鞠躬,向父亲鞠躬,外面就响起了鞭炮声,然后我们就被关进了洞房。起先乐手们还在奏乐,乐手们一停,外面就很安静了,偶尔只听到守灵人克制的咳嗽声。

我们坐在床上,保持着一拳之隔的距离,不敢发出一点儿声音。大约

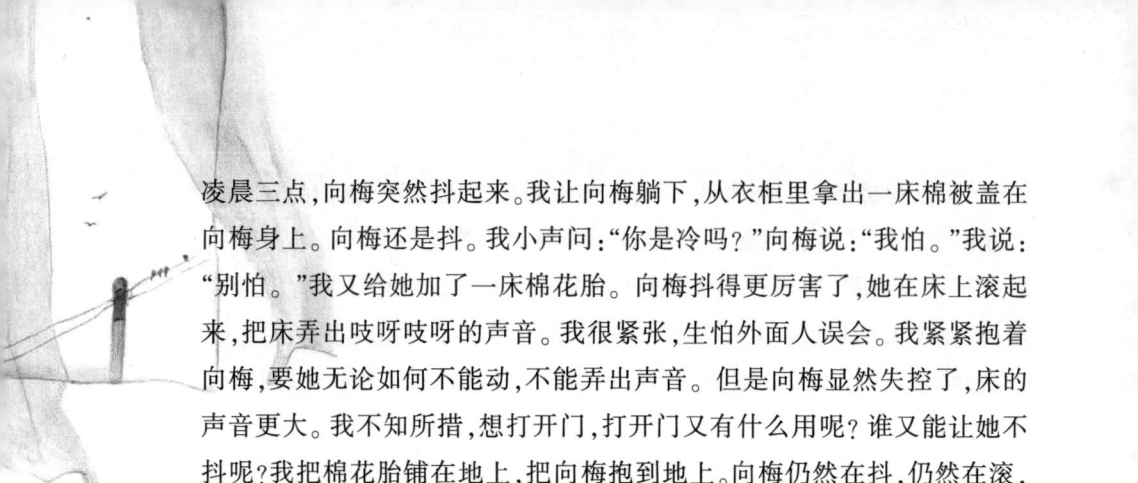

凌晨三点,向梅突然抖起来。我让向梅躺下,从衣柜里拿出一床棉被盖在向梅身上。向梅还是抖。我小声问:"你是冷吗?"向梅说:"我怕。"我说:"别怕。"我又给她加了一床棉花胎。向梅抖得更厉害了,她在床上滚起来,把床弄出吱呀吱呀的声音。我很紧张,生怕外面人误会。我紧紧抱着向梅,要她无论如何不能动,不能弄出声音。但是向梅显然失控了,床的声音更大。我不知所措,想打开门,打开门又有什么用呢?谁又能让她不抖呢?我把棉花胎铺在地上,把向梅抱到地上。向梅仍然在抖,仍然在滚,向梅牙齿的磕碰声在夜空中回响。直到天亮,向梅才不动了。

早晨我走出房门,发现父亲、舅舅脸上气色不对。吃完早饭,我问舅舅上午怎么安排。他说等会儿送你妈妈下田。他说:"你们就不要去了。"我问为什么。他说:"你还问人为什么?你们现在的年轻人太不像话了,太过分了,你们夜里干的事大家都听见了。要你们只做个仪式,你们怎么能当真呢?你妈妈尸骨未寒,你们居然在一墙之隔做这样的事,你这样的不孝子是不能送你妈妈下田的。"我说:"你们误会了,她怕,她抖。"舅舅说:"你不要辩了。等出田回来,我们再看看拿你怎么说。"

早 锻

异乡人刚站起身,看见梅湘亭摇着膀子走进来,梅湘亭惊讶道:"你怎么在这里?"

异乡人醒来时天还没有亮,他翻来覆去睡不着,决定上街去锻炼。

异乡人向西走了一公里,没有发现早锻的人群。他问路边一个扫地的女子:"请问小姐,你们这里的人在哪里早锻?"

女子挥手向南说:"向南走,过两个红绿灯就到。"

异乡人向南走,过了两个红绿灯,没有发现早锻的人,他打算继续向南走,发现路东那条小街上亮着十几个灯箱,仔细一看,是发廊,再仔细看,发廊的门都开着,异乡人从没见过发廊在凌晨营业,觉得又奇怪又新鲜,正准备过去看个究竟,一个老头挂着拐杖从马路对面走过来,异乡人走过去说:"请问老先生……"

"谁是老先生?老先生是谁?"老人气愤地说。

异乡人说:"对不起,对不起,请问先生,你们这里的人在哪里早锻?"

老人说:"跟我走。"

异乡人跟老人走进巷口的那家发廊,看见几个老头躺在靠墙的按摩床上，几个小姐正在给他们敲背，化妆架上的录音机正在播放运动员进行曲，一个穿红色吊带衫的小姐迎上来对老人说："帅哥，你今天来迟了，再迟就没有床啦。"

老人说："不迟，不迟。"老人把拐杖挂在化妆架上，把双手向空中举起，小姐帮他脱去外套，把他扶到床上躺下。老人握住小姐的手，对异乡人说："年轻人，到这边坐。"

异乡人在老人右侧的一张椅子上坐下。

小姐一边按摩老人的手臂，一边问："他是谁？"

老人说："是异乡人，我说得没错吧？"

异乡人说："是的。"

老人说："你刚才问我，我们这里的人在哪里早锻，我告诉你，年轻人在湖边，在体育场，我们老头子呢，在这里早锻。"

异乡人惊讶道："为什么在发廊早锻呢？在发廊怎么早锻呢？"

老人说："你知道男人什么时候最痛苦吗？

异乡人说："不知道。"

老人说："你当然不知道，你还没有老，你还没有退休。我儿子见我整天坐卧不安，对我说，我们每月给你那么多钱，你不愁吃不愁穿，还想怎么样呢？我想怎么样？我想女人！想做爱！这世界最残忍的，就是以为老人老了就没有接触异性的欲望了，你稍微表达一点儿这方面的欲望，他们就说你老作怪，噢，你们年轻人喜欢女人不叫作怪，我们老年人就叫作怪？你们是人？我们不是人？你们是男人，我们不是男人？这真是天大的误会。我告诉你，人越老，这方面的欲望越强烈。我们年龄虽然大了些，但我们的身体并没有老，我们的心并没有老，我们的欲望并没有老。男人最大的痛苦就是莫名其妙地被剥夺了性爱的权利。"

旁边床上的那个人说："才开放，我就老了。"

异乡人说："我还是不明白。"

老人说："退休前你在单位，你起码可以跟女同事聊聊天，你起码可以在网上看看麦当娜的裸照，你起码可以以陪客户为由到发廊到休闲中心敲敲背。退休在家，除了吃药、发呆、看花、等死，什么都干不了。为什么整天腰酸背痛？为什么悲观厌世？为什么天天锻炼，却天天生病？因为不快乐,因为压抑。自从来这里早锻,我就从没生过病,为什么?因为心情好了,血液流动了,心跳加速了,热爱生活了,早晨敲个背,全天有精神。我们没有其他意思,我们只是敲敲背。你们年轻人整天纵情声色,我们敲敲背总可以吧?"

异乡人说:"你们为什么不在白天、晚上来发廊,一定要在凌晨来发廊呢?"

老人说:"这是我们和年青女子接触的惟一机会。晚上当然不行。晚上出门,你出去干什么?你有什么借口出去?你能告诉家人你到发廊敲背吗?白天也不行。白天那么多人,别人看见了,说我们老作怪,传出去不好听,而且我们自己也会感到羞愧、心虚。"

异乡人说:"噢,是这样的。"

老人说:"白天晚上价格也贵,我们没有那么多钱,选择大清早,我们是打了个时间差,小姐们的收入也有了个增长点。"

异乡人说:"噢,是这样的。"

老人说:"最重要的,是这个时间,我们告诉家里人出来早锻,家里人很支持,谁会想到我们一大早到发廊敲背呢?"

异乡人说:"是这样的。"

异乡人刚站起身,看见梅湘亭摇着膀子走进来,梅湘亭惊讶道:"你怎么在这里?"

异乡人说:"早锻。"

秘
密
情
节

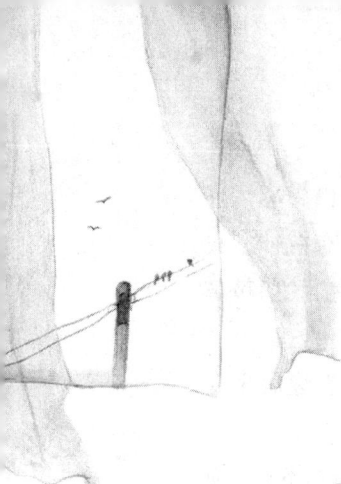

预 言

滕
刚
情
爱
小
说

172

在杰罗姆父母的强烈要求下,杰罗姆被关进了克尔萨斯第一监狱。

1856 年 7 月 18 日,杰罗姆在阿尔卑斯山北部城市克尔萨斯的一个犹太人家庭呱呱坠地。接生婆在暖房为杰罗姆洗了澡,把他抱到客厅的摇篮里。在众人虔诚的目光中,犯罪学家图沃里手执放大镜,仔细研究婴儿身体的每个部位,最后若有所思地说:"是个强奸犯。"

在场的人异口同声地"啊"了一声。

婴儿的父亲小声问:"为什么是强奸犯呢?"

图沃里用放大镜指着杰罗姆说:"你们看,他的枕骨中部有个凹陷处,它的位置和原始人类、低等动物一样,是返祖遗传。你们看他巨大的颌骨,高耸的颧骨,极大的眼窝,单线的掌纹,无柄的耳朵,这些都是强奸犯共有的生理特征。"

杰罗姆的父亲又问:"我们怎么预防呢?"

图沃里说:"第一,你们尽可能不要让他吃肉,更不能让他生食肉类。低等动物之所以凶残、好斗、性欲强,跟他们食肉有关。一般来说,强奸犯的性欲比常人强,

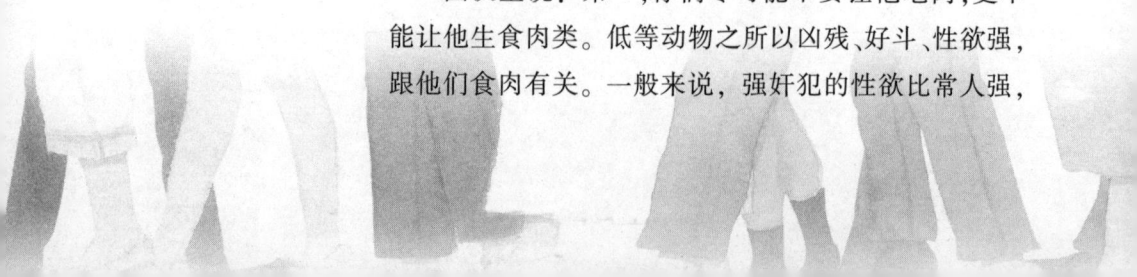

但你不让他吃肉,他的性欲就会大大降低。第二,不能让他跟女性接触,不要让他了解性,不要让他看到女性身体的隐秘部位,不要刺激他,要让他知道性是可耻的、不能见人的、是罪恶的。第三,一旦发现他有强奸的先兆,立即对他进行隔离,或者把他关起来,以免使无辜的女性受到伤害。

送走图沃里,一家人围着摇篮发呆,他们想不到生了个强奸犯。如果是小偷、杀人犯什么的也就算了。强奸犯,多少让人有些尴尬,有些不好意思。

早在1830年,克尔萨斯人就有了这样的习惯,在孩子出生这天,请犯罪学家图沃里来看相,看看他们的孩子将来是不是罪犯,是什么样的罪犯。克尔萨斯人对图沃里笃信不疑,他的预言从来都是正确的。图沃里曾经是克尔萨斯第一监狱的狱医,经过几十年的观察和对几百具罪犯尸体的解剖,他发现罪犯是天生的,是返祖遗传。他的天生犯罪论,得到大家的公认。既然犯罪是天生的,及早发现,及早预防,就是减少犯罪的惟一途径了,所以在克尔萨斯形成了这样的习俗。

杰罗姆的父母对杰罗姆采取了种种预防措施。为了不让杰罗姆接触母亲的身体和乳房,他们不让杰罗姆喝奶,他们连牛奶都不让杰罗姆喝,因为牛奶是动物奶。他们不让杰罗姆吃肉,他们只给杰罗姆喝果汁,只给他吃素菜。这样杰罗姆虽比同龄人瘦小、虚弱,但是他的父母放心多了,没有强壮的身体,看他拿什么去强奸妇女?杰罗姆全家人理一样的发型,穿一色的衣服,连内衣内裤都是一色的。杰罗姆的母亲和姐姐用纱布把胸部扎得跟男人一样平坦,在他们家里看不出男女的差别。他们不让杰罗姆接触任何与性与女性有关的文字和图片。不让杰罗姆看到母亲和姐姐身体的隐秘部位,不让杰罗姆和女性接触。只要杰罗姆上街,他母亲就跟着他看着他,一旦看到路上有男女亲热,母亲就让他把眼睛闭起来,就骂这些人流氓。在全家人的努力下,杰罗姆一直规规矩矩地生活,直到30岁都没有强奸妇女。他的父母多么的高兴。杰罗姆至今没有作案,说明对天生的罪犯预防还是有用的,有人甚至怀疑图沃里的预言是否正确,更多的人认为杰罗姆强奸妇女是迟早的事。人们拭目以待。

杰罗姆是在30岁生日那天决定铤而走险的。他不是去强奸女

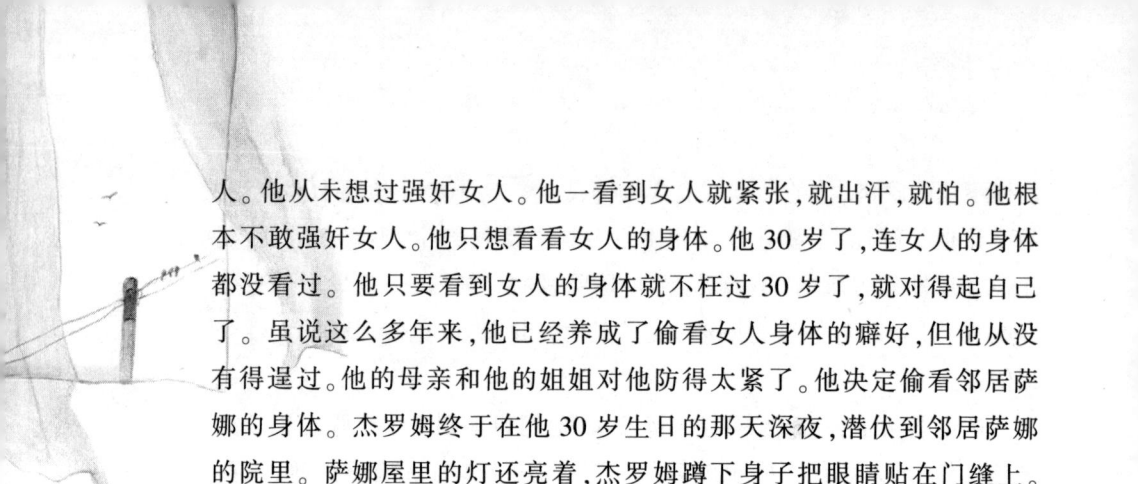

人。他从未想过强奸女人。他一看到女人就紧张，就出汗，就怕。他根本不敢强奸女人。他只想看看女人的身体。他30岁了，连女人的身体都没看过。他只要看到女人的身体就不枉过30岁了，就对得起自己了。虽说这么多年来，他已经养成了偷看女人身体的癖好，但他从没有得逞过。他的母亲和他的姐姐对他防得太紧了。他决定偷看邻居萨娜的身体。杰罗姆终于在他30岁生日的那天深夜，潜伏到邻居萨娜的院里。萨娜屋里的灯还亮着，杰罗姆蹲下身子把眼睛贴在门缝上。萨娜正赤身裸体地站在木盆里洗澡。杰罗姆第一次看到女人的身体，又惊又喜又愧又抖。一阵狂风吹开屋门，萨娜看见站在月光下的杰罗姆，惊叫起来。杰罗姆吓得瘫在地上。

在杰罗姆父母的强烈要求下，杰罗姆被关进了克尔萨斯第一监狱。这一强奸未遂事件再一次证明图沃里的预言是对的。杰罗姆天生是个强奸犯。

七 月 流 火

姐姐把嘴贴在他耳边小声说："先把你救活，再跟你算账。"

7月中旬，张三头又疼了。以往他只要到洗头房洗个头做个头部按摩，头就不疼了。这回他不能去洗头房了，他的母亲刚刚去世，他这个时候去洗头房，别人看见了会误解的。但是不去洗头房洗头，头疼又好不了，他没有其他办法，只好来到50公里外的鄮城。

张三刚走出鄮城车站，一个穿黄色背心的车夫推着三轮车迎上来说："老板，送一送？"

张三跨上车，坐下，说："给我找家洗头房。"

车夫瞄了一眼张三的左臂，说："我们这里到处是洗头房，不知老板要什么样的洗头房？"

张三说："僻一点儿，越僻越好。"

车夫说："我懂了。"

车夫一边踏车一边说："老板从哪里来？"

张三没有答腔，他望着左臂上的孝愣了会儿，取下别针，从口袋里掏出不锈钢名片盒，把别针放进去，然后把孝褪下，叠好，放进左边的裤袋。

三轮车穿过三条小巷，在一片杂草丛生的空地上停下。车夫跳下车，指着河边那座小屋说："就是这家，够僻吧？"张三下了车，看了看那座小屋，又把周围看了看，从口袋里掏出 5 块钱递给车夫。车夫接过钱，瞄了一眼张三的左臂。

张三走到小屋门口，跟坐在门口嗑瓜子的小姐点了一下头，掀开门帘，走了进去。一个穿红色吊带衫的小姐迎上来说："老板，洗头？还是按摩？"张三说："洗头。"

张三刚在靠窗的椅上坐下，一个高个子男人掀开门帘走进来，径直走进里面的房间，坐在墙角的那个女子跟着走进去，"嘭"的关上门。

小姐给张三系好围裙，从台子上拿过一瓶洗发精。

张三说："不用洗发精，不用洗发精。"

小姐说："不用洗发精？不用洗发精怎么洗头？"

张三说："不用洗发精，一用洗发精他们就知道我去过洗头房了，你只要给我做个头部按摩，用水把头洗一下就行了。"

小姐把洗发精放上台子，双手按住张三的太阳穴说："听口音，老板不是本地人。"

张三说："是邛州人。"

小姐说："是邛州人，怪不得口音这么熟，到这边做生意？"

张三说："不做生意，我是专程到这边来洗头的。"

小姐说："到这边来洗头？你专门到鄞城来洗头？"小姐把嘴贴到张三耳边小声说："我知道你来干什么了。"

张三说："是洗头的，是洗头的。我头疼，不知什么原因，我这个头疼只有你们这种按摩才能治好，吃什么药都没用。"

小姐说："你骗人，洗头，你们那边没有洗头房？"

张三说："有洗头房，怎么会没有洗头房，可我不能在那边洗，我的母亲刚刚去世，我这时候去洗头房洗头，别人看见了会怎么想。"

小姐笑道："你这人真幽默。"

里面突然传来女人的尖叫声。

张三说："干什么？"

小姐说："干什么？你说干什么？"小姐又把嘴贴到张三的耳朵上说："进去按摩吧？吹拉弹唱，随便你。"

张三说："我不按摩，我肯定不按摩。"张三从裤袋里掏出孝在小姐面前晃了晃说："我的确是因为头疼,因为母亲去世,怕别人误解,才到这边来洗头的。"

小姐说："这里又没人认识你。"

张三把孝放进右边的裤袋说："不行,不行,没人认识也不行,我只洗头。"

小姐说："你说你母亲去世,我相信。你说你头疼只有洗头才能洗好,你哄鬼啊。"

张三说："这就是我最大的痛苦。我这个头疼的确只有洗头,做头部按摩才能治好,我也不知道为什么。我从来没有对人说过,说了也没人相信。现在我母亲去世,我更不能说我是为了治头疼才洗头的,没人相信的。"

小姐说："我知道你在讲故事,我知道你怕什么。"

张三说："我怕什么?"

小姐说："你怕不安全。"

张三说："不是。"

小姐说："你放心,我们有人在门口放哨,看见公安来了,喊一声'长江',里面的人3秒钟就收拾干净了。"

张三说："公安来过吗?"

小姐说："来过一次,但里面的人早收拾干净了,抓谁啊?"

张三说："你快点儿按吧。"

小姐说："你怕什么,你又没那个。"

张三说："要是平时,我不怕,我怕什么?但这次我却怕,他们要是来了,一定会查我的身份证,问我来干什么的,我怎么说?我说不清的,我说不清麻烦就来了,事情就闹大了,你还是快点儿按吧。"

张三话音刚落,外面有人喊："长江!"张三一惊,站起来,来不及解围裙就爬上窗台。小姐说："你干什么?"张三跳下窗台,向西奔去。

张三奔到马路边,掉头看见几个公安追了上来,转身向马路对面奔去。一辆沙石车突然从西面开过来,张三躲闪不及,被撞倒在路边。

张三醒来的时候,发现自己躺在医院的床上,他的家人都戴着孝站在床边,他的姐姐正用棉签擦他的嘴唇。他想用手解开围裙,但他不知道自己的手在哪里。他想说话说不出来。姐姐把嘴贴在他耳边小声说："先把你救活,再跟你算账。"

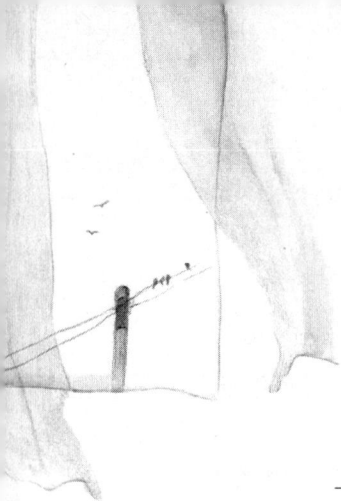

往 事 一 页

随着年龄的增大,有两件事对我越来越重要。

滕刚情爱小说

在本书的最后一页,作者要我写几句话。正像读者们所期待的(我知道作者本人也有这样的意思),我想说说我为什么会嫁给余子页。这是多年来人们一直问我的问题,也是媒体炒作的焦点。既然本书是对我艺术人生的一次总结,陈述这段往事,也许有助于读者更加完整地了解我的艺术人生。

我的一切与我的童年有关。

我5岁的时候,父母就开始教我学越剧了。父亲和母亲都是当时的越剧名角。他们在一个剧团,演同一出戏——红楼梦。父亲演贾宝玉,母亲演林黛玉。父亲的拿手曲目是《哭林》,母亲的保留曲目是《黛玉葬花》。他们都被誉为"伟大的悲剧明星"。我不知道我们家庭的悲剧跟他们演悲剧是否有关,但我最早讨厌越剧肯定跟他们演悲剧有关。他们无论在舞台上表演还是在家里练唱,总是哭哭啼啼,痛不欲生的,让人很压抑。一听他们唱《哭林》或《黛玉葬花》,我身上就发冷。所以他们让我学越剧的时候,我死活不肯。我说我不唱哭的戏,我

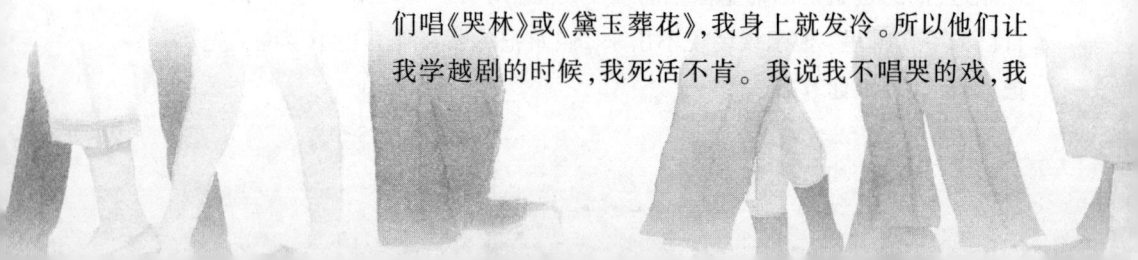

不想哭。他们告诉我，这不是哭，这是悲剧。他们说那是假哭不是真哭，是戏中人哭，不是自己哭。他们说演悲剧容易走红。我听不懂他们的话。他们费了不少口舌，我甚至挨了几顿揍。

唱《黛玉葬花》不难，我的天赋很好，大家都这么说。难的是哭，我哭不出来。母亲说，一定要哭，一定要流泪，演悲剧不哭怎么行呢？他们当初对我说是假哭，但他们真正教我的时候，却要我真哭，要发自内心地哭。母亲说，名演员和普通演员的区别就在于前者真哭，后者假哭。我真佩服母亲。她一张口就哭，就泣不成声，就泪流满面。我怎么也哭不出来。我几次想像狼来吃我了，倒是哭了几次，但母亲说那不是黛玉的哭，是小孩子的哭。我自己也觉得那样的哭很难听。母亲就给我说戏。我听不懂母亲的话。母亲一边说一边流泪。终于有一天我在母亲说到一半的时候，忽然泪如雨下，哭得全身抽搐。母亲抱住我说："乖乖，就是这样的哭，这就是黛玉的哭。"从此，我唱《黛玉葬花》张口就哭，张口就泣不成声。我的天赋很好，天生会哭，天生会演悲剧，他们都这么说。

我对母亲无话不说，有件事我却一直没告诉母亲，也没告诉任何人。自从我学会林黛玉式的哭，我发现我每天不哭一场，身体就很难受。哭泣已经成为我每天的生理需要。有时我真怕，如果有一天我不能哭，我会死去的。

我21岁那年，父母离了婚。父亲跟他们团那个演"宝钗"的女人去了澳洲。我还记得那天晚上母亲抱着我痛不欲生的情景。我无能为力。我知道父亲为什么离开她。他们每次吵架，父亲都数落母亲。父亲说母亲跟林黛玉一样，多愁善感，哭哭啼啼，让他压抑，让他感到很累。母亲真的是这样的。我知道这都是母亲演林黛玉演的，这难道是一个悲剧明星应该付出的代价吗？母亲在父亲离开后半年，就病故了。父亲则在母亲死后的第二年，死于一次海难。恰恰在那两年，我的演艺事业如日中天。我成了人们所说的，"我们这个时代最伟大的悲剧明星"。

随着年龄的增大，有两件事对我越来越重要。一个是我前面讲的，我奇特的生理需要。我每天必须大哭一场，否则我的身体很难受。大概是年龄的原因，我越来越不容易哭了。这不仅使我的身体常常处在极度的痛苦之中，我的表演也有了潜在的危机。我已经害怕上台，因为我知道，如

秘
密
情
节

果有一天我在台上哭不出来，我的艺术生命也就结束了。另一件事就是我的情感生活。追求我的异性很多，我知道我天生丽质，我知道我有一般女人不具备的悲剧气质，这是很多男人疯狂追求我的原因。漂亮女人多的是，而林黛玉式的女人却罕见。但我对同年男人不感兴趣。尽管他们有的人条件相当优秀，我跟他们在一起却没有一点儿感觉。他们年轻、强壮、幽默、性感，但他们肤浅，他们身上缺少那种震撼人心的力量，他们不可能让我哭。我怎么能嫁给一个不能让我哭的男人呢？

　　1993 年 7 月 18 日，我永远记得这个日子。那天我和同事去 S 大学玩，那里的阶梯教室正在举办一个讲座。我走进阶梯教室，看见了那个老人，那个考古学家，那个叫余子页的教授。他仿佛从远古走来，他的每一句话都像历史的回音。我一边听他演讲，一边情不自禁地流泪。不知为什么，到现在都不知道为什么，以后我一看到他，就想流泪。他是这个世界上惟一能让我流泪的男人。因为他能让我流泪，我爱上了他。尽管他大我 30 岁，尽管会招来别人的非议，但我需要他。我对余教授无话不说，但这件事却一直没告诉他。现在我说出这段真情，我想九泉之下的余教授会原谅我的。

梅莎语录

我终于找到了真正的
爱情！我死也瞑目了。

1971年4月6日梅莎同画家马厩结婚，当晚她在写给女友欧阳静的信中说："我太幸福了，我终于找到了真正的爱情！"

1974年7月6日梅莎同医生吴子介从哈尔滨度蜜月回来后，对欧阳静说："我相信，我这一次终于找到了真正的爱情！"

1980年8月6日梅莎同歌星刁德一在希都饭店举行了隆重的婚礼。梅莎把欧阳静送到门口时握着欧阳静的手说："我坚信，我这一次终于找到了真正的爱情！"

1985年1月6日梅莎同歌星刁德一复婚，中午她打电话给欧阳静时说："无论如何，这一次，这一次我是找到了真正的爱情！"

秘
密
情
节

1986 年 1 月 6 日梅莎同剧作家沙蒙在瓜洲举行婚礼仪式后，抱着欧阳静说："我幸福，我终于找到了真正的爱情！"

1990 年 11 月 6 日梅莎把她和律师李乔亚订婚的消息告诉欧阳静说："我这一次终于找到了真正的爱情！我们不可能分离，我们爱得太深了！"

1993 年 6 月 26 日梅莎同木匠陈唉声结婚，其时梅莎身患绝症，她紧握着欧阳静的手说："我终于找到了真正的爱情！我死也瞑目了。"

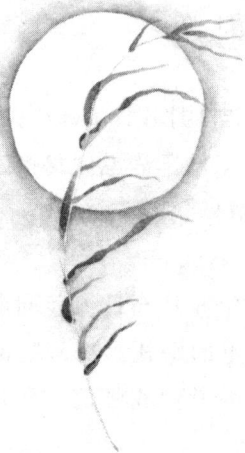

百花凋零

马克仿佛从梦中醒来，说："跳舞，请女生跳舞。"

百花凋零，如今我已到了不惑之年。

遥想二十多年前，语文老师给我们念杨菊花的作文。杨菊花人长得漂亮，爸爸又是供销社主任，所以每次作文评讲课，语文老师总是念杨菊花的作文给我们听。杨菊花不论写什么作文，开头第一句都是"百花凋零"，所以每次语文老师捧着杨菊花的作文本一张口，我们全班同学就会齐声喊道——"百花凋零"，然后就哄堂大笑，语文老师和杨菊花也跟着笑。后来百花凋零成了我们班的口头禅，毕业二十多年了，我们五班的同学无论写信，还是见面打电话，第一句话都是百花凋零，就像部队的接头暗号。

王亮是我们五班成绩最差的，所以他后来发了财做了大老板。和所有暴发户一样，王亮经常请人喝酒，也经常做些异想天开的事。有一天我们在一起喝酒，又谈到杨菊花，谈到那些女同学。王亮突然说："我们把五班的同学拉到邛州来搞一次聚会，怎么样？"我知道他又发神经了。我说："不可能。"他说："怎么不可能，不就是银子吗？"我说："不是银子,那么多人,都在天南海北,那些女生我们甚至不知道她们在哪里,怎么召集？"他说："这有什么难的,我从公司调几个人出来,成立一个联络处,还怕找不到人？"

第二天王亮真的组建了一个联络处,还封我做了联络处处长。真是有钱能使鬼推磨,不到一个月,除了已经自杀的徐小明,其余同学,包括十一个女生,都联系上了。

聚会的那天下午,王亮率领先期赶到的男生去火车站接女生,我和马克留在酒店的多功能厅布置会场。杨菊花昨天打电话来,说女生都已经到了她那里,她们将在同一时刻抵达邛州。想到火车站可能出现的激动人心的场面我身上不断起鸡皮疙瘩。

我用白色 KT 板把"百花凋零"四个大字刻好,就站上凳子把字往红色平绒幕布上粘。马克像个指挥官,在台下高一声低一声地喊,我怎么放他都说歪了歪了。他说："你是不是心不在焉了？"我说："你才心不在焉。"

我的确有点儿心不在焉。虽说如今这个年代,男人玩女人就像杀鸡那样容易,但是想到那些女同学,我还是有些莫名其妙的激动。我们五班当初被称为美女班,十一个女生个个生得鲜艳可口,大概因为生得漂亮,毕业后都嫁到外地去了,二十多年不见,她们是否像当年那样美丽动人？

我刚把字粘好,就听见门外有人喊："皇后驾到！"我听出是赵锋的声音,知道他们已经到了,我心一下提到嗓子眼儿。我跳下舞台,和鱼贯而入的女生握手。尽管我大呼小叫的,但我是装的,我身上不断起鸡皮疙瘩。这些女生,这些令我魂萦梦绕的女同学,太令我失望了,因为她们是我的同学,我不忍心也不能用任何贬损她们的词形容她们,我只能告诉你们,百花凋零,百花真的凋零了。现场的气氛跟央视春节晚会现场观众的喝彩声一样热烈而不真实。我知道其他男生跟我一样失望,这瞒不过我。王亮进来后就一直坐在墙角把头埋在裤裆里打手机,他一旦对某件事不感兴趣就打手机,我知道他有这样的毛病,我知道他在给谁打电话。

大家坐定后,主持人马克提议大家先作自我介绍,他说："女士优先,女士优先,杨菊花先来。"

杨菊花在热烈的掌声中走向舞台。昔日苗条的杨菊花如今已经成了个油桶,每走一步都气喘吁吁的。

杨菊花刚拿起话筒，我们就齐声喊道："百花凋零。"然后就全堂哄笑，杨菊花也笑。

杨菊花说："百花凋零。杨菊花，离婚，膝下有一小女，现单身，居南京。"

我们鼓掌，拍桌子，吹口哨。我们想不到杨菊花会这样自我介绍，太幽默了，太精彩了。

第二个上去的是毛小蓉。

毛小蓉说："百花凋零，毛小蓉，刚离婚，膝下有一小女，现单身，居徐州。"

我们愣了一下，鼓掌，拍桌子。我想，怎么又一个离婚的？

第三个上去的是赵晓娜。

赵晓娜说："百花凋零。赵晓娜，离婚，膝下有一小女，现单身，居德州。"

我们愣住了，这回我们真的愣住了，没有鼓掌。

不可思议的是，接下来的八个女生，自我介绍都是离婚，单身，膝下有一小女。当最后一个女生马莉走下舞台时，全场出现了五分钟的冷场。

马克仿佛从梦中醒来，说："跳舞，请女生跳舞。"

音乐响起。

灯光渐暗。

只有一束灯光打在背景幕布上，打在百花凋零四个大字上。

王亮仍坐在墙角把头埋在裤裆里打手机。

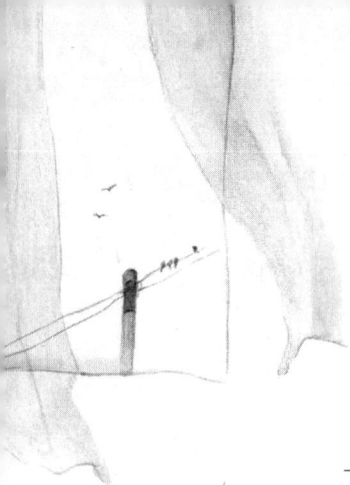

虚拟现实

滕刚情爱小说

智者说,战争。
趁着战争杀你想杀
的人。

1457 年 7 月 18 日晚,卡文在昆德拉夜总会邀请一个他已经盯了两个小时的女人跳舞,遭到那女人的拒绝。随后一个叫做比昂松的男人邀请那女人跳舞,那女人十分夸张地扑进比昂松的怀抱。事情如果到此为止也就算了。比昂松搂着那女人围着舞池翩翩起舞时,居然连续三次在卡文面前摆出谢幕的姿势,引起全场哄笑。就凭这一点,卡文决定把比昂松干掉。

卡文跟踪比昂松半年,没有下手。不是没有机会。世界上没有比杀人更容易的事了。卡文觉得为比昂松这样的人掉脑袋不值得,他要找到两全其美的办法。卡文害怕出现两种局面:卡文把比昂松杀了,把夜总会的仇报了,他自己被警方抓获,然后被当众杀了。另一种结局是,卡文把比昂松杀了,警方一直未发现他,但他终日或者永远生活在恐惧之中。卡文不愿看到这两种局面。

卡文问一位智者,用什么方法杀人,法律不追究,警察永远不会抓。

智者说,战争。趁着战争杀你想杀的人。

卡文只有等待战争。

卡文终于盼来了战争。1458 年 2 月,比昂松的国家和卡文的国家发生了战争。国王宣布国家进入紧急状态,并号召所有退役军人参战。卡文不是退役军人,但他要求作为一个志愿者参战。卡文流着泪说,为了祖国,我愿粉身碎骨。卡文的精神感染了前线的将士,卡文终于拿到了枪。

在军队的训练营里,卡文很快学会了杀人的本领。

卡文跟随部队攻陷敌人一座又一座城市。

1458 年 7 月 18 日傍晚,卡文所在的部队终于包围了克尔萨斯镇。比昂松一家就住在克尔萨斯镇教堂后面的幼稚园里,这个地点,早在战争前卡文就摸清了。作为先头部队的小头目,卡文要求执行侦察任务。卡文只身一人潜入克尔萨斯镇。回到营地,卡文向上级报告,发现敌人两座架着小型钢炮的据点。上级命令他把这两个据点炸掉。卡文深夜潜入克尔萨斯镇,把一包炸药放在敌人的一座据点,把另一包炸药放在比昂松家的屋顶上。卡文在克尔萨斯的城墙边引爆了炸药。

邻居们安葬了比昂松全家。在比昂松的墓碑上刻着比昂松的生平。关于比昂松的死亡时间和死亡原因,这样写道:1458 年 7 月 18 日夜死于多朗戈战争。

卡文戴着勋章回到家乡,受到家乡人民的夹道欢迎。

卡文在夜总会又盯上了那个女人。他再次邀请那个女人跳舞。那女人看了一眼他胸前的勋章,十分夸张地投入他的怀抱。

秘密情节

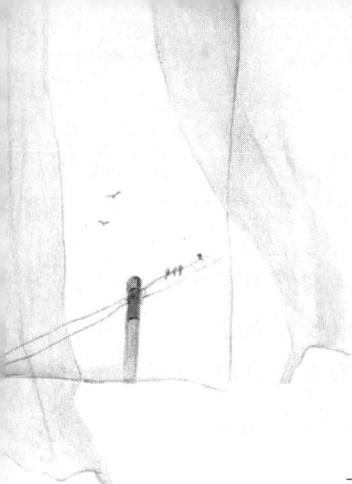

历 史 背 景

滕
刚
情
爱
小
说

188

国王说："没问题，你要我干什么，我就干什么。"

你一定听说过多朗戈战争。那场发生在克尔萨斯和梅地亚那的战争持续了七年零六个月。

根据当时的历史记载，在这场战争中，克尔萨斯国死亡 21870 人，重伤 1743 人，轻伤 3456 人，失踪 3262 人，23370 人流离失所，2540 座村庄被毁，毁灭森林 60 公顷，127 座古文化遗址被毁，牲畜伤亡 50 头，19870 个妇女成为寡妇，7460 个儿童进了孤儿院。

梅地亚那国同样损失惨重。梅地亚那在这场战争中，死亡 19860 人，重伤 2950 人，轻伤 4365 人，失踪 2460 人，2460 人流离失所，3700 座村庄被毁，毁灭森林 1590 公顷，110 座古文化遗址被毁，牲畜伤亡 2580 头，15750 个妇女成为寡妇，7250 个儿童进了孤儿院。

提起这场战争，克尔萨斯人和梅地亚那人更多的是骄傲。再大的伤亡和再多的苦难都是值得的，因为他们都用血和生命粉碎了敌人的阴谋，捍卫了国家的领土。在这场战争中，出现了许多英雄，产生了许多精彩的故事，多朗戈战争一直是 19 世纪电影、小说

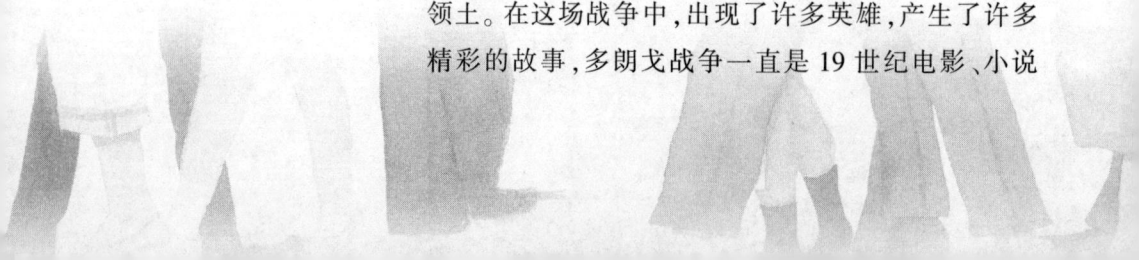

最热门的题材。你一定听说过多朗戈战争中惊心动魄的故事,但你一定不知道或者没有听说过这场战争爆发的历史背景。

这个鲜为人知的历史背景是最近才被发现的。

1458 年 7 月 16 日晚,克尔萨斯国王的私人医生玛丽亚娜终于用自己的身体治愈了国王持续了近三年的阳痿。国王在玛丽亚娜身上大展雄风后,十分激动,他对玛丽亚娜说:"你说吧,我拿什么报答你,黄金,宫殿,封后,你要什么我给你什么。"玛丽亚娜说:"你能在三天之内向梅地亚那发动战争吗?"国王愣了一下,说:"为什么要我发动战争呢?"玛丽亚娜说:"战争好玩,人家想看打仗嘛,人家想看看你有多大能耐嘛。"国王说:"没问题,你要我干什么,我就干什么。"

第二天上午,国王找了个借口,发动了对梅地亚那的战争。国王以为战争打一两天就可以结束的,但国王无法阻止战争的蔓延,因为,为了领土,为了国王,臣民们不怕牺牲,他们要完全、彻底地消灭敌人。梅地亚那人也不想结束这场战争,他们一定要赢得这场战争的最后胜利。

189

秘密情节

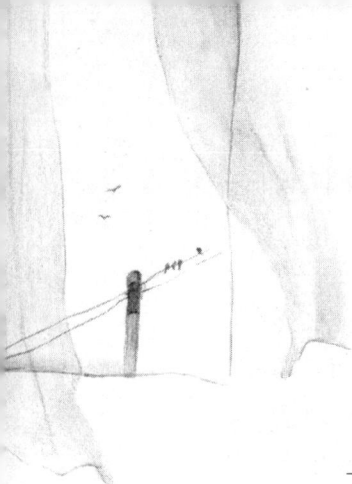

新微型小说

农历正月十六凌晨，庄五发现孙女小红死在后院的茅坑里。

这篇微型小说的结尾是：农历正月十六凌晨，庄五发现孙女小红死在后院的茅坑里。

我之所以一开始就把这篇小说的结尾告诉你，是想告诉你这篇微型小说不同于你以往读过的微型小说。是新微型小说。它一开始就把结尾告诉你，说明它没有出人意料的结尾。因此你在下面的阅读中不要有那种准备和期待。当然你也休想获得一看开头就猜到结尾从而对作者嗤之以鼻的满足。

马陀其实只是个过路的盐商。在即将走出沙漠的那天傍晚，马陀遭遇一伙沙漠劫匪的殴打和抢劫。一个好心的和尚用袈裟裹住马陀赤裸的身子，丢下几块铜元便匆匆离去。手拿指南针走上盘山公路的马陀又一次迷了路。马陀在伸手不见五指的山路上走着走着，跌倒了，睡着了。马陀醒来时发现自己躺在一个三角形的草堆上，山民们正围着他跪在龟裂的盐碱地上。他的身边放着一个木盆，里面供着酒酿、馒头和山芋。马陀从山民们虔诚的目光中判断，自己被他们误作神灵了。饥寒交迫、末路穷途的马陀于是将错就错。在这个饱受自然灾害的美丽山庄，一个名叫马陀的禅师开始了他占卜算卦的生涯。从庄东到庄西，马陀的占测被一一应证。马陀的占测只有凶险没有吉利，只有灾难没有幸福。马陀像巨大的龙卷风盘旋在山庄上空，美丽的山庄从此乌云笼罩，风声鹤唳。农历正月初九，马陀站在草堆上指着庄五家的院子说，不出一个星期，庄五家就会死一个人。庄五家立即成为全庄关注的焦点。庄五家一共六口人，谁来承担和应验马陀的占测，成了庄民们争论的话题。大家一致认为，庄五和庄老太凶多吉少。他们俩上世纪就开始咳嗽了，咳到现在都没有死。现在终于要死了，庄五和庄老太哪个先死呢？

我再一次告诉你，这篇微型小说的结尾是：农历正月十六凌晨，庄五发现孙女小红死在后院的茅坑里。庄五和庄老太都没有死，我没有骗你，我没有那样的恶习，因为我正在写的是新微型小说，它没有出人意料的结尾。

太阳就要落山了。小红和小黑在院墙外面的树林里用石头垒假山。爷爷坐在水井旁咳嗽，奶奶躺在床上咳嗽，爸爸在牛棚里喂牛。一个木匠在后院用芦席搭的工棚里打棺材，母亲从工棚里把木匠刨下来的木屑装到厨房生火。天很蓝，山很静，空中回荡着木匠的锯木声和爷爷的咳嗽声。

小黑问小红："你猜，爷爷死，还是奶奶死。"

小红说："奶奶死。"

小黑说："爷爷死。"

小红说："奶奶不能下床了。"

小黑说："爷爷咳出血了。"

小红突然推倒垒好的假山说："告诉你一件事，不要告诉任何人。"

小黑说："小狗才。"

小红说："不能说，说出来我会死的。"

小黑说："胡说，没有老怎么会死。"

小红说："我不说，我不说。"小红说着就往山下奔去，小黑追下山去。

你不要看到小黑追小红就想到是小红怎么死的。你甚至会猜测小红死亡与小黑有关。没有关系。实际上小红怎么死并不重要，只要她死就行了，只要她应验马陀的占测就行。我们没有必要制造另一个没有圈套的圈套。说实话，写到这个地方我有点悔意的。如果我一开始不告诉你，是小红死了，你们怎么也不会想到是小红死了，你们看到结尾会大吃一惊、拍案叫绝、高呼作者万岁的。但我现在写的是新微型小说，我就不能留恋往日微型小说结尾被读者叹为观止的那种快感了。

农历正月十五，离马陀测算的日期还有一天，全庄人都沉浸在紧张、恐惧和兴奋之中。庄五早晨醒来发现自己还活着，既意外又担心。意外自己居然没死。担心自己不死，灾难会降到下一代身上。庄五到厢房一看，老伴也活着，更担心了。自从马陀的预言诞生，庄五的心里一直就很烦。木匠打棺材已经打了一个月了，还没有打好，都是上好的木料。自己则一直没有证实马陀的预言。离正月十六还有十几个小时。如果自己这期间还不死掉，这个灾难就可能降到儿孙身上。饱经风霜的经历告诉他，命运深不可测。这么一想，庄五趁人不注意就从后山投河自尽了。但是山民们把庄五救了上来，庄五被儿子锁进屋里。

月挂树梢。

小红从房间溜出来，蹑手蹑脚跑到后院。工棚门半掩着，小红走过去。母亲双手伏在棺材上，木匠叔叔站在母亲的身后，像拉锯一样，来回拉。母亲的喘息像狗。母亲转身准备换个姿势，看见了站在月光下的小红。

这篇微型小说的结尾是：农历正月十六凌晨，庄五发现孙女小红死在后院的茅坑里。

我没有骗你吧。

慢性前列腺炎

但你如果不想得前列腺炎，那你就不要指望有永恒的爱情。

关于前列腺炎的发病原因，医学界众说纷纭。至于怎样才能拥有永恒的爱情，至今尚没有谁能告诉我们行之有效的技巧或方法。有关这两个毫不相干而又备受人们广泛关注的问题，我愿意对你们讲讲张三的故事。这个人，我的朋友都比较熟悉，他至今和十一个女人保持着永恒的爱情，但他患有严重的慢性前列腺炎，并于上个月在上海一家医院，知道了他的前列腺炎的发病原因。

1981 年，张三 24 岁。和所有健康男人一样，已经完全发育的张三想女人，想恋爱，想结婚，或者说得干脆点，想跟女人睡觉。1981 年夏天，他与本地一个女律师建立了恋爱关系。直到现在，2001 年夏天了，女律师早已结婚，膝下已有一个上小学五年级的儿子，张三和女律师的关系仍然友好如初。他们像当初一样，经常通电话，他经常到她家里做客，他甚至跟她的丈夫处得像亲兄弟一样。如果说张三只和女律师保持这种永恒的爱情或友谊也就算了，事实是张三和十一个女人保持着永恒的爱情，这就使我们不得不对张三进行深入的研究。一般来说,一对男女的关系只有一种选择,要么爱,要么恨。要么分手,要么结婚。即使结婚了爱情也进了坟墓。但是一个女人只要跟张三好上了,就会跟他成为终生朋友。她们对他只有爱,没有恨。至于张三本人就更让人费解了。我们做男人的都知道,一个男人对一个女人的激情很少能维持到一个月以上的,尤其是上床以后。但是张三只要爱上一个女人,他就会永远痴迷,永不厌烦。张三和十一个女人的爱情故事证明人世间的爱情是能够永恒的。我们无法知道张三是如何做到这一点的。我们不能不对他深表敬意。

当然,张三也有张三的苦恼。他患有慢性前列腺炎。尿频、尿急、尿痛、流白、腰痛、小腹坠胀等前列腺炎的症状他应有尽有。这是个令人十分痛苦的疾病。他去过许多医院,他甚至到路灯广告指引的地方打了针,吃了秘方。没有谁能治好他的前列腺炎,这使他心灰意冷。每天晚上,他必须把屁股放在放了热水的脸盆里泡上半小时才能得到暂时的缓解。实际上 1981 年秋天,他谈第一个女朋友时,就有了前列腺炎。他发现他每新谈一个女朋友,他的前列腺炎就会加剧一次。医生一再告诫他,要减少性生活,因为过度的性生活,会使前列腺充血,会刺激前列腺。他无言以对。他怎么说呢?

2001 年秋天,张三去上海参加一个女友的婚礼。女友步入洞房后,他的前列腺炎急性发作。万念俱灰的张三去了杨浦区的一家诊所。这家诊所恰好来了一位来自西安的前列腺专家。据说这位专家已经发现前列腺炎的发病原因。经过一系列检查后,专家请护士回避。专家掩上门对张三说:"只有找到你的病因,才能从根本上治疗你的病。只要你坦诚相告,我就一定能找到你的发病原因。"下身坠胀难忍的张三把全部希望寄托在这位专家身上,答应真诚配合。专家详细询问了张三和每个女人交往的经过,包括他和她们亲热的每一个细节。令专家十分震惊的是,张三和十一个女人恋爱,除了拥抱、抚摸、接吻,从没有跟她们发生过性关系。专家问他为什么不跟她们睡觉。张三的回答令专家啼笑皆非。张三说,她们从没有主动过,我又不好意思开口,所以只有咬牙忍着。专家说,知道你为什么患前列腺炎吗?知道前列腺炎的发病原因吗?你爱一个女人,却不跟她做爱,你的前列腺就会发炎。专家进一步解释说,你的前列腺长期处在充血状态,你不让前列腺液排出体外,就有了炎症。专家说,你的病再一次证明我对前列腺炎发病原因的论断是正确的,克制性欲,就会导致前列腺炎。

但是,这似乎又让我们得出另外一个结论。张三之所以跟那些女人保持永恒的爱情是因为没有跟她们做爱。也就是说,如果你想拥有永恒的爱情你就必须以前列腺炎为代价。但你如果不想得前列腺炎,那你就不要指望有永恒的爱情。

秘
密
情
节

德伯家的宝珠

这篇小说就这样完成了，写微型小说真的比做官容易吧。

常有读者给我写信，问我怎样写微型小说？

李鸿章曾有惊人之语："做官是世上最容易之事，连做官都不会，你还能干什么？"说到怎样写微型小说，我也有惊人之语："写微型小说是世上最容易之事，连微型小说都不会写，你还能干什么？"今天我一边写《德伯家的宝珠》，一边谈谈怎样写微型小说，你读完之后就会发现，写微型小说真的比做官还容易。

首先谈谈写什么。细心的读者一定会发现，我以往的微型小说写的都是少妇。为什么只写少妇？因为我想让我的小说进入世界文学史。我涉足小说创作之前，仔细研读世界文学史，发现进入世界文学史的小说都是写少妇的。著名作家韩石山也发现了这个秘密。他在一篇文章中这样写道："人们总以为美丽的姑娘最值得写，最具有文学性，其实不然，少妇才具有文学性，心理生理都成熟了，最容易写出人性的美来……一部世界文学史，就是一条站满了裸体少妇的长廊，我的这段话，后来被同学们称之为'少妇论'。"韩石山这段话不仅佐证了我的观点,而且告诉我们为什么写少妇能进入世界文学史。但对他的"裸体少妇说"我却不敢苟同。虽说世界名著中的少妇都脱过衣服,我以往小说中的少妇也都裸过体,但我们绝不能就此以为我们以后写的少妇都必须把衣服脱光。众所周知,小说中的主人公在小说中干什么不干什么作者事先是不知道的,是"角色带着作者跑"。像我即将写的这篇小说中的宝珠,你要是问我,她在这篇小说中脱不脱衣服,对不起,我现在还不知道。她到时候一定要脱我也没办法。但她如果坚决不脱,我也不能硬要她脱。我们绝不能违背艺术创作的基本规律。

我把我认识的少妇都编了号,平时没事干了就对她们进行观察,有时候买支冷饮给她们吃,她们就什么话都对我说,我对她们也就比较了解,写起来也就驾轻就熟。你们也可以像我这样,平时没事干了就对身边的少妇进行观察研究,建立少妇档案,想写小说了就打开少妇档案,保证你一辈子写不完,弄不好还能进入世界文学史。宝珠在我的少妇档案中编号107,她是我朋友王德伯的老婆,今年36岁。按照顺序,这回该轮到她了。

上午决定写宝珠后,我就去了图书馆。每次决定写什么后,我做的第一件事就是给小说定一个好的标题。不少朋友们为给小说定一个好的标题常常煞费苦心夜不能寐。我觉得没有这个必要。太认真了。世界上没有一篇好小说是认真写出来的。我每次只要往图书馆外借处的世界名著书架前一站,看着那些光芒四射的书名,不到两分钟,一个好的标题就会油然而生。我来到图书馆外借处的时候,九点还没到,两个老头正给"裸体少妇"们喷过氧乙酸。我手捂住鼻子,探腰走进"裸体少妇长廊",一眼看见哈代的《德伯家的苔丝》,眼前一亮,宝珠是王德伯的老婆,我这篇小说何不叫"德伯家的宝珠"呢?一个与世界名著相称的标题就这么简单地产生了。我现在就写下我这篇小说的标题:

德伯家的宝珠

世界上没有两片完全相同的树叶,也没有两个完全相同的人,更没有两个完全相同的少妇，我之所以说写微型小说是世上最容易之事，就是因为每个人都有与别人不同之处，你只要写出她与别人的不同之处，你这篇小说就算成功了，就可以发表了，就这么简单。下面我就说说宝珠与别的少妇的不同之处：

在我们龙沙街的男人中，王德伯算是混得蹩脚的，在电线厂做保安。但我们最羡慕他，因为他有一个好老婆。人们常说，婚姻是女人的第二次生命，能否嫁个好男人，将决定女人的一生是否幸福。实际上婚姻对男人更是第二次生命，因为他婆的是否是好老婆，将决定他一生是否幸福。什么是好老婆？我认为所谓好老婆子就是那些给男人自由对男人不管不问的女人。众所周知，男人婚后和女人不同，他除了家庭，还有国家。除了老婆，还有朋友。除了工作，还要吹牛、泡澡、打牌、下棋、喝酒、跳舞。除了老婆，他还想碰碰别的女人。一个男人如果对老婆以外的女人都不感兴趣，他还算什么男人？但自古以来，女人从来就看不到男人这些最起码的爱好、习惯和需求，不要说碰别的女人了，就是跟朋友打打牌泡泡澡都横加干涉，造成夫妻冲突不断，这是多数婚姻不幸福的根源。宝珠不同，宝珠真是一个少见的女人，她从来不管王德伯，从来不问王德伯。我们在外面打牌，每次都提心吊胆心不在焉，生怕回去迟了老婆怪罪，我们轮流打电话回去。王德伯从来不打电话回去，宝珠也从不打电话找他。所以我们一打电话给老婆，王德伯就嘲笑我们。我们有时候在外面找小姐，都把手机关掉，回去老婆问为什么关机，我们都说手机没电了。但王德伯的手机从来都是明目张胆地开着，他甚至一手搂着小姐一手给宝珠打电话，说他在外面玩小姐。宝珠有时候把我们请到她家，跟我们一起玩牌。我们问她为什么这么放任王德伯。她反问道，你不玩？哪个男人不玩？你不让他玩他就不玩了？

你们说宝珠是不是与你们身边的女人不同？按理说，写到这里，宝珠的形象已经跃然纸上，再弄个结尾，这篇小说就算大功告成了。但要想让宝珠进入世界文学史的裸体少妇长廊，宝珠的形象似乎还不够高大。我忽然想到我的朋友马超去年从日本打工回来跟我的一番谈话。我问他日本怎么样。他说日本真他妈好。我问日本怎么他妈好？他说日本女人从不反对丈夫玩女人，你只要不盯住一个女人玩就行了。宝珠虽然好，但还没有达到日本女人的境界，如果我把日本女人的优点移植到宝珠身上，宝珠的好老婆形象会更加高大。你们看，我这样写行不行：

我们一直担心王德伯这样肆无忌惮地玩女人会出事。有一天，他真的出事了。那一阵他看中了杨铁匠的老婆梅花，经常跟她幽会，那天他正跟梅花那个，被杨铁匠抓住，把王德伯打了个半死。我们闻讯赶到现场，把他拖到医院急诊室包扎。我们不知道宝珠知道后会怎样，王德伯看上去也有些心思。宝珠是坐三轮车来的。看着遍体鳞伤的王德伯，她说："我跟你说过多少回了，你玩一百个女人我都不反对，但绝不可以盯住一个女人玩。你以后再盯住一个女人玩，我就跟你拜拜。"

我们当时感动得热泪盈眶，王德伯真是太幸福了，世界上哪有这么好的老婆呀！

当然有些朋友对我这样写会感到吃惊。怎么可以这样胡编乱造？鲁迅说："人物的模特儿，均是杂取种种，拼凑成一个角色。"我之所以在前面说微型小说容易写，就是因为小说中的人物都是拼凑起来的，你先有人物原型譬如张三，再把李四王二赵五等等拼凑在张三一个人身上，就这么简单。

写到此处，应该给这篇小说考虑一个结尾了。怎样写结尾？很简单，前面写人物与他人的不同之处，结尾只要写出她为什么有这种与人不同之处就行了。不同的是前面可以虚构，结尾不能虚构，结尾必须到人物原型身上找。因为结尾必须精彩，必须出人意料，而生活往往比小说更精彩，比小说更出人意料。宝珠为什么对男人如此宽容、理解？这个问题一直困扰着我。我们几个哥儿们也讨论过这个问题，我们甚至问过王德伯，都没找到答案。只有一点可以解释，那就是她曾经随她的父亲下放过农村，从小吃过不少苦，对现在的好日子比较珍惜，但这个解释似乎也不太成立，因为天下吃过苦的女人太多了。直到今年发生了一件意外事件，我才略有所悟。你们看，下面这个结尾是不是能解释宝珠为什么与众不同？

宝珠之所以与众不同，我想一定跟她曾经做过妓女有关。今年夏天，龙沙公安粉碎了一个卖淫团伙，根据这个卖淫团伙交代，得知宝珠跟王德伯结婚前曾经做过两年的妓女。我想宝珠对男人如此宽容，一定跟她做过妓女有关。至于为什么跟她做过妓女有关，我也说不清。王德伯当然跟宝珠离了婚。王德伯现在娶的老婆给他定了"二十二条家规"，王德伯如今生活在水深火热之中。那天王德伯深有感慨地对我说，这个老婆虽然不好，但她不是妓女。宝珠虽然是个好老婆，但她是个妓女。为什么只有做过妓女的女人才能成为好老婆呢？

后来我再也没有见过宝珠，据说她失踪了。

这篇小说就这样完成了。写微型小说真的比做官容易吧。

本来写到此处我是有点得意的，因为宝珠在这篇小说中终于没有脱衣服，这对韩石山的"裸体少妇说"是一次有力的反击。但我老婆看完手稿后说，怎么不脱衣服，世界上哪有不脱衣服的妓女？我哑口无言。

把时光回溯到七天前

把时光回溯到今天傍晚，秦娥给我打电话，约我晚上去时光酒吧。

把时光回溯到七天前，我和沙戈、秦娥在时光酒吧喝酒。当时酒吧就我们三个客人，连不远处的海滨浴场也肃杀无人。秦娥脸上露出无限感伤之情，问我俩："我们三个在一起几年了？"沙戈说："三年。"我掰着手指算了算，说："三年零七天。"秦娥叹口气说："三年了，时光过得真快，我们在一起三年了。"

把时光回溯到三年前，我们三个人第一次在时光酒吧相聚。那天秦娥刚离婚，我们两个有妇之夫苦苦陪她直到天明。在此之前，我们虽然认识秦娥，并且一直垂涎欲滴，但她是有夫之妇，我们除了非分之想无所作为。那天她从法院大门出来撞见我们俩，我们正准备去时光酒吧。秦娥看上去一脸哀伤。我们心生怜悯，问她需要什么帮助。秦娥说她刚刚离婚。这个消息令我们眼睛一亮。我们说如果你不介意可以跟我们去时光酒吧，到那个地方你有多少忧愁都会被白兰地浇得无影无踪。这以后我们三个人常在时光酒吧聚会。我们在一起虽然也谈战争、暴力、性、死亡，但我们更多的时间是在开涮。我知道沙戈喜欢秦娥,我总是拿他俩开涮。沙戈知道我喜欢秦娥,不断拿我和秦娥开涮。这一涮居然涮了三年,结果我到现在都没有真的涮过秦娥,沙戈看样子也没有真的涮过秦娥,而时光却过了三年。我们之所以跟她玩是想泡她,但不知为什么,我们到现在都没泡成。秦娥在此期间当然不断有男人追求她,但秦娥都没看上,或者说秦娥压根儿就没打算跟其他男人好,秦娥一定以为我们俩终有一个迟早会对她下手的,结果我们俩一个都没下手,结果我们三个人什么都没干成什么都没发生,却结成了这种钢铁般的不同寻常的友谊,好像我们一开始就是为了建立这种友谊而走到一起似的,真是莫名其妙哭笑不得。

秦娥说:"还真没有人像我们这样,两个男人一个女人处这么好,这么长时间,这么纯真。"

沙戈说:"真的没有,前无古人,后无来者。世上只有两个男人或者两个女人可能保持这么长时间的友谊,两个男人和一个女人这样长期在一起玩还真没见过。两个有妇之夫和一个离过婚的女人这样相处更是闻所未闻。"

秦娥说:"但愿我们能永远像现在这样,永远是朋友,一直到老。"

沙戈喝了口酒动情地说:"把时光推到五十年后。假如五十年后,我们三个人还坐在这里,五十年后我们多大了?秦娥多大了?秦娥81岁了,我85岁,老赵89岁了。"

秦娥说:"太感人了,太令人向往了,五十年后我们三个人还像现在这样在一起多好。我们能做到的,不是已经下来三年了吗,为什么不能五十年?为什么不能创造奇迹创造神话?"秦娥侧身对我说:"你是老大,又是策划人,你说我们一定能做到是不是?"

我说:"五十年后我们三个人还像现在这样,可能倒是有可能,但我们必须解决几个问题。"

秦娥说:"你说,你说,你说到我都能做到。"

我说:"首先,我和沙戈两个人中的一个人不能跟你有实质性的关系。"

秦娥说:"什么叫实质性关系?"

我说:"说白了就是性关系。"

秦娥脸刷地红了,说:"讨厌。"

我说:"如果沙戈跟你有了性关系,他就不会这么长时间这样跟你在一起玩,更不可能坚持五十年。我之所以断定沙戈到现在跟你没性关系,就因为沙戈一直坚持陪你玩。假如你们有了性关系,我就不可能跟你们玩,那样我成什么人了?因此这个三人组合就会解散。"

沙戈说:"这个我能做到,就怕你做不到。"

秦娥说:"这个没问题,还有呢?"

我说:"同样,我也不能跟秦娥有性关系。如果我跟秦娥有了性关系,我就不可能这样长期跟秦娥在一起玩,沙戈也会自动离开我们,三人组合就会解散。"

秦娥说:"这个也没问题。"

我说:"我也没问题,就怕沙戈坚持不住。"

沙戈说:"你才坚持不住。"

秦娥说:"这两个都没问题,还有问题吗?"

我说:"再有就是秦娥不能嫁人,秦娥必须永远像现在这样单身一人。秦娥如果有了丈夫、有了家庭,我们俩人是不可能这样跟她在一起玩的。她老公也不允许她跟我们这样玩,她自己也不再需要这样的友谊,三人组合也会解散。"

秦娥拍着手说:"这也没问题,这也没问题。不就是永远单身吗?世界上没有一样东西比我们三个人的友谊更值得我珍惜了,我做得到,我永不嫁人。"

沙戈:"你这小子太残忍了,你自己不下手,还不让别的男人下手,这就意味着我们的秦娥永远有人爱,没人疼。"

秦娥说:"没人疼就没人疼,只要你们两个永远像现在这样对我好就行了。"

"最后一点。"我望着秦娥美丽的眼睛说,"你必须永远像现在这样年轻这样美丽。"

秦娥脸色刷白。

沙戈一脸惊愕。

我说:"我说的是实话。你像现在这样年轻这样美丽,我们俩会跟你玩。哪一天你不像现在这样年轻这样美丽了，我们是不可能这样跟你在一起玩的。"

秦娥眼里闪着泪花。

见秦娥流泪，沙戈眼睛也红了。

我端起酒杯对秦娥说："祝你青春永在！"秦娥酒到嘴边，没能喝下去。

把时光回溯到今天傍晚，秦娥给我打电话，约我晚上去时光酒吧。我问她通知沙戈没有。秦娥说沙戈今晚不去，沙戈说他今晚有重要会议。一听沙戈说开会，我知道坏了，这是男人离开女人的常用托辞，一定有什么情况了。我问秦娥今晚还有什么人。秦娥说："没什么人，就一个工程师，别人帮我介绍的，年龄虽然比你俩大，但我31岁了，不能再挑肥拣瘦的了。我想请你们帮我参谋参谋，看看这个男人行不行。"

我说："对不起，秦娥，我有言在先，你有其他男人，我就不跟你在一起玩了。"

一个边防兵的秘密情节

万一有人怀疑他，上尉将成为他的证人。

翻过两座雪山，已经是午夜 12 点了。斯蒂文和上尉分手后，没有潜入敌人的山庄，而是向迪里尔山谷滑去。只要赶在天亮前，和上尉在分手的地方会合，向上尉汇报他早已熟悉的敌情，上尉绝不会怀疑他的。万一有人怀疑他，上尉将成为他的证人。

月光照耀着白雪皑皑的迪里尔山谷，边防兵斯蒂文滑着雪橇行走在迪里尔山谷的盘山公路上。从迪里尔山谷滑雪橇到斯蒂文的故乡要走两个小时的路。两个小时后，斯蒂文将在故乡杀掉他的母亲，然后连夜赶回迪里尔山谷和上尉会合。不会有人怀疑斯蒂文杀了自己的母亲。这个谋杀计划斯蒂文已经策划了很长时间，不会出差错的。

斯蒂文是在结婚的第二天上午被抓到边防来当兵的。如今他在边防已经十一年了。和所有的边防兵一样，斯蒂文来到边防那天，就想回家，就想逃跑。因为迪里尔边防太冷，他无法忍受迪里尔的寒冷。但是军方规定，战争一天不结束，边防兵就一天不能回家。而所有的边防

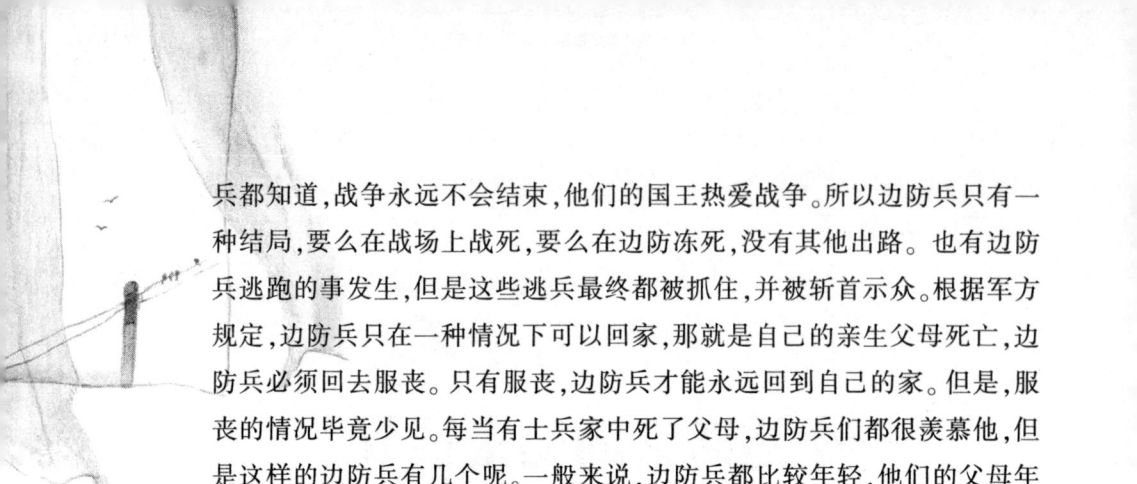

兵都知道,战争永远不会结束,他们的国王热爱战争。所以边防兵只有一种结局,要么在战场上战死,要么在边防冻死,没有其他出路。也有边防兵逃跑的事发生,但是这些逃兵最终都被抓住,并被斩首示众。根据军方规定,边防兵只在一种情况下可以回家,那就是自己的亲生父母死亡,边防兵必须回去服丧。只有服丧,边防兵才能永远回到自己的家。但是,服丧的情况毕竟少见。每当有士兵家中死了父母,边防兵们都很羡慕他,但是这样的边防兵有几个呢。一般来说,边防兵都比较年轻,他们的父母年龄也不大,所以边防兵的父母还没死,边防兵就早已冻死了,或者战死了。

和所有的边防兵一样,斯蒂文也曾幻想过自己的父母死亡。这是罪恶的念头,每个边防兵都有过这种罪恶的念头。但是像斯蒂文这样企图谋杀自己亲生母亲的倒是绝无仅有。当然,斯蒂文有他的特殊情况,有他的特殊理由。每个杀人者都有他的理由。首先,他的母亲很爱他。斯蒂文是他母亲活着的惟一理由,他的母亲每次来信都这么说。他的母亲甚至在信中说,她的身体很好、很棒,为了能够见到她的儿子,她要养好身体,让自己长寿,这让斯蒂文看了多么辛酸。母亲多么幼稚。母亲不知道,她越健康越长寿,她就越是见不到儿子,她的儿子越是会冻死在边防,战死在边防。所以只有杀掉母亲,他才能早日回到母亲身边。斯蒂文谋杀母亲的第二个理由是怕冷。世界上没有人比斯蒂文更怕冷了,斯蒂文实在太怕冷了,他一刻都不能忍受边防的寒冷,只有杀掉母亲他才能摆脱寒冷。斯蒂文谋杀母亲的第三个理由是怕死。只要在边防一天,他就要打仗,他就会死亡,他不想死,他怕死。而他不死的惟一希望就是他的母亲死。

当然,这都不是斯蒂文杀害母亲的真正动机。斯蒂文杀害母亲的真正动机,是他想念他的妻子。他的妻子是个十分美丽的女人,他无时无刻不在想念她,想念她的身体,他难以忍受占有妻子的欲望。但是,如果不能服丧,他将永远见不到他的女人,他的女人将会落入别人的怀抱,他甚至怀疑他的女人已经落入别人的怀抱。只有杀了母亲,他才可以借服丧的名义回乡,才能享受妻子那美丽的身体。

边防兵斯蒂文滑着雪橇来到他的故乡已经是凌晨2点了,他潜入

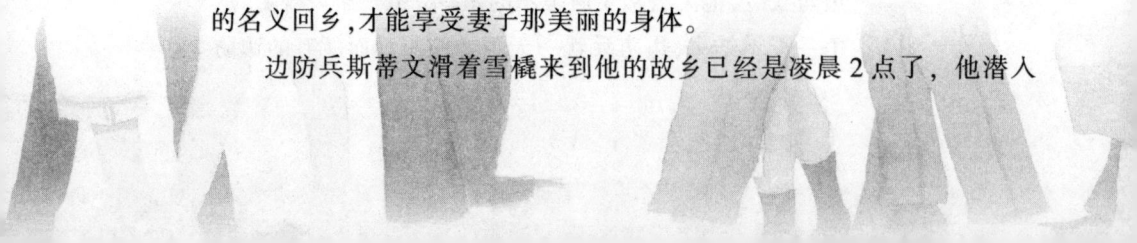

他家的小院,进入母亲的房间,杀了他的母亲。斯蒂文回到迪里尔山谷的时候,天还没亮。他向上尉汇报了他虚构的敌情,便和上尉回到了营房。

斯蒂文一觉醒来,上尉便来通知他,他的母亲被人杀了,要他回去服丧。在士兵们羡慕的目光中,斯蒂文滑着雪橇,离开了边防。

何时何地受过何种奖励

滕刚情爱小说

张三抱住女子说：
"谢谢你！今天我终于得到了我想要的奖状。"

这一次，熟人找上了门。

熟人说这次介绍的女子，真正是良家女子，绝色佳人。你要是不谈，会后悔一辈子的。

张三苦笑，说，以后再说吧。

张三的苦没人知道。

提到女人，提到恋爱，张三是渴望的、迫切的，更是恐惧的、失望的。恋爱是什么？准确一点儿说，恋爱对张三是什么呢？是说废话，是买鲜花，是听音乐会，是买衣服，是上饭店，是逛公园。这些也是正常的，是过程。然而对张三却是归宿，是目的，是没完没了毫无意义的消耗。

他灰心了，他就这么苦下去吧。

过了几天，熟人又来了。这次带来了那女子的相片。有全身的，特写的，半身的，有一张居然是写真的，张三看得心惊肉跳。那女子笑嘻嘻的，可爱是蛮可爱的，但再可爱的女人对他来说没用。熟人说，这么好的女子，你不谈，马上就有人吃了。

张三苦笑,说,以后再说吧。

张三的苦只有张三自己知道。张三37岁了,谈过二三十个女人了,但他到现在都没睡过女人。他37岁了,连女人是什么东西都不知道。张三是钳工出身,是工程师,是技术权威,现在是八级钳工。但他不知道怎么打开女人。他非常佩服非常羡慕世界上所有跟女人睡过觉的男人。他简直不敢想像他们是怎样把女人弄上床,然后把她们的衣服一件件脱掉。不要说去做,张三想起来都抖,这是世界上最难学的技术。去解人家的纽扣,扒人家衣裤,怎么去解呢?人家让你解吗?他没有这方面的技术。书上说这种事无师自通,这简直是天大的笑话。世上哪有无师自通的事呢?

张三想不通,那些男人是怎样把女人弄上床的。

熟人又打电话了,这一次是最后通牒。熟人说一个身高一米八二的男人已经给她送过一束玫瑰了。据说,有些男人一束玫瑰就把女人搞到手了。那是天才,是联邦特工,是克格勃,是恐怖分子,如果换了他,一万束玫瑰都无济于事。

又有人给他发奖了。

从小到大,从学校到工厂,从钳工到工程师,他拿过无数奖状。他家里的奖状可以当墙纸贴了。这一次奖大了,是大奖。有电视台记者采访,有领导发奖,有全城羡慕的目光,有一次又一次热烈的雷鸣般的掌声。张三站在领奖台上热泪盈眶。这是苦泪,再多的奖状对他有什么用呢,他至今不知道女人是什么东西,他至今没有成为一个真正的男人。台下任何一个跟女人睡过觉的男人都比他有本事,都比他幸福,都比他荣耀,都比他更应该得到这奖状。

张三拿着奖状,坐在桥边。后街的王二终于找到了他,一定要请他吃饭。王二昨天闯了个大祸,张三帮了他大忙,他一定要答谢张三。王二是个无赖,是个地痞,但却是张三最羡慕最崇拜的男人,王二已经睡过11个女人了。王二简直是个天才。所以当王二再次要答谢他时,他说你也不要答谢我了,你告诉我怎么把女人弄上床吧。张三话一出口把自己惊住了。张三脸红了,张三终于第一次说出自己的苦。王二很震惊,王二震惊这个得奖状的人居然提出这样的要求,王二不相信这个工程师这么简单的事不会做。王二说,很简单,你跟她们一见面,什么废话都不说,就说一句：“我们不要废话了，千言万语还不是为了上床，我们就做那个啥吧。”张三大惊失色。张三说，不被人家打死，不把人家吓跑。王二说，我不骗你，我都是这么做的，从来没被拒绝过。我骗任何人，我会骗我的救命恩人吗？

熟人再次打电话给他的时候，张三答应了。这不是王二的功劳。张三不可能像王二说的那么去做。那是流氓行为，是可耻的行为，张三之所以答应见面，因为他还是想恋爱，想女人，不然，这辈子为什么而活呢？

熟人给他们安排了个房间。

张三一见女子就想到王二的话。张三很紧张，惟恐自己说出王二的话。

张三说：“今天天气不错，晴到多云。”

女子说：“今天天气不错，偏北风，转南风，风力五到六级。”

张三突然大吼道：“不要说废话了！该上床就上床，该做什么就做什么，我受不了。”

女子大惊。

张三也大惊。

张三发现自己已经变成了王二。

但他没有动手，他不敢。

他一听到自己说天气就恼火。

他既然说了，就一发不可收拾，就继续往下说，张三说了自己的苦，说了自己这么多年的苦。说自己第一次见面太过分了。

女子坐在床边认真听。

女子帮他擦眼泪。

女子开始脱衣服，女子又帮张三脱衣服。

张三在抖。张三说：“你不会怪我吧。”

女子帮助张三把身体进入她的身体。

张三一边运动，一边流泪。

张三倒下来后，问女子：“今天几号？”

“7月4号。”

张三说，我要记住这个日子，记住这个地方。张三抱住女子说：“谢谢你！今天我终于得到了我想要的奖状。”

第六辑

深度暧昧

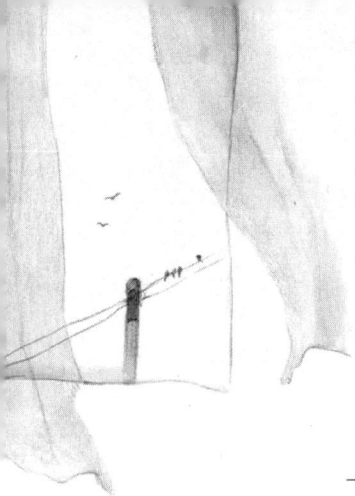

惊艳之一

你看上去蛮斯文的，
做起事来惊天动地。

在朋友们艳羡的目光中，夜总会老板娘挽着我的手，向4号包厢走去。在4号包厢，我将消灭一个年仅18岁的少女。这是朋友们对我的关怀和厚爱。在我们这个圈子中，我是惟一没有跟妓女睡过觉，或者说至今尚未发生婚外性关系的男人。这或多或少会影响我跟朋友们关系的融洽。每次我们成帮结队去那些地方玩，他们都拉我下水。我不能把自己扮成圣徒，那样会伤害朋友的自尊心，伤害朋友之间的感情。我必须表现得比他们更加下流和贪婪，我说我的第一次婚外性关系对方必须是处女。当然这是我拒绝的理由和技巧，因为我知道，在我们周围，根本就没有处女，更没有还是处女的妓女。他们听了大笑，这些狡猾的家伙，知道我在为难他们，他们委托夜总会的老板娘，请她帮我物色这样的硬货。这个老板娘居然真的找到了。

那天中午我们正在一家酒店聚餐，我的朋友接到老板娘打来的电话。老板娘说货已到，最好今天下午开箱。朋友们欣喜若狂，他们终于成全了我，终于排除了

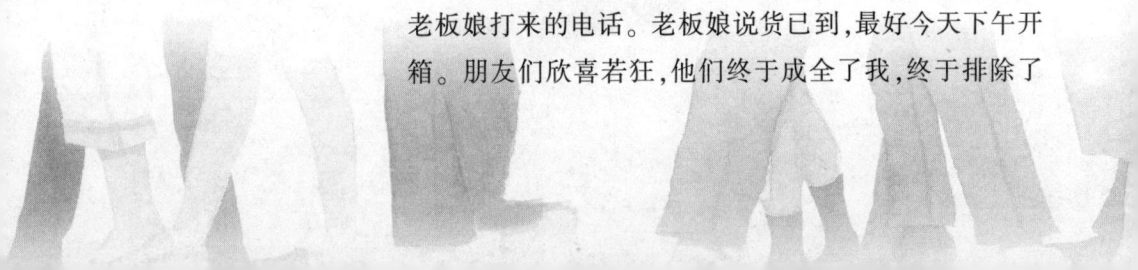

异己。我只有实现自己的诺言，别无选择，除非我离开这个圈子。何况，一个健康的男人，对老婆以外的女人难免有非分之想。朋友们帮我交了台费，比普通妓女的台费贵两倍。其实成熟的男人都知道，跟处女睡觉绝对没有跟有性经验、性技巧的成熟女人睡觉舒服，甚至根本没有跟老婆睡觉舒服。只不过是一种心理上的满足罢了。

老板娘挽着我的手，踏着麦黄色的地毯，向过道深处走去。老板娘说，人家是第一次，姑娘蛮讨人喜欢的，笑起来有两个酒窝，她可能会有一两个挣扎动作，你不要急。我大脑发痴，全身膨胀，走路都有些困难了。老板娘又说，你要轻点儿，不要太用力，姑娘还小。我嫌老板娘啰嗦，只想早点进包厢把事办了。老板娘说，安全你放心，门我反锁在外面，只有我能打开。在4号包厢门口，老板娘把一块白色手帕递到我手中，说："进去吧，不要弄出太大的声音。"我走进包厢，仿佛走进洞房，包厢里一片漆黑。整个夜总会静如止水，我知道朋友们都在聆听佳音。一个声音问："一定要开灯吗？"我说："当然开灯。"

灯一亮，我大惊。我从没有见过这么丑的女人！这个坐在沙发上的女人简直奇丑无比。怪不得她是处女！我的下身立刻软下来。我冲到门口。门开不下来。我想喊门，又觉得不妥。这时候出去，朋友们会怎么想呢？朋友们已经交了台费，朋友们为了这次安排耗费了多少心血？声音又问："我可以脱衣服了吗？"我没有回答，我想再仔细看看，也许刚才没看清，哪有那么丑的女人？我在女人对面的沙发上坐下，定睛审视。女子突然双手抱头，大叫起来。撕心裂肺的叫声像狼嗥，声音很大很大，很长很长，我从没听过这么刺耳的声音，我吓得全身发抖。我冲到门口，猛力敲门。老板娘也在敲门："怎么了？怎么了？不要紧吧？"我说："快开门！"门开了，那女子冲出去，冲进包厢旁边的洗手间。洗手间传出一阵又一阵哗啦啦冲水的声音，仿佛整个长江的水都被染红了。大家显然吓坏了，惊呆了。我惊魂未定，浑身冰凉，说不出话。老板娘说："要你轻点轻点，你用那么大力干什么，把人吓死了。"朋友们纷纷过来跟我握手道贺。整个夜总会的人都用异样的目光看着我，我知道我说什么都没用了。老板娘握着我的手说："你真厉害！"朋友们说，很久不听处女的声音了，现在处女的声音真大。他们说，你压抑太久了，会弄出人命的。我说什么呢？

秘密情节

1998 年 5 月的一天下午,我被派出所的民警叫了过去。我去过的那家夜总会涉嫌卖淫嫖娼被查封了。涉嫌卖淫嫖娼的三十几对男女都拒绝承认他们在夜总会的包厢发生过不正当的性关系。性关系是两个人的事,而且是在包厢,没有当场拿获双方又死不承认就不能认定。民警说,但是,你的证据是确实无误的,你也不要狡辩了,狡辩也没用,夜总会的所有人都可以证明。他们从没有听过那样撕心裂肺的声音。你看上去蛮斯文的,做起事来惊天动地。民警最后说,本来罚你五千的,你的情节比较严重,玩就玩了,还处女,还弄出那么大的声音,罚你一万。我知道我无法辩白,我缴了罚款。

你们肯定没见过那么丑的女子。我真的没有碰她一下。我至今不知道她为什么要发出那么大的声音,那声音花了我一万块钱。

惊艳之二

你从家里任何一个角度，都能看到男主人那双眼睛。那双阴险、狡黠的眼睛。

确认向梅丈夫真的到了芝加哥，张三从单位到外贸公寓只用了一刻钟。向梅住在 11 楼。后来回忆这段经历，连张三自己都费解，他当时为什么不乘电梯，而是从安全楼梯爬上去的。由于下身迅速膨胀，张三爬楼时像个鸭子，姿态有些滑稽。

张三的猴急其实是可以理解的。说出来你也许不会相信，张三和向梅相好五年了，到现在他们都没上过床。但你如果了解张三的为人，你对他们身上发生的奇迹就不足为怪了。张三是个十分胆小谨慎的人，任何事情没有百分之百的把握他是不会去干的。尽管他十分喜欢向梅，或者说十分想跟向梅睡觉，不睡觉喜欢她干吗呢?但向梅是个有丈夫的人，张三自己也是有妇之夫，一旦东窗事发，后果不堪设想。应该说他们的机会太多太多，办法也太多太多，而且向梅也十分想要。向梅有时候在电话里要得都哭了，她甚至在电话中痛诉她丈夫性无能，她从没得到过性满足。她甚至说张三不肯跟她做爱，说明张三不爱她，是在玩弄她。一个女人居然说一个男人不跟她睡觉是在玩弄她,还要人家说什么呢?就是在这么好的条件下,张三仍然咬牙忍着,他必须确保万无一失。他一再警告自己,必须百分之百确认向梅丈夫不会发现,他们才能上床。如果她丈夫一直在监视他们(他至今不知道她丈夫是否知道他和向梅的暧昧关系),敌人在暗处,他们在明处,他一直这样假设,那么很有可能,他们衣服刚脱光,门就被人撞开了,这样的事生活中常常发生。今天他证实向梅丈夫真的到了芝加哥。向梅把这个好消息告诉他时,为了确保万无一失,他让向梅打她丈夫在芝加哥的固定电话,他特别强调不要打手机。向梅终于按国际长途的拨号方法打通了丈夫。当向梅把这个消息告诉张三时,张三全身像着了火,直奔向梅家。即使她丈夫现在从芝加哥飞回南京至少也要二十四小时,而他们做一次,只要两小时,甚至一个小时就足够了。张三喘着粗气按响了门铃。门开了,穿着睡衣的向梅扑进张三的怀抱,一口咬着张三的嘴唇,撕掉张三的领带。搂着向梅的张三一边用手褪下向梅的睡衣,撕掉她的胸罩,一边用右脚把门蹬上。他们来不及说话,来不及去房间,他们互相把对方衣服撕光。张三抓住向梅滚烫的双肩,让她伏在鞋柜上。张三突然抱住向梅说:"不行,不行。换个地方,到房间。"张三抱着向梅冲到房间,刚上床,张三突然说:"不行,不行,有别的房间吗?"向梅有气无力地用手指了隔壁。张三把向梅拖到西边的房间,还没有上床,张三说:"不行,不行,到客厅。"向梅不知道发生了什么,不知道张三在耍什么花样。张三搂着向梅以快速而很小的步子向客厅走去。向梅把张三摁在客厅的沙发上,骑上去,说:"你不要紧张,我来。"张三突然说:"不行,不行。换个地方,去卫生间。"张三抱着向梅,推开卫生间的门,说:"不行,不行,还有其他地方吗?"张三抱着向梅刚拉开厨房的日式拉门,张三往地上一瘫,说:"不行,不行,我不行了。"向梅看见张三的下身已经软了下去,向梅流着泪粗暴地问:"你怎么回事?你怎么了?"惊魂未定的张三指着吊顶、墙壁对向梅说:"你们家所有的地方为什么都贴了你丈夫的照片?"向梅说:"这有关系吗?他出国前说把家里装潢一下,全贴了他的照片,说是欧美最流行的装潢。"房内的装潢是经过精心设计的。你从家里任何一个角度,都能看到男主人那双眼睛。那双阴险、狡黠的眼睛。

惊 艳 之 三

张三脸色煞白,全身颤抖,说不出话。

吃完晚饭,张三被经理叫到另一个包厢谈话。经理说:"王科说你跟他说,你不去舞厅?"张三说:"我是说,如果我可以不去的话。"经理说:"你说出这样的话,我真替你担忧。你怎么可以不去舞厅呢,你凭什么拥有这样的特权呢?按理说,你到公司上班两个月了,什么叫上班你也应该知道了。但你这两个月的表现太让人费解,太让人失望。就说今天,这么重要的客户,关系到公司生死存亡的客户,人家要你抽烟你不会,要你打牌你不会,要你喝酒你不会喝酒,要你唱歌你不会唱歌,客人多尴尬,多扫兴,多惊讶。还好,你没有当着客人的面说你不去舞厅,但你对王科说了,我真吃惊。你不去,我们去?你高尚,我们卑鄙?你干净,我们肮脏?这都可以说。但你不能说,客户卑鄙你高尚,客户肮脏你干净吧?但你如果不去舞厅,就等于这么说了,客户就会有这样的感觉。出于对客人的尊重,出于真诚,我们是不可以不去的。我们不仅去,还要跟客人一起玩,他们玩什么我们玩什么,那样客人才会开心,生意也就水到渠成。有一个不去,他们就

秘
密
情
节

会感到不自然,就会觉得受了侮辱。马上去舞厅,他们五个人,我们五个人,一人一个包厢,一人一个女人,你不会抽烟不会喝酒不会打牌不会唱歌你不会说你不会玩女人吧?你不玩也不要紧,但你不要在客人之前出来,不要在里面唱卡拉OK,客人不出来,我们不好出来。我把你叫出来谈话,是希望你悬崖勒马,不要干出对客户不利对公司不利对自己不利的事情。"

张三说:"我保证最后一个出来。"

他们一行十人,驱车来到市中心的一家舞厅。他们一人选了一个小姐进了包厢。十个包厢是连在一起的,张三在最里面一个包厢。一个小姐紧跟张三进了包厢,小姐把门锁起来,加了保险。

小姐坐下来就拿点歌器,要唱卡拉OK。

张三说:"不唱歌,不唱歌。"

小姐坐在沙发上望着张三。

张三小声说:"吃瓜子吃瓜子。"

两个人开始剥瓜子。

剥了好长时间的瓜子,小姐突然说:"你的朋友都已经开始做了。"

张三说:"做什么?"

小姐说:"做爱!做什么?你装什么蒜?"

张三说:"你怎么知道?"

"我怎么会不知道?"小姐说。

两个人又剥瓜子。

小姐说:"我们怎么说?"

张三说:"什么怎么说?"

小姐说:"我们就吃瓜子,一直吃下去?"

张三小声说:"我们就吃瓜子,你只要吃瓜子就行了,什么都不需要干。"

小姐问:"那账怎么算?"

张三惊讶道:"100块啊,他们说一个晚上100块,我没说错吧。"

小姐说:"你把我当什么人了?你什么都不玩,我怎么好收你100块呢?我一分钱都不好收,你给我我也不要,这是最起码的职业道德。"

张三说:"不要紧,不要紧,你以前可能没有碰过这样的好事,但你今天确确实实碰上了。"

小姐说:"不行,你什么都不玩,我不好收你的钱。你哪怕亲我一下,摸我一下,或者我脱光衣服让你看看,我可以收你100块,你什么都不干,我肯定不好收。"

张三说:"那不行,那不行。"

小姐背起挎包说:"不行,我就走了。"

张三说:"不走,不走,千万不能走。"张三拉小姐在沙发上坐下,小声说:"是这么一回事。我呢,从不到舞厅,从不玩女人。今晚呢,是陪客人。为了让客户玩得自然,我只好假装玩,一直假装到他们都出来为止,不唱歌,不先出去,但我钱照付。"

两个人继续吃瓜子。

小姐说:"如果你这样说的话,我今晚就亏大了。先说不收你100块。我说过了,我不会收的,因为你什么都没有做。但我必须缴老板50块台费。就是说我一分钱不收你的,我今晚就要亏50块。就说收你100块,我肯定不会收,但你不许唱卡拉OK,不许先出去,还要最后一个出去,他们肯定以为我做了,做一个300块,给老板抽头20%,60块,我就亏60块。我肯定不会收你100块,50加60,今晚就亏110块,你说我不是神经是什么?"

张三说:"原来是这个情况,怎么会是这个情况呢?"

张三又剥瓜子。

小姐说:"我真倒霉,我怎么会遇上你这种男人呢?她们多忙多好,一个个钱已经进了腰包,我他妈还要贴110块。"

张三:"小声点儿,小声点儿,那怎么办呢?"

小姐突然抓起茶杯往地上一砸,说:"什么他妈怎么办?你装什么蒜?我说了半天你还问怎么办?天下哪有你这样的男人?"

张三大惊失色。

小姐又砸了一个茶杯。

所有包厢的门都拉开了。舞厅里响起了杂乱的脚步声。

经理奔过来敲门。小姐拉开门冲了出去。

经理问："怎么回事？"

张三脸色煞白，全身颤抖，说不出话。

经理说："你回去吧，我永远不想见到你。"

惊艳之四

直到风停雨止,直到林枫离开,他们都没说一句话。

马厩坐在窗前,苦苦地回忆占有林枫的欲望突然爆发的经过。他仔细回想事情发生的每个细节,依然无法为自己突如其来的不可遏止的冲动找到理由。他只记得上午下第一节课,他从楼梯下来,林枫从楼梯上来。他们像往常一样互相含蓄地笑一下。就在他们擦肩而过的瞬间,马厩的头脑里突然幻现他和林枫在床上做爱,林枫在他身下疯狂扭动和呻吟的画面。马厩浑身发热,四肢乏软。尽管他对这种念头的出现吃惊而惶恐,但他想驱除这种欲念已经不可能了,他的大脑和身体已经被这种强烈的欲望控制住了。从那一刻起,他只有一个念头,跟林枫做爱,立即。他忘了上第三节课,忘了改作业,忘了参加课间的班主任紧急会议。他昏昏沉沉匆匆忙忙地写了一张便条,夹进书里。下楼的时候正好林枫上楼。马厩与她擦肩而过时,随手把书递给林枫,林枫从容地接过书,朝他一笑,上楼去了。马厩在那张便条上写道:下午6点在校办厂后面的204平房里等你。马厩仔细咀嚼这些细节,觉得这种冲动显然不是来自自身,也不是来自林枫,如果这样,他就无法解释为什么十多年来一直未有这种冲动,而冲动突然在这时候发生。他不知道这种冲动是好是坏,他不知道如何对待这种冲动,他不踏实,他必须找到理由,必须为突然爆发的欲望和可能发生的事情找到正确的依据和解释。

马厩眺望远处那条柏油马路,回忆自己和林枫神秘的感情经历,忽然想到两个字:升华。对,升华,升华,升华。马厩想到一本有关爱情的书上说过,当一个男人和女人的爱情发展到一定阶段,成熟到无法用任何语言表达时,就会自然而然地走向肉体的结合。做爱是爱情的升华,是爱情成熟的标志,是爱情发展的必然结果。这种升华的出现往往是突如其来的没有任何预兆的,谁都不能阻止也无法阻止这种升华的实现。马厩全身轻松起来,他终于找到了理由,他知道如何对待这种冲动了。

马厩一直觉得他和林枫的爱情是神秘而罕见的。他清楚地记得第一次见到林枫的情景。

那年秋天,他从省城师范学院来到这所小镇中学报到,他在校长室填表时,看到校长身边站着一个穿红色风衣的女子,校长说她也是新来的老师,叫林枫。他们互相看了一眼,笑了一下。从那次见面,到现在,十一年了,他们从没有说过一句话,从没有用任何方式表达过什么,他们各自都有了自己的家庭和子女,但是,十几年来,他们之间一直有种神秘的默契,他们见面时,只是笑一下,一切就包含在这微微一笑之中了。马厩说不清他们这种神秘的默契是什么,他只知道这种默契是他看到她就心旷神怡就心跳加速,是他下楼的时候她正好上楼,他出校门时她正好进校门,是他上街的时候她也正好上街,是他上厕所的时候她正好从厕所出来,是他希望她穿红色风衣的时候她就穿红色风衣,是他感冒她也感冒,是他在家生病她也在家生病,是你知我知天知地知,是信任是秘密是永恒是爱情是无法用任何语言表达的神秘情感。这么多年来,无论心情好坏,天气好坏,每天早晨,他走到校门口,看到她从东边的木桥上过来,他就会产生一种莫名其妙的快感,仿佛在阴雨天突然看到太阳,那是一种难以言明的感觉,是一种神秘的幸福感,是一种永远的诱惑。也许他们一辈子都不会说话,一辈子都不会点破和惊动这一份神秘,也许他这么多年来之所以不跟她说话,之所以保持这种神秘,之所以他们各自都没有表达爱情而各自组织家庭,就是怕破坏这种神秘的默契,怕破坏这种永恒的信任。现在他们这种神秘的默契已经进入一个新阶段,已经进入升华阶段,他应该让这种升华自然实现,他不能阻止这种升华,他们是应该升华了。他知道她会来的,她一定会来的。他完全有这样的把握。

马厩还没有从冥思中醒过来,门已经敲响了,马厩拉开门,是林枫。他们在黑暗中拥抱在一起。他们像合作过千万次的夫妻,他们没说一句话,他们大声地呻吟和喘息,马厩听到自己身体的爆炸声,马厩到达高潮时想到两个字,升华,升华,升华。直到风停雨止,直到林枫离开,他们都没说一句话。

第二天清晨,马厩走到学校门口,林枫从东边的木桥上走过来,林枫朝他笑了一下,马厩发现他十几年来,每天上午这个时候看到林枫所产生的那种神秘的幸福感没有了,而被另一种莫名其妙的感觉代替了。马厩望着那座木桥发呆。他知道往校门口走的林枫一定会掉头看他,但他不敢去看她。

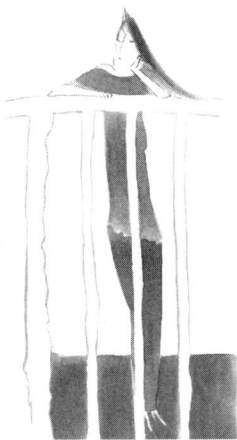

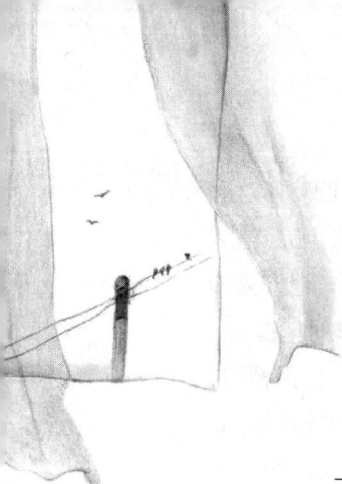

惊艳之五

滕刚情爱小说

向梅漠然望着他,眼神像中了箭的兔。

"这是一门苏式钢炮。"在郊外的民兵实弹射击场,张三抚摸着一门钢炮对向梅说。向梅漠然望着他,眼神像中了箭的兔。这样的眼神让张三心碎,让张三心烦。她的眼神以前不是这样的。她的眼神曾经是多么清澈明亮多么令人心旷神怡。他们相爱多年了。世界上没有一个女孩像她那样通情达理,善解人意,跟她在一起,没有压力,没有负担。他喜欢这样的女孩,珍惜这样的爱情。听人说,女孩睡觉后就会变。他知道她不会变,他知道她跟一般的女孩不一样,但他还是克制着自己。他们虽然拥抱、接吻,但他就是不进入她的身体。他毕竟有点儿怕。张三戴上一副白手套,开始介绍这门苏式钢炮的结构、部件和功能:"它的射程可达5000米。这是炮筒。这个呢,是炮膛,炮弹发射前就是装在这里的。这是炮弹,它的威力相当于一吨炸药。炮弹装进炮膛,启动发射机关,炮弹就从炮筒放了出去。等一会儿我操作给你看,你仔细看着,这对你很重要。"向梅望着他,眼神像中了箭的兔。我们就做那个什么吧,我不会怪你的,我不会在乎

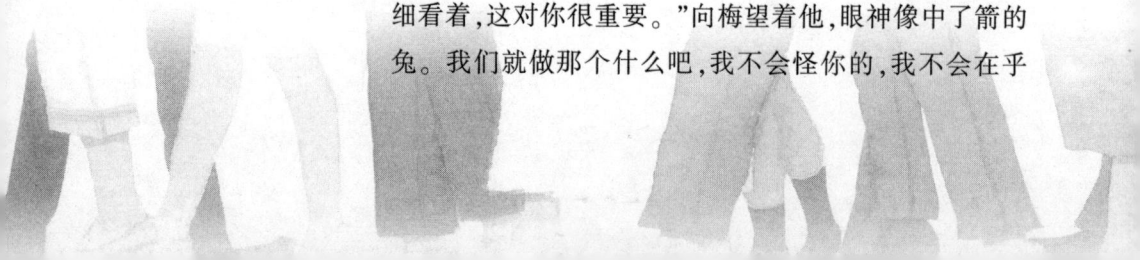

的,我是情愿的。当初她这样对他说的时候,眼神不是现在这样的,那是一双多么天真无邪的眼睛啊。相信了她的眼睛,相信了她的话,他们就做了那个什么。做完之后,她的眼神立刻就变了,就跟以前的眼神不一样了,像中了箭的兔。那样的眼神令他心碎,令他心烦。

我的眼神真的变了吗?她一边系胸罩一边问他。她真的变了,她不是以前的她了,变得神经,变得敏感,变得脆弱,变得喜怒无常。以前她呼他的传呼,他几个小时甚至几天不回,她都不怪他。而现在,只要十秒钟不回,她就会说,你嫌我烦了?你怕我了?我很贱是吗?以前,她约他出去,他说没空不要紧,他失约她也不会怪他。而现在,他只要说没空,她就会说,你嫌我烦了?你怕我了?你讨厌我了?他感觉很累,后悔不该睡这一觉。他想不通,他们以前有过成千上百次的接吻、拥抱,她都没变,而仅仅做了一次爱,就整个人都变了。他对她说,我们就当什么都没做过不行吗?你还是原来的你,我还是原来的我。她说,你不懂女人,女人和你们男人不一样的。女人和男人有什么不一样呢?这让张三伤透了脑筋。"在放炮弹前,你先看看炮膛,看看装炮弹前炮膛是什么样子。"张三左手挽着向梅的手臂,右手拿着一个放大镜,两个人把头探进了炮膛。张三眼下惟一要做的就是设法让向梅明白做爱对男人和女人都没有任何损失或伤害,就像吃饭一样是正常的生理行为。他能想到的办法都想到了。他到图书馆找到了所有有关生理知识和性的书给她看。他请生物老师给她讲解生殖知识。他把她带到计划生育指导站看成人性爱知识指南。他甚至把她带到处女膜修复中心企图让她修复处女膜。他带她去动物园看动物交配。但他所做的一切都无济于事。她说:"你不是女人,你永远体会不了。不一样的,就是不一样。"他真的要疯了。"现在,我演示给你看。"张三把炮弹装进炮膛,说:"卧倒!放!""轰"的一声炮弹打出去了。张三把向梅扶起来,掸去她身上的灰尘,指着炮膛说:"你看,打过炮弹的炮膛跟刚才装炮弹前的炮膛,没有任何变化,炮膛还是原来的炮膛,丝毫无损。"张三松了一口气继续说:"做爱也是一样,你还是原来的你,我还是原来的我,双方丝毫无损。这一下你该懂了吧?"向梅漠然望着他,眼神像中了箭的兔。

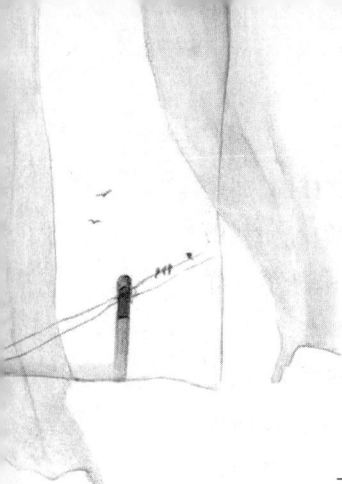

惊艳之六

他们是这家夜总会惟一将爱情进行到底的男女。

那是一个阳光灿烂的日子。这是诺贝尔文学奖获得者们常用的句子。是七妹上小学时所有作文的开头。七妹之所以在这个昏暗潮湿的夜总会想起这个句子，是因为这个句子最能表达她当时的心情。那天早晨，她们一行七人背着行李，告别山沟，来到这座美丽的海滨城市坐台。七妹本来不想出来坐台的，从南方回来的大妹说，当你想到你赚回来的钱变成村里的瓦房、路、自来水和电灯，使落后的山村面貌起了翻天覆地的变化，你就会发现坐台其实是一项崇高的职业。大妹的话照亮了她们思想的天空，为她们走出山沟找了一个美丽的借口。她们终于在大妹的率领下，为了一个共同的目标，在这个灯红酒绿的城市开始了她们光明而黑暗的生涯。

她们在离夜总会七公里的老街租了一间平房。那天晚上，她们脱光上身，根据乳房的大小，排了座次，拜了姐妹。七妹乳房最小，排行老七，所以称七妹。有过两年坐台经验的大妹对大家进行了岗前技术和职业道德的

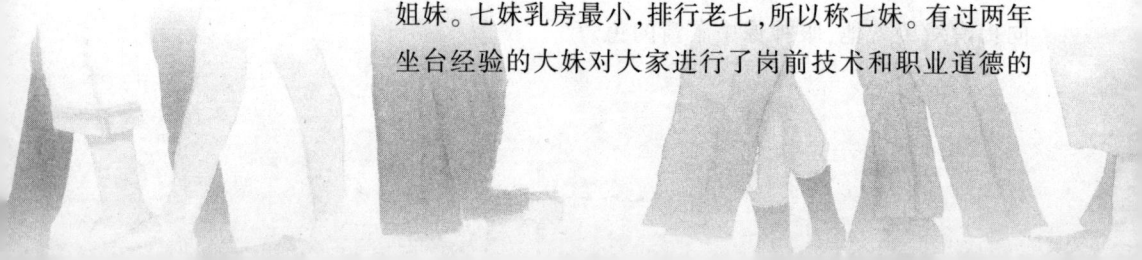

传授。大妹特别强调拿人家钱就要给人家身体的原则，至于给身体的哪个部位那要看人家给多少钱。大妹最后鼓励大家说，山里来的姑娘最受欢迎，因为山里的姑娘勤劳听话，乳房结实。那一晚姐妹们都兴奋得睡不着觉。大妹和七妹睡一张床。大妹抚摸七妹的乳房，对七妹有些担心。大妹说，她的经验告诉她，男人真正看中女人的是乳房。大妹说眼下你先戴假胸罩吧，别急，再小的乳房在这儿都会慢慢长大的。七妹看看自己刚刚发芽的乳房很自卑很担心。她多么羡慕姐姐们的乳房啊，为什么她的个子比她们高，乳房比她们小呢？

坐在七妹对面的男人叫张三。这个世界上最好的男人正在专心致志地调饮料。那是张三专为七妹调制的鸡尾饮料。第一次坐她台的就是这个男人。七妹还记得姐妹们第一天晚上上班的情景。9点左右夜总会才陆续上客。每进来一个客人，领班就领她们到客人的包厢排队站着，让客人挑选。大妹讲的对。大妹的乳房最大，大妹第一个被留在了包厢。将近12点，大厅里只剩下七妹一个坐台的。其他的姐妹都按照乳房大小的顺序先后进了包厢。七妹不知道这些男人凭什么这么准确的识别她们的乳房大小的。七妹想哭，实际上七妹已经哭了。山里的妹子坚强，她没有让眼泪流出来。张三是当晚的最后一个客人。张三显然酒喝多了，领班把七妹带进他的包厢，问他行不行，他没看七妹，他只说了一句："是不是女人？"就把七妹给留下了。第一曲卡拉OK没唱完，张三伸手要摸七妹的乳房。七妹拼命用双臂抱住胸部，张三拼命想掰开七妹的双手。七妹不让他摸，她会让他失望的，会失去这个职业的。山里的妹子有劲，张三使尽吃奶的力气也没有得逞。张三也是第一次到夜总会找小姐，这是七妹后来才知道的。别人告诉他坐台女都很爽，50块可以亲嘴，100块可以摸乳房，200块可以睡一觉，可是这个叫做七妹的坐台女死活不让他摸，他许诺再多的钱也不让他摸，他很扫兴，很恼火。临走的时候他死活要给七妹100块，七妹不肯要。张三最后说，给你弟弟当学费吧，七妹才勉强收下来。

当七妹在宿舍里向大家展示那张新版的100块人民币时，姐妹们都有些震惊。震惊她居然挣到了钱，震惊她居然乳房没被摸一下就赚到了100块，震惊世界上居然有这样的男人。她们哪一个乳房没被摸过拧过

秘密情节

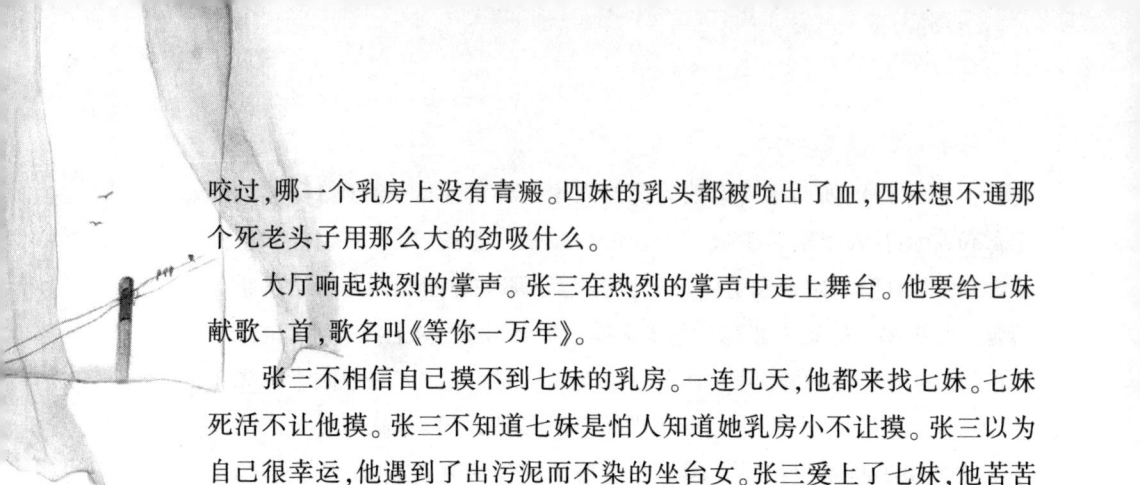

咬过,哪一个乳房上没有青瘀。四妹的乳头都被吮出了血,四妹想不通那个死老头子用那么大的劲吸什么。

大厅响起热烈的掌声。张三在热烈的掌声中走上舞台。他要给七妹献歌一首,歌名叫《等你一万年》。

张三不相信自己摸不到七妹的乳房。一连几天,他都来找七妹。七妹死活不让他摸。张三不知道七妹是怕人知道她乳房小不让摸。张三以为自己很幸运,他遇到了出污泥而不染的坐台女。张三爱上了七妹,他苦苦地追求她。为了显示自己与普通男人不同,张三甚至连她的手都不碰一下。张三说,我只要看到你就行了。张三说,我给你的钱不是台费,是你弟弟妹妹们的学费,是你父亲的医疗费。七妹想不到自己会遇到这么好的男人。大妹说这么好的男人全人类也就出这么一个,你要稳住他。七妹怕失去张三。男人真正看中的是女人的乳房,她不能让张三知道她的小乳房,她不能承受失去他的打击。他给她的钱一部分寄回了山沟,一部分给张三买衣服。他们是这家夜总会惟一将爱情进行到底的男女。在他们相识一周年之际,夜总会全体员工为他们举办了这个真情 Party,祝愿他们天长地久。当夜总会老板告诉她将为他们举办 Party 时,她首先想到的是六个姐姐,六个已经先后离开夜总会的姐姐。要是大家能够聚一聚多好。她是多么怀念跟她们在一起的时光。

七妹没能请来她的姐姐们。

她们在这个夜总会工作不到一个月,大妹就被一个男人带走了。那个男人真好,他说他无论如何不忍心大妹生活在水深火热之中,大妹是属于他的。七妹还记得那天中午大款请她们吃饭,姐妹们羡慕大妹的神情。自己哪一天能够像大妹一样被男人带离这个地方,从此开始阳光灿烂的生活,多好啊!但是,她有这样的好运吗?她们分手时,大妹让七妹帮她戴上项链,光彩照人的大妹拍拍七妹的嘴巴说:"不要哭,你也会有这一天的。"大妹当时多么幸福啊!大妹走后不到一周,二妹就被一个老板包走了。那个老板给二妹买了一辆敞篷式的宝马,专门为她开了一间服装专卖店。那天傍晚姐妹们一起坐在红色宝马车上到高速公路上兜风,多威风啊!七妹非常佩服大妹讲的话,乳房对女人真的很重要。在冬天还没有来临的时候,那些乳房比她大的姐姐们都相继被大款们、老板们带

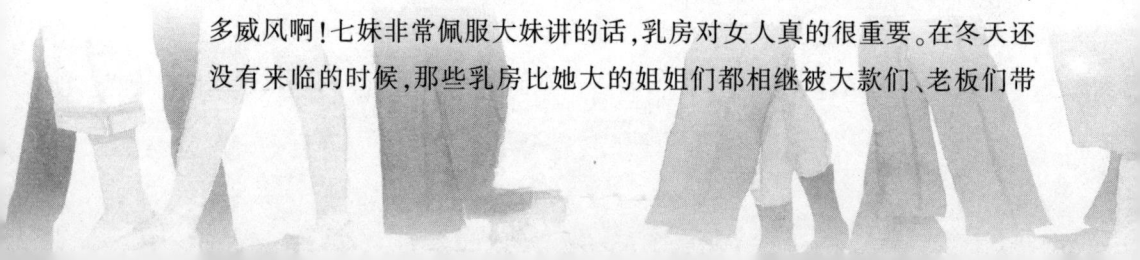

走了。只剩下她一个山妹子。她除了羡慕，更多的是伤感。好在她有张三，要是张三能带她走就好了。

七妹已经很久没有姐妹们的消息了。她至今没有买手机，张三说我给你买一个吧。七妹说那太奢侈了。没有手机的七妹无法跟姐姐们联络，夜总会的电话是不能对外的。当她去寻找姐妹们，请她们参加她的这个Party时，发现她们都有了惊人的变化。大妹失踪了。关于大妹的失踪有许多传说。那个曾经请她们吃过饭的大款说，失踪就是失踪了。大款对她说这话的时候，怀里搂着一个大乳房的女人。七妹是在看守所见到二妹的。狗日的是个毒品走私犯，二妹说，是他胁迫我干的，他把我葬送了。三妹老了，三妹像个七十岁的老太婆。三妹说这个男人蛮好的，对她好对他老婆也好。但他老婆平均两天就来跟她打一次架。三妹的头发都被揪光了，三妹以前的头发多么飘柔啊！七妹见到四妹最伤心。她们当初相处最好。七妹见到四妹的时候，四妹背着一个孩子在水井旁洗衣服。四妹说她进了产房那男的就失踪了。那男的一直用假姓名假身份跟她相处。四妹说再苦再累也要把孩子拉扯大。七妹丢了一些钱给四妹就哭着走了。五妹和那个男的结了婚。但那个男的正准备跟五妹离婚。五妹掀开衣服，身上没有一块好肉，两个乳房被烟头烫成了假山。五妹说，都是他打的，我早知道他是这么一个东西，我怎么也不会出来啊。六妹的乳房最漂亮。大妹曾经说，六妹的乳房简直是个工艺品，连女人见了都想亲一口。七妹见到六妹的时候，六妹正躺在医院的病床上。六妹只剩下一个乳房，另一个乳房因为生了乳癌才切除三天。六妹说那个千刀万剐的男人是个无赖、是个流氓，他玩厌了她居然拿她去赚钱。六妹说她的乳癌是被气出来的，六妹说你不知道我受的罪，比白毛女还惨。七妹说，我记得那家伙当初是多么爱你啊！七妹怎么也没想到，这些乳房比她大的姐姐们境遇这么惨。

这是一个伸手不见五指的夜晚。这是诺贝尔文学奖获得者们常用的句子。是七妹失学后第一篇日记的结尾。七妹和张三在伸手不见五指的舞池跳起了萨克斯。他们第一次贴得这样近。张三有些紧张，动作有些笨拙。七妹起伏的胸部紧贴着张三，七妹把张三紧紧搂在怀里，七妹再也不怕张三碰她了，因为她知道，她的乳房已经长大了。

秘
密
情
节

惊艳之七

她要在最短的时间内洗个澡，她要把自己洗得光滑香润。

张梅正坐在床上看电视，电话铃响了，张梅扭亮台灯，一看来电显示，是于阳，赶紧拿起话筒。

于阳说："我想见你，你能过来吗？"

张梅说："你在哪里？"

于阳说："我在榆林街11号。"

张梅说："我马上就到。"

于阳说："外面凉，多穿点儿衣服。"

张梅搁下话筒，翻身下床，脱光衣服，冲进卫生间。

她知道于阳现在要她去意味着什么，于阳从没有在深夜给她打过电话，更没有在深夜想见她，她的预感不会错。她要在最短的时间内洗个澡，她要把自己洗得光滑香润。

她是在遭遇两次离婚的打击后邂逅于阳的。在此之前她曾经发誓永远不相信男人，永远不相信爱情。是于阳让她知道什么是真正的爱，什么是无私的爱，什么是高尚的爱。于阳几乎给了她一切。于阳给她买首饰，买房子，买车，于阳陪她吃饭，陪她跳舞，陪她逛商场，于阳把她母亲从乡下接到省城,把她女儿送到澳洲去读书,但是他们相爱七年了,他至今没有占有她。他不是不想要,有多少次他们眼看就要突破最后一道防线了,他都克制住了自己。于阳说:"不是我不想,我天天想,但是不能,因为我太爱你了!我怕失去你!"他说:"我要证明我爱你不是为了占有你。"一个男人给予她这么多,却不占有她的身体,女友秦娥说,这就是爱,这就是永恒的爱。她常常怀疑于阳为什么对她那么好,她一个离婚的女人,长得又不算好看,凭什么让他如此爱她。她不止一次问于阳你爱我什么?于阳说:"因为你太好了!你不知道你有多好!"她一直想报达他对她的爱。但她想来想去,除了自己的身体,她没有任何东西用来报答他,而他偏偏不要她的身体,这使她痛苦不已,使她一直处在愧疚之中,使她感到自己欠了他一笔巨债。她常常幻想用什么特别的方式报达他,但她又想不出。她甚至幻想过别人用枪对着于阳,而她用身体挡住了子弹。她惟一的指望就是他能早日宠幸她的身体。现在这一刻终于来临了,她激动得全身发抖,几次把淋浴头掉在地上。

她洗完澡,把全身喷了香水,化了淡妆,穿上于阳最喜欢的那身紫色套裙,出门打了个的直奔榆林街。

于阳正在门口等她。于阳一边吻她一边说:"我爱你,我太爱你了。"她幸福得流下眼泪,她知道那一刻就要来临。

于阳突然说:"我要离开你了,离开这个世界了。"

张梅一惊,说:"为什么?"

于阳把一只小包递给她:"这里面是我的全部存折,密码是你的生日。"于阳指着街对面亮着灯的那座房子说:"他们是我们于家的仇人,我一直想报仇,但舍不得扔下你。但是家仇不报,对不起列祖列宗,我必须去报仇了,你珍重。"于阳吻了一下张梅的额头,拿起茶几上的背心式炸弹要往身上系。张梅说了句:"我去。"抢过背心一边往腰上系,一边发疯似的向对面奔去。

于阳喊了声:"张梅。"追了几步停下来,拦下一辆的士说:"去机场。"

出租车拐弯的时候,于阳听到街那边传来剧烈的爆炸声,嘴角掠过一丝笑意。

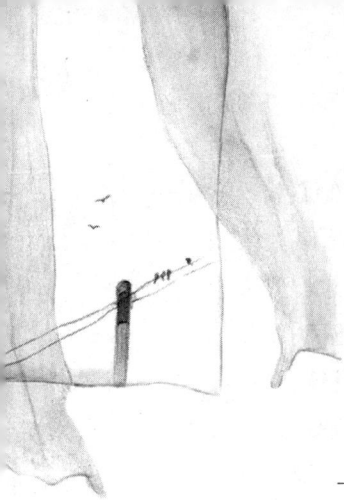

惊艳之八

于红追上来说，你去哪里？赵瑜说，去东河边，跟我去东河边。

赵瑜拎着保温桶走进 107 病房，发现妻子于兰不在。他确认自己没有走错门，立刻奔向走廊尽头的医生办公室。于兰身患绝症，体质十分虚弱，下床走路都要人搀扶，她是不可能自己走到哪里去的。

值班的陆医生和陈护士正坐在医生办公室的长椅上啃鹅爪翅，他们望着脸色苍白气喘吁吁的赵瑜面面相觑。陆医生说我们不知道，我们没有送她到抢救室，更没有送她去手术室，她根本就没有手术的必要了。他们走到 107 病房，又到附近的病房和厕所找了找，这才意识到问题的严重性，于兰真的失踪了。根据赵瑜的回忆，他离开于兰前后不到二十分钟，陆医生由此推断，凭于兰的体力，她是不可能走出医院的。但是，赵瑜和四病区的医生护士把医院上上下下旮旮旯旯找了个遍，没有发现于兰的踪影。

赵瑜在医院门口碰见前来换他的妻妹于红。赵瑜说你姐姐不见了，我们找遍医院所有的角落，没有找到你姐姐，你知道她会去哪里吗？于红说她一定是回家了，说完

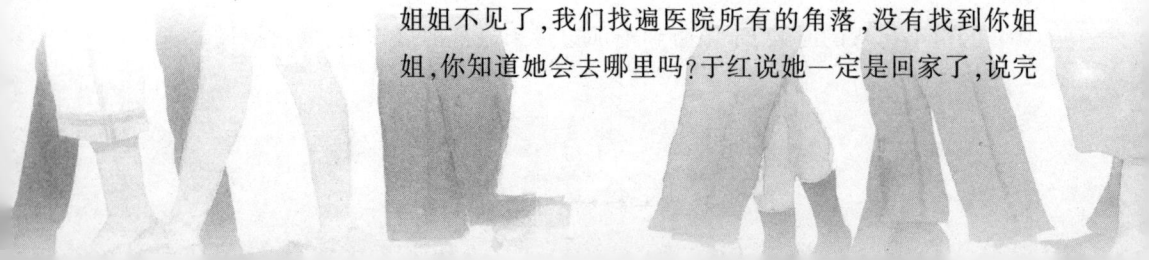

就掉头向西奔。赵瑜追上去说,你怎么知道她回家的?她回家干什么?于红说,除了回家,她还能去哪里?

正是初秋的中午,秋风吹动着街道两旁的树叶,发出"沙沙"那种下雨似的声音,于红和赵瑜一个在前,一个在后,奔跑在凤凰街的麻石路上。他们奔到磨子口时,从巷口吹过来的风掀起于红衬衫的下摆,于红白晃晃的腰在赵瑜眼前闪了一下,赵瑜说了声天啦,掉头向东奔去。于红追上来说,你去哪里?赵瑜说,去东河边,跟我去东河边。

从发现于兰失踪那一刻,赵瑜就一直想着于兰为什么失踪。他没有想过于兰的失踪跟她的隐私有关,更没有想过她会去那间茅屋。在看见于红裸腰的一刹那,他想到了于兰的隐私,想到了那间茅屋。他们结婚二十年了,他至今没有看过于兰的裸体。他和于兰二十年的婚姻,简直就是一部战争史。在这场旷日持久无人知晓的战争中,于兰千方百计不让赵瑜看到她的裸体,赵瑜千方百计想看到于兰的裸体。他们较量了二十年,直到现在,赵瑜都没有看过于兰的裸体。他不明白她为什么不让他看她的裸体,他不知问过她多少遍,但她从不回答。他一直在研究她为什么会有这样的怪癖,但他找不到答案。直到于兰身患绝症,他才感到胜利在望。于兰将不久于人世,于兰死后将无力保护自己的裸体,而他将成为这场战争的赢家。尽管他最后看到的将是裸尸,但他毕竟能看到她的裸体,毕竟能知道她为什么不让他看她的裸体。他知道她没有就此罢休,他知道她在绞尽脑汁。她患病后瞒着他买下了吴二在东河边的那间茅屋。他不知道她买那间茅屋干什么,但他相信一定跟她的隐私有关。刚才看见于红的裸腰,他断定她一定是去茅屋了,他有种不祥的预感。

赵瑜奔到三元巷,听见前面有人喊:"失火啦!失火啦!"赵瑜心里一惊,以最快的速度向河边奔去。赵瑜奔出巷口,看到河对岸火光冲天,那间茅屋正在熊熊燃烧。赵瑜喊了声"于兰",奔上了大桥。

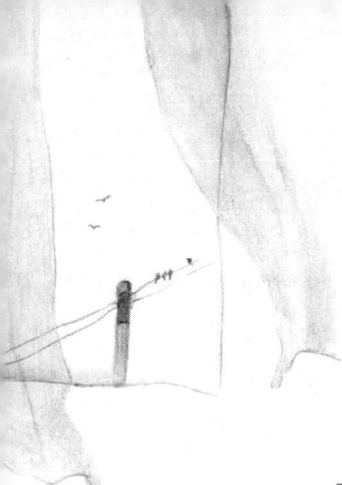

惊艳之九

滕刚情爱小说

> 灯都打开了,房间里一下亮起来,像饭店里的豪华包厢。

　　房间里只亮着一盏壁灯, 朝南的窗户只开了半扇, 风扑打着百叶窗帘,发出"吧嗒吧嗒"的声音。赵秉德躺在床上,眼睛望着天花板。他的脚端放着一叠藏青色寿衣和一瓶酒精棉, 他的儿孙们像搬家的蚂蚁穿梭在房间、堂屋和小院之间,他的几个媳妇像被临时取消演出的时装模特,散坐在院里的沙滩椅上玩手机。

　　赵秉德躺在床上已经有好多日子了。上个礼拜医生就说他活不过4月3日了,有经验的人看了他的气象甚至说他活不过4月2日, 但是今天已经是4月6日了,他还没有死。连续几天,他不吃也不喝,就这么眼睛眨巴眨巴地望着天花板,像刚刚出生的婴儿。儿女们大多是从外地赶回来奔丧的, 最远的绍龙是从美国赶回来的,现在老爷子这样不死不活的,叫大家不知如何是好。虽说谁都没有说什么,但是空气中弥漫着的那种一点就着的烦躁是每个人都能感觉到的。

　　坐在门口看杂工搭灵棚的大儿子天涛想,这家里我不问事就没人问事了,他这样想着,把烟头在地上捻灭,

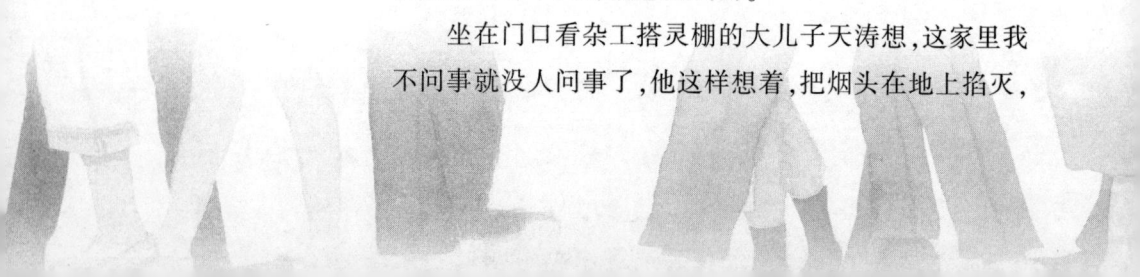

起身去房间看了一眼老爷子,在博古架上拿了一包玉溪,就出门去吴进家。吴进在天涛那帮朋友中属军师式人物,天涛平日里遇到什么困难总喜欢向他请教。

吴进来开门的时候,穿着囚犯一样的睡衣。吴进把天涛让进屋,接过天涛递过来的香烟,说:"老爷子怎样了?"

天涛说:"我就是来跟你说这事的。上周医生就说老爷子要走了,但是到现在——不是巴望他走,你知道我的意思,这么多人,走也不是,留也不是,怎么办?"

吴进说:"家里的人都到齐了吧?"

天涛说:"到齐了,连绍龙都回来了。"

吴进说:"人最后把一口气含在嘴里不走,要么是想见的人没见到,要么是想说的话没说。现在老头子想见的人大概都见到了,那就是他还有什么话没说,你问过他没有?"

天涛说:"没问过。"

吴进说:"那你应该问一下,我老爷子就是,为说一句话,硬是把一口气含了三天。"

天涛回到家,把手朝大家一挥,就往房间里钻。大家不知天涛突然挥一下手干什么,"呼啦"一起拥进房间,连院里玩手机的几个女人都凑了过来。

大家围着床站定,天涛把脸贴到老爷子耳边,说:"爸,你还有什么话,跟我们说吗?"

老爷子眨了眨眼睛,说:"家里的女人都到齐了吗?"

天涛愣了一下,说:"都到齐了,就娜娜,她诊所走不开。"

老爷子说:"叫她回来,叫家里女人都到床边来,我有句话要对她们说。"

天涛说:"知道了。"

大家被老爷子的话弄得丈二和尚摸不着头脑,从房间出来都议论这事。二弟天华问天涛:"老爷子说这话什么意思,他要对女人说什么?"

天涛不说话,用手机给娜娜的诊所打电话,打了半天,没人接。天涛

秘
密
情
节

对三弟天祥说："你去叫一下你媳妇。"天祥说："我不去。"天涛愣了片刻，说："你不去，我去。"

天涛出了门，叫了一辆三轮车，直奔三元桥。天涛知道老爷子想对女人说什么。没有人比他更了解老爷子了。老爷子这辈子被家里的女人折腾得够呛。家里十一个女人，包括已故的母亲，没有一个不红杏出墙。老爷子这一生既像一个侦探，又像一个消防队员，整天防着家里的女人出事，女人出了事，他又想方设法不让外人知道，想方设法不让她们离开她们的丈夫，直到去年刚刚嫁过来的红梅和一个兽医出了事，家里的女人实现了"满堂红"，老爷子才一病不起。现在他要走了，他一定是不放心她们，希望她们好歹不要离开这个他苦心经营多年的大家庭。

天涛来到娜娜的私人诊所，娜娜正坐在诊所的沙发上玩手机。天涛说："怎么不接电话？"娜娜不说话。天涛把老爷子的话对娜娜说了，娜娜不肯回去，娜娜说："你看我这里走得开吗？"见天涛站在门口不走，娜娜说："好，我回去，我是看你的面子，这家里我只看你的面子。"

天涛和娜娜跨进院子时，家里的人都用异样的眼光看着他们俩。天涛把手一挥说："女人都到房间来一下。"

女人们呼啦跟着天涛走进房间。天涛指挥她们围着老爷子站好，把人数点了一下，对站在房门口的土供说："把灯都打开。"

灯都打开了，房间里一下亮起来，像饭店里的豪华包厢。

天涛把脸贴近老爷子的耳边，小声说："爸，到齐了，家里的女人都到齐了。"

老爷子示意天涛把他的头托起来。

天涛用手把老爷子的头支起来。老爷子把女人扫视一遍，说："你们都是妓女。"就咽了气。大家愣住了，想不到老爷子说出这句话，四媳妇马敏突然用手捂住嘴向外奔。天涛把老爷子的头放下，向门外追去，一直追到外面的树林。天涛对仍然用双手捂住嘴的马敏说："你干什么？"马敏拿开双手"咯咯咯"像被人胳肢一样笑起来。天涛皱起眉头说："你笑什么？"马敏说："刚才想笑，不敢笑出来，老爷子怎么说这话。"

惊艳之十

傅子耕第一次爬松鹤院的围墙,是在8岁那年初秋的一天晚上。

从皇宫往北沿护城河走大约 10 华里, 就是闻名遐迩的龙沙街了。龙沙街是皇亲国戚和文武百官们的集居地,一式的宫廷式建筑和赭红色围墙,跟它们的主人一样光彩耀目。松鹤院坐落在龙沙街北端,它是龙沙街惟一的灰蓝色建筑,你越过护城河大桥,视野立刻就会被它占据,灰蓝色的院墙上青色的爬山虎密密匝匝盘根错节,显得苍老而诡秘。对龙沙街人来说,松鹤院的吸引力不在它古怪的建筑格调,也不在它的主人礼部侍郎楚鹤松,松鹤院的存在全因为楚鹤松的女儿楚楚。都说楚楚生得国色天香,但是除了楚鹤松夫妇和家佣,外界几乎没有人亲眼见过楚楚。楚鹤松在楚楚未出世那年,就把楚楚预定给礼部尚书张正骞的儿子张兆煜。楚鹤松向张正骞拍胸脯说,我女儿将是世界上最纯洁的女孩。楚楚正式出嫁前,绝不会有任何外界人看到她,你儿子将是第一个看到楚楚的外界男人。所以楚楚从娘胎出来就没出过闺房。十几年来松鹤院因此而罩着一道神秘的光环。龙沙街人为一睹楚楚的芳容费尽心机无一如愿。龙

秘密情节

沙街的少年男子几乎都爬过松鹤院的围墙,松鹤院曾经是多少龙沙街少年男子的梦想所在。松鹤院虽然固若金汤,但松鹤院门前因此而发生的争执和骚乱连连不断。后来张正骞荣升内阁大学士,去松鹤院骚扰的人自然越来越少了。

傅子耕第一次爬松鹤院的围墙,是在 8 岁那年初秋的一天晚上。子耕不像龙沙街那些男孩熟练地爬上滑下,子耕好不容易攀上围墙,没看到楚楚,人却坐在围墙上下不来了,吓得大哭起来。但是子耕是龙沙街惟一坚持不懈地爬松鹤院围墙的男孩,子耕后来爬松鹤院的围墙比小松鼠还机灵。

子耕对楚楚的迷恋始于 8 岁那年秋天。那年秋天子耕随祖母从天津卫来到龙沙街。子耕住下来没几天就知道松鹤院有个漂亮的楚楚了,子耕很快就迷上了楚楚。子耕对楚楚的情感不同于龙沙街的那些少年们,他们是好奇,而子耕是迷恋,是痴情,或者干脆说是爱情也不要紧的,这个情况子耕心里是最清楚的。

子耕家的房门就对着松鹤院的东围墙,打开子耕家的房门甚至可以清晰地听到松鹤院里说话的声音。每天清晨或者晚上,子耕在屋里可以清楚地听到从楚楚闺房里传来的琴声。子耕想像那个叫楚楚的女孩,扎着花辫,穿着红色的衣服,坐在那种叫做古筝的乐器前,眼睛晶亮晶亮的,一双小手玲珑剔透。为什么不让人看楚楚呢?子耕不明白。他每天都在想像楚楚的样子,看到楚楚成了他每天生活的目标。子耕知道自己迷上了楚楚,子耕发誓一定要见到楚楚。

看到楚楚的惟一办法是进松鹤院,进松鹤院有两条途径,大门或者围墙。

从大门进去必须过拐子阿三这一关。拐子阿三终日把守着松鹤院那扇古铜色大门。拐子阿三只让那些达官贵人进松鹤院。虽说细算起来,子耕家和楚楚家是很有些亲的,但他们就是不让子耕进去。有一次楚鹤松指着子耕的鼻子说:"我们家根本就没有你这样的亲戚,你永远别想看到我们家楚楚!"子耕想过许多办法对付拐子阿三,子耕常常为拐子阿三跑腿买东西,子耕为了讨好拐子阿三,把家里祖传的宝物都偷给了拐子阿三。但是拐子阿三每次接受子耕的贿赂后,都冷笑一声,说,东西照收,门是不让进的。有一次子耕手上拿着弹弓,奔到松鹤院门口,对拐子阿三说,我打的麻雀掉进去了,拐子阿三还没反应过来,子耕已经溜进去了。子耕刚奔下台阶,拐子阿三就把打狗棍伸到他脚下,子耕跌掉了几颗牙。拐子阿三用巨大的手勒住子耕的脖子说,你以后再这样,我就打死你,有我在,你永远别想看到楚楚。子耕脖子被勒出了血。从此子耕内心充满了对拐子阿三的仇恨,子耕甚至有杀掉拐子阿三的念头。

　　早些年从围墙是可以潜入松鹤院的,那时候子耕还不敢从围墙往下跳,等到子耕具备这种本领时,松鹤院围墙一周已经设置了竹刀陷阱,谁要跳下去,会被戳死的。但是子耕还是天天晚上坐在围墙上,大门进不去,坐在围墙上毕竟可以看见楚楚的闺房——或许楚楚哪天从闺房出来在院子里散步呢?无论是冬天还是盛夏,子耕每天都要爬上围墙,子耕想像那个叫楚楚的女孩一定会知道他在围墙上,子耕相信终有一天他会在围墙上看到楚楚。

　　十几年来子耕没有停止过对楚楚的追恋。白天在家里画楚楚的像,画想像中的楚楚。拐子阿三说哪天你画像了楚楚,哪天就给你进去,子耕画好后就送给拐子阿三,拐子阿三每次看了都摇头,大笑。子耕画了几百张楚楚,子耕家里处处贴着楚楚的画像。天一黑,子耕早早吃过晚饭就爬上松鹤院围墙,像一只小猫窥视楚楚的闺房。偶或从窗子上看到楚楚的身影,子耕会心跳加速,彻夜不眠。

　　龙沙街人都知道子耕迷恋楚楚,关于子耕对楚楚的追求,龙沙街有许多故事,但是龙沙街人是作为笑话说说而已。在龙沙街人眼里,子耕和他的家庭是微不足道的,子耕在8岁那年秋天父母双双病故,子耕成了一个可怜的孤儿,虽然后来子耕在皇宫谋得一个宫廷侍卫的饭碗,但这在龙沙街绝对是抬不起头的。

　　张兆煜从蒙古回来,子耕就开始了他黑暗的生活。张兆煜在蒙古长大,回到龙沙街时已经17岁了。张兆煜回到龙沙街不到半个月,就纠集龙沙街一帮纨绔子弟把子耕的头摁进水里。张兆煜问,想不想楚楚了?爬不爬围墙了?子耕不说话,头又被闷到水里。子耕被闷了几十次,子耕还是不说话,后来子耕被他们扔进河里,那时候正是初冬,水冰冷冰冷的,张兆煜在岸上对子耕说,楚楚是我老婆,我还没有看到,你倒想看到,你

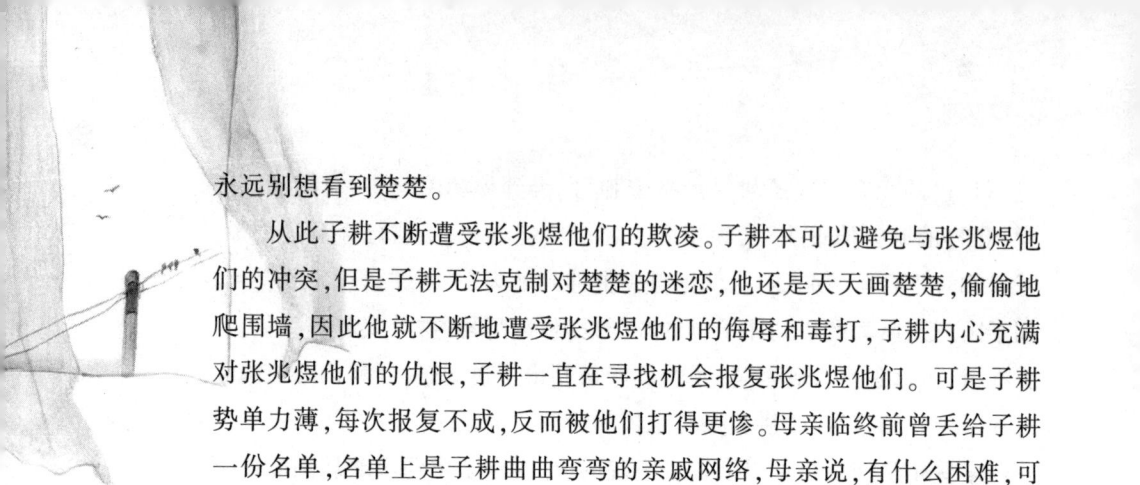

永远别想看到楚楚。

从此子耕不断遭受张兆煜他们的欺凌。子耕本可以避免与张兆煜他们的冲突,但是子耕无法克制对楚楚的迷恋,他还是天天画楚楚,偷偷地爬围墙,因此他就不断地遭受张兆煜他们的侮辱和毒打,子耕内心充满对张兆煜他们的仇恨,子耕一直在寻找机会报复张兆煜他们。可是子耕势单力薄,每次报复不成,反而被他们打得更惨。母亲临终前曾丢给子耕一份名单,名单上是子耕曲曲弯弯的亲戚网络,母亲说,有什么困难,可以找名单上的这些亲戚帮忙。子耕曾经把名单从床下翻出来,他惊讶地发现张兆煜和那帮兄弟都是他的远房亲戚。子耕曾经对张兆煜说:"我们是亲戚,不应该互相残杀!"张兆煜说:"谁跟你是亲戚?我跟你没有任何关系!"

子耕不能爬围墙了。很多时候子耕只能倚在后门的框上,倾听从松鹤院里传来的琴声,子耕觉得楚楚理解他的处境和心情,楚楚的琴声如泣如诉,越来越伤感,子耕听着听着会流下泪来。

冬天一过,北风一吹,又到了冬天。1882年的冬天天气异常寒冷。这年的冬天,子耕的祖母告别人世,子耕成了真正的孤儿,子耕走在龙沙街上觉得自己像个漂流物,无依无着。龙沙街人已经不像从前那样关注子耕的浪漫生活了。张兆煜很快就要和楚楚结婚了,龙沙街人都想知道楚楚结婚后是不是出来,龙沙街人相信看到楚楚真面目的日子越来越近了。

腊月二十八这天,皇上要到龙沙街给已故的一个妃子揭碑,一大早,龙沙街人就拥到护城河大桥上迎候皇上了。子耕醒来时,太阳已经出来了。子耕披上棉袄,路过松鹤院门口时,发现松鹤院大门敞开着,拐子阿三不在,其他人也不在,四周空荡荡的,隐约可以听到远处的爆竹声。意外的狂喜,使子耕紧张得浑身颤抖,呼吸都急促起来。子耕对松鹤院的地形已经了如指掌,拐了两上弯,就来到楚楚的闺房前。

"楚楚,开开门,快开门,我叫子耕。"子耕敲着房门说。

楚楚说:"你想干什么?"

子耕说:"我想看看你,我一直都在想看到你,我在围墙上等了十几年了,我没其他意思,我只想看你一眼,只看一眼。"

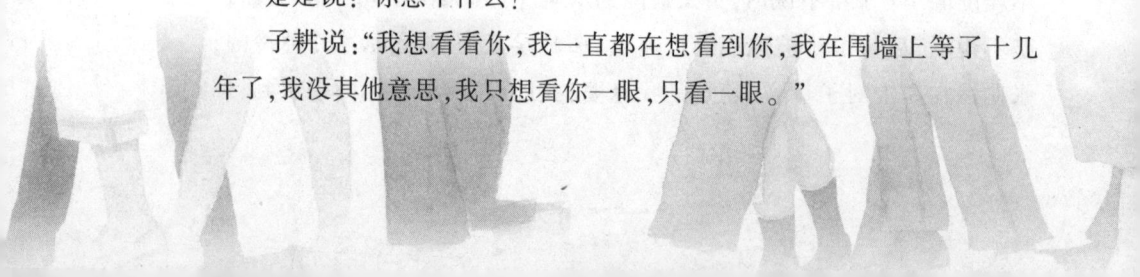

楚楚说:"你快给我滚!我叫人了。你不撒泡尿把自己照照,你永远别想看见我!"楚楚的声音凶恶而响亮,子耕怀疑自己的听觉。

子耕正要说话,头上被什么紧硬的东西砸了一下,子耕打了个趔趄,掉头一看,是拐子阿三,掉头就奔。子耕没奔几步,就被拐子阿三的打狗棍绊倒了。张兆煜闻讯赶来,命令手下的弟兄把子耕绑在松鹤院后面的白杨树上,子耕被他们你一拳他一拳打得七孔流血。张兆煜让拐子阿三掏出子耕的生殖器,用绳子扣着,把绳子另一端扣在另一棵树上,子耕的生殖器被拽成一根长线,子耕痛得哭起来。张兆煜掏出蒙古刀,在子耕的生殖器上划了一个血印,把刀搁在子耕的生殖器上,说:"你要是再打楚楚的主意,我就让你做太监。"张兆煜说着,举起刀往下砍,要到子耕生殖器时,收住了。张兆煜收起刀,扬长而去。

子耕在床上躺了半个月。子耕相信自己的生殖器终有一日要被张兆煜割掉。子耕对楚楚已经没有兴趣了,楚楚丑恶的声音踹毁了他十几年的梦想。子耕惟一要做的是要报复张兆煜,报复楚楚。那天,子耕在护城河大桥上,遇到张兆煜那帮人,张兆煜要子耕钻他的裤裆,子耕不肯,张兆煜他们又打了他一顿。子耕擦着脸上的血,咬着牙齿说:"你们等着瞧吧,我一定要报复你们!"

张兆煜他们笑得仰在地上。

"你还想报复我们!你凭什么报复我们!"

春节一过,北方的游牧民族企图造反。齐鸣大将何雄关只用了一个星期,就平定了这次动乱。

元宵节这天,皇上要为凯旋而归的何雄关在金銮殿举行欢迎仪式。一清早,子耕就赶到皇宫上班,从广场大门到金銮殿有八道门,子耕站在第七道门。何雄关在鼓乐声中,从广场大门走进来,走过一道道门。何雄关走到第七道门,子耕向他行礼时,子耕的袖筒里漏出一叠纸。风一刮,纸飘起来,何雄关开始愣住了,回过神时,他抓住了其中的一张,一看,是一份谋杀推翻皇上的详细计划,何雄关大惊失色,立即把飘散的纸张收集起来,揪住子耕,上了金銮殿。皇上和左右大臣们看了子耕写的谋反材料,都大惊失色。当下皇上写了八个字:满门抄斩,株连九族。

第二天晚上,子耕被带到大牢时,看到许多他认识和不认识的人,他们都是他的亲戚，有一百五十多人。两个婴儿正在拼命哭喊。张兆煜、张正骞、楚鹤松他们站在牢房的北端。子耕双手背在身后，走到楚鹤松身边，说：你们家有没有我这样的亲戚？又指着楚鹤松身边的年青女子说，你就是楚楚吧？你说我永远别想看见你，你怎么到这儿来了？子耕又走到张兆煜面前说，你跟我有没有关系？你说我永远别想报复你们，是吧？咱们全完了，子耕冷笑一声，手在空中做了一个弧形动作。